GW01179451

LES BLESSURES DU SILENCE

Journaliste et réalisatrice, Natacha Calestrémé est membre de la Société des explorateurs français et membre des JNE (journalistes écrivains pour la nature et l'environnement). Elle a réalisé la série documentaire « Les héros de la nature », pour France 3 et une vingtaine de chaînes étrangères. Elle a dédié ses autres films à la mortalité des abeilles, au réchauffement climatique, à l'autisme et aux phénomènes inexpliqués puis elle a présenté l'émission « Sur les chemins de la santé ». Un travail salué par une dizaine de prix dont le Trophée MIF-Sciences du Meilleur Film scientifique et le prix Engagement planète avenir au Sénat. Depuis 2011, Natacha Calestrémé partage le résultat de ses investigations en écrivant des romans psychologiques. *Les Blessures du silence* a obtenu le prix polar du Grand Saint-Émilionnais (2019).

Paru au Livre de Poche :

Le Testament des abeilles

NATACHA CALESTRÉMÉ

Les Blessures du silence

ROMAN

ALBIN MICHEL

ISBN : 978-2-253-18130-9 – 1re publication LGF

1

Amandine

Je marche si vite que mon cœur peine à suivre la cadence. Je m'arrête pour reprendre mon souffle. Est-il normal d'être à ce point épuisée à quarante ans ? Je ne suis pourtant pas en train de courir un marathon. Le froid gagne mes pieds et je sursaute en reculant. C'est bien ma veine. J'ai achevé ma promenade dans une flaque d'eau qui stagne sur le bitume. Pourquoi tant d'inattention ? J'observe l'état de mes talons hauts. La semelle, trempée, est fine comme du papier à cigarette. Mais remplacer mes chaussures n'est pas la priorité. La priorité est d'aller mieux. Je me penche tout en essayant de ne pas rider la surface de ce miroir de fortune, espérant qu'il me renverra l'image rassurante d'une femme sûre d'elle. Malheureusement, seule une forme sombre au contour flou me dévisage. Même mon reflet n'arrive pas à s'imposer dans le limon de la ville. Je scrute les rugosités du sol à la recherche d'un signe positif, un morceau d'asphalte en forme de cœur, un brin d'herbe qui s'épanouirait dans le béton… quelque chose qui me conforterait dans l'idée que je vais m'en sortir. Rien. Je maudis ces pensées réflexes qui tiennent de la superstition et qui rythment mes journées chaque fois que mon moral s'effondre. Les dernières me reviennent en mémoire : si j'atteins le trottoir avant que le feu rouge passe au vert, ma vie s'améliore. Si la boulangère me sourit, je vais être augmentée… Quelle naïveté ! Comme s'il existait un Dieu tout-puissant prêt à m'encourager en intervenant sur les détails qui jalonnent ma vie. Je scrute de nouveau la flaque de boue et, comme dans Blanche-Neige avec le miroir magique, je m'adresse à ce reflet incertain. *Et si j'étais folle ?*

Je souris et je me redresse en jetant un coup d'œil autour de moi. Je suis en train de parler à un peu d'eau sur la route. Si quelqu'un m'observe maintenant, il ne va pas donner cher de ma santé mentale. *Ressaisis-toi, bon sang !* me dis-je en reprenant mon chemin. À quel moment les choses ont-elles basculé ? Je réfléchis, et une immense nostalgie m'envahit. Ça y est, les souvenirs reviennent au galop. Ah, les bonheurs de la jeunesse. Mes amis me trouvaient belle. Une reine, claironnaient mes parents… Un frisson court le long de mon dos lorsque je constate qu'une grosse et sombre berline ralentit non loin de moi. *Il faut que je cesse de stresser pour tout*, me dis-je lorsque la voiture finit par s'arrêter derrière la file des véhicules qui patientent. Ses vitres sont fumées. Mon cœur s'emballe quand j'aperçois le reflet de mon visage. Les ombres du soir creusent mes joues. Mes pommettes sont plus saillantes que jamais. Pointues, comme ma poitrine qui a fondu au même rythme que l'insouciance. Comme je suis maigre ! Deux sillons entourent ma bouche comme les douves d'un château. Il faut bien que les larmes s'échappent. Il paraît que ce sont les rides de la déception. La désillusion conviendrait mieux. Soudain, j'ai si froid dans mon corps que la chaleur moite et orageuse de ce jour de printemps agit sur moi comme une morsure. Insupportable. Qu'est-ce qui, dans ma vie, a bien pu se détraquer de la sorte ? Je me pose la question parce que j'ai pris l'habitude de tout analyser et de chercher un sens à ce qui m'arrive. Je veux aider mon époux à redevenir heureux. Cela fait dix-huit ans que nous vivons ensemble dans la douleur, mais je me rattache aux six petits mois du début durant lesquels notre relation a été exceptionnelle. J'ai l'impression que seule la mémoire du bonheur me maintient encore debout. Cette situation idyllique ne s'est plus jamais reproduite. Cent quatre-vingts jours en dix-huit ans, c'est bien peu mais je m'alimente à ce minuscule paradis. Notre vie de couple a déjà vécu sous le signe de la bienveillance, nous pouvons donc redevenir comme avant. Je peux l'aider à évacuer cette colère et cette tristesse logées en lui. Pour recevoir les preuves de son amour, je me sens capable de déplacer les montagnes. En même temps que me traversent ces pensées, mes épaules s'affaissent. Est-ce que j'y crois encore ? Peut-être que je me surestime… Pourquoi l'avenir est-il effrayant à ce point ? Est-il normal de vivre engluée dans un quotidien qui ronge mes forces chaque jour un peu plus ? En réalité, je suis perdue et je me sens plus seule que jamais. Ma sœur me dit souvent que j'ai tout essayé et qu'il est inutile d'espérer. J'aime croire qu'elle se trompe. Ses arguments sont parasités par le fait qu'elle n'aime pas les hommes. Et si jamais il s'avère qu'elle a raison, je prendrai une décision. D'ailleurs, j'ignore ce que ça signifie, mais j'ai toujours su qu'après quarante ans je cesserai de souffrir. Manger ne sera plus un calvaire. Avoir le dernier mot ne sera plus impossible. Dans quelques mois, c'est mon anniversaire, et une note d'espoir se cache quelque part. J'espère avoir encore la force d'agir.

Je repars le cœur battant, un peu honteuse d'avoir pris le temps de ne penser qu'à moi. Mes talons claquent sur le trottoir à un rythme régulier, et je sens tous mes doutes s'envoler. Un coup d'œil à ma montre. Dans cinq minutes la sonnerie de l'école va retentir et mes trois adorables filles sortiront en courant. Elles sont ma béquille, presque mon unique raison de vivre. Presque. Parce que ma deuxième raison de vivre demeure l'espoir que nous réussirons à former à nouveau cette famille en laquelle je crois. J'ai beau travailler, pour rien au monde je ne confierais mes enfants à une nounou ou à une voisine. Je m'arrange toujours pour aménager mes horaires de travail. Je préfère prendre moins de temps pour me préparer et gagner quelques minutes sur mon emploi du temps afin de savourer chaque matin le bonheur de déposer moi-même mes enfants et revenir les chercher. Une sorte d'urgence m'habite en continu sans que je puisse l'expliquer. On ne sait jamais ce qu'il peut arriver.

2

Disparition inquiétante

Je prends mon badge et le fais glisser devant le système d'ouverture du parking du troisième district de police judiciaire de Paris et, contre toute attente, le portail s'ouvre aussitôt. Voilà deux mois que le mécanisme me refuse l'entrée. J'ai changé plusieurs fois de boîtier mais le système électronique fonctionne avec les gars de la maintenance et tombe en panne dès qu'il est entre mes mains. Attentif aux signes lorsque survient l'inexpliqué, j'ai imaginé un blocage, un grain de sable dans la fluidité de mon destin qui m'empêcherait d'avancer normalement. L'anecdote tient du dérisoire mais cela me chagrine un peu : toutes mes journées débutent par un refus. C'est pourquoi, ce matin, je gare mon véhicule avec un vrai soulagement. Le collègue préposé à la sécurité sort de sa guérite, certainement par habitude et se dirige vers moi.

— Alors, Yoann, t'as réussi à entrer tout seul ?

— Oui, Paulo. C'est un miracle.

— Pourvu que ça dure… Allez, bonne journée.

— À toi aussi, merci.

En montant les escaliers, je me demande ce que j'ai bien pu faire d'innovant pour mériter le sésame. Rien ne me vient à l'esprit. Et pourtant, à bien y réfléchir, une chose a changé. Chaque matin en conduisant, je ne peux m'empêcher de faire un point sur ma situation. J'ai quarante-cinq ans et je suis major exceptionnel au troisième district de police judiciaire de Paris. Je n'ai pas à me plaindre en dehors du fait que je suis célibataire et que ma vie sentimentale est d'une tristesse sans nom. Aujourd'hui, empreint de fatalisme, je n'ai pensé à rien en me présentant devant les bureaux du XIVe arrondissement. S'il existe un message dans la succession de ces petits événements, c'est que je dois cesser de me soucier de n'être ni marié ni père de famille à mon âge.

Arrivé au cinquième étage, je dépose mon blouson sur le dossier de ma chaise lorsque le téléphone sonne.

— Major Yoann Clivel ? prononce une voix de jeune femme.

C'est la nouvelle recrue de l'accueil.

— Appelle-moi Yoann et laisse tomber les grades. Personne ne t'a avertie qu'on se tutoie, même quand on ne se connaît pas ?

— Euh, non.

— C'est l'usage.

— D'accord.

— Qu'est-ce que tu veux ?

— Le commissaire Filipo a laissé un message à votre… à ton attention. Il souhaite que tu le rejoignes dès que tu arrives.

— OK, merci.

Je raccroche alors que la porte de mon bureau s'ouvre.

— T'as fait une touche. La petite de l'accueil est sous ton charme, elle m'a demandé ta ligne directe.

Mon collègue Christian Berckman sait que je vis mal ma solitude et il en rajoute sans arrêt en espérant me caser.

— Arrête tes conneries, mon numéro est sur le listing. Elle vient de m'appeler pour me passer un message du patron.

— C'est ce que je te dis, elle a ton numéro sur ses fiches mais ça ne l'a pas empêchée de me solliciter pour que je te le fasse savoir. Les filles, ça réfléchit sans arrêt. Ça fait des plans sur la comète, t'imagines même pas. Ton tempérament soupe au lait, ta réputation de tombeur… elle n'a pas osé te parler directement. T'as beau avoir le patronyme breton de ton père, c'est les gènes basques de ta mère qui s'expriment. Tu te rends pas compte mais tu impressionnes.

J'éclate de rire.

— Je crois plutôt qu'elle en pince pour toi… Sinon pourquoi elle te sollicite pour des coordonnées qu'elle a sous les yeux ? Ça sent le prétexte.

— Ah bon ?

Il passe machinalement la main dans ses cheveux, vers l'arrière, comme s'il se recoiffait. De taille moyenne, un visage quelconque, Christian Berckman n'est pas un don Juan. Mais avec sa franchise, sa chance légendaire, sa sympathie naturelle et son sens de l'humour, il est la coqueluche de la brigade, femmes et hommes confondus. Dès qu'il se pose à un endroit, les collègues accourent et se réchauffent à sa bonne humeur. Christian possède les atouts d'un rayon de soleil.

— Ça me fait plaisir ce que tu dis, ajoute-t-il. En plus, elle est mignonne. Je vais retourner la voir. Faut que je sache.

— Moi je file chez le patron. Je sais pas ce qu'il me veut... J'aime pas quand il nous fait des apartés comme ça, dès le matin.

— Oh, à mon avis, on va nous servir de la pizza froide.

C'est ainsi que mon collègue et ami qualifie une enquête menée par un autre service et qui, faute de résultats, finit dans notre brigade de police judiciaire. Et la métaphore a du bon. Lorsque nous ne menons pas les premières constatations, l'affaire perd de son croustillant. Certains détails manquent comme les olives qu'une main gourmande aurait prélevées. Mais le plus déplorable est que dans la majorité des cas nous ne la finirons pas, comme lorsque le fromage a durci et devient immangeable. Une enquête mal commencée a toutes les chances de ne pas s'achever. Les statistiques le prouvent.

— Comment tu sais qu'il va nous filer du réchauffé ?

— J'ai croisé Filipo à la machine à café et c'est ce qu'il m'a laissé entendre.

— Meurtre ? Viol ? Arnaque ?

— J'ai pas demandé, j'ai plus de place dans mon cerveau.

Sa remarque me fait sourire. J'ai beau le connaître depuis plus de quinze ans, sa façon d'appréhender le travail est si différente de la mienne que je suis toujours cueilli par ses réactions. Christian est entré dans la police par hasard. Il accompagnait un ami qui souhaitait passer le concours. L'autre n'a pas été pris, lui si. Il fait confiance à sa bonne étoile. Ce passionné de poker trouve toujours le moyen d'en faire le moins possible. Aujourd'hui chef enquêteur, il a gravi les échelons à l'ancienneté. Il nage dans mon sillon et profite de mes succès. Notre collaboration ne marche pas à sens unique : avec la retenue qui le caractérise, il m'empêche bien des dérives et je lui dois beaucoup. Notre binôme repose sur cette complémentarité. Je le bouscule autant qu'il freine mon côté borderline.

Toutes les nouvelles enquêtes passent par l'état-major qui les distribue en tenant compte de la répartition par arrondissements et des équipes de permanence. Ensuite, le juge saisi mène les investigations en confiant l'affaire au service concerné. J'ai hâte de connaître la raison qui justifie la récupération d'un mandat en cours d'instruction. Je grimpe au huitième étage et frappe à la porte du commissaire Filipo, le patron de la brigade. Déçu par la nature humaine, le commissaire n'a ni femme ni enfant et reporte toute son affection sur ses deux bergers australiens qu'il a nommés Xavier et Jean-Luc. Il connaît mon amour pour les animaux et ne manque généralement aucune occasion de valoriser notre intérêt commun pour les bêtes en me parlant de ses fidèles compagnons.

— Bonjour Clivel, vous vous laissez pousser la barbe ?

Je passe la main sur mon menton. Ça fait trois jours que je ne me suis pas rasé. Décontenancé par cette remarque, je réponds :

— J'en sais rien, j'y ai pas réfléchi.

— Je sais bien qu'on n'est pas à la Crim' et qu'on joue pas le costard-cravate 24 sur 24, mais là ça fait négligé. Vous pourriez vous en rendre compte, tout de même !

Je reste sans voix. Depuis quand le commissaire se préoccupe-t-il de ma pilosité ? Bientôt il va me dire que mon jean noir n'est pas réglementaire ? À part lui, on est tous sapés de la même manière. Tandis que je cherche une repartie efficace et diplomate pour lui faire perdre l'envie d'y revenir, il interrompt mes pensées en frappant du poing sur la table.

— Bon. Venons-en aux faits, dit-il.

C'est une confirmation, le taulier n'est pas dans son état normal. Il n'arrive pas à masquer sa nervosité. Qu'est-ce que ça cache ? Il m'explique qu'une femme, Amandine Moulin née Lafayette, employée administrative à la mairie du XVe, a disparu depuis huit jours. Elle est mariée au professeur de français Henry Moulin. Ils ont trois filles, âgées de six, sept et huit ans. La famille habite au 2 rue Auguste-Vitu, Paris XVe, et le commissariat de quartier n'a aucune piste tangible. L'entourage a été passé en revue. Le mari est connu pour être un professeur agrégé très pédagogue et apprécié de ses élèves. Il est une des personnalités qui comptent dans l'établissement. Les parents de la disparue forment un couple à la retraite sans histoire. La sœur se révèle être une brillante chef d'entreprise, très occupée par son business. L'enquête est au point mort car, à ce stade, aucun élément ne permet de qualifier la disparition d'Amandine en fugue, suicide ou meurtre. Elle s'est volatilisée. En dehors des parents qui s'inquiètent, personne ne lève le petit doigt. Le mari n'a pas l'air de s'en faire et les collègues de la jeune femme croient à une grande histoire d'amour.

— Je ne comprends pas pourquoi vous me racontez tout ça, dis-je avec le franc-parler qui me caractérise. Il faut que je prenne des notes ?

— Mais non, Clivel, tout est dans le dossier.

Si tout est écrit, pourquoi prend-il le temps de paraphraser le rapport ? Je remarque ses cheveux grisonnants et les trouve blanchis. Ses yeux semblent boursouflés par plusieurs nuits sans sommeil. J'ai l'impression qu'il a pris un sérieux coup de vieux. Il continue.

— Les parents, puis le mari, ont déposé une requête pour disparition inquiétante. Officiellement, j'ai demandé à récupérer l'enquête pour rapprochement avec une affaire en cours.

Aïe. Un « officiellement » sous-entend un « officieusement ». Que va-t-il m'annoncer ?

— Un rapprochement avec quelle affaire ?

— La disparition de Mme Frukel.

Qu'est-ce qu'il raconte ? Mme Frukel est atteinte d'Alzheimer et, comme nombre de personnes touchées par cette maladie, elle a dû s'échapper de sa maison de retraite en croyant rentrer chez elle. Incapable de retrouver son chemin, elle s'est perdue. On ne peut faire appel ni à la logique ni au raisonnement pour mener l'enquête liée à sa disparition et, sans la bienveillance d'un quidam, il est probable qu'on ne la retrouvera pas vivante.

— Je ne vois pas le rapport entre Mme Frukel et cette jeune mère de famille ?

— Laissez-moi finir, bon sang ! Il est évident que les deux enquêtes n'ont aucun lien. J'ai évoqué des similitudes pour qu'on saisisse notre service. Il est temps qu'on prenne les choses en main. Il y a de nombreuses failles dans ce dossier. C'est pourquoi vous intervenez.

— Ça ne fait que huit jours…

— Ne m'interrompez pas sans arrêt, Clivel, sinon on y est encore demain.

Filipo prend une grande inspiration comme s'il voulait battre un record d'apnée, puis il poursuit.

— Les parents de la disparue se sont souvenus que j'avais eu une liaison avec leur fille et que j'étais aujourd'hui commissaire et patron du troisième DPJ. Ils m'ont demandé de l'aide. J'ai parlé au juge et mis en évidence les ressemblances entre les deux dossiers. Je pense qu'il n'est pas dupe mais l'important est qu'il ait donné son accord en nous confiant cette affaire. J'ai proposé qu'elle vous revienne parce que vous êtes mon meilleur élément, Clivel.

— Vous connaissiez Amandine Moulin ? répété-je pour insister sur ce que ça implique.

— Je l'ai connue sous son nom de jeune fille : Amandine Lafayette. Une amourette de jeunesse comme nous en avons tous eu.

— Et vous avez dit au juge que les deux affaires étaient liées au lieu de préciser que vous connaissiez cette jeune femme, personnellement ?

— Oui. C'est purement administratif. Ne faites pas comme si vous tombiez de la dernière pluie. Je l'ai bien connue et je veux savoir si un truc grave lui est arrivé ou pas. Point final.

— Vous pensez vraiment qu'il faut s'inquiéter ?

— Elle a disparu depuis huit jours alors qu'elle a trois enfants. C'est une mère exemplaire et je n'arrive pas à imaginer qu'elle les ait abandonnés au profit d'un amant. C'est une femme responsable, notez-le bien, raison pour laquelle je ne crois pas à la fugue.

— Elle a pu changer depuis le temps que vous…

— Bien sûr. Mon avis repose sur des souvenirs mais j'écoute aussi mon intuition. Vous êtes sans arrêt en train de nous bassiner avec votre sixième sens et vos ressentis, alors vous pouvez comprendre ! Bref.

Vous savez comme moi qu'après quelques jours sans nouvelles, l'espoir qu'elle soit encore en vie est mince. J'espère me tromper.

— Pourquoi vous me confiez que vous la connaissez, alors que vous n'en avez pas parlé à la magistrature ?

— Tôt ou tard vous l'auriez appris par les parents. Le juge n'en est pas informé parce qu'il ne m'aurait pas confié l'affaire. Et je tiens à venir en aide à la famille Lafayette. Il n'est pas question qu'ils pensent que je me défile.

Je suis surpris qu'il prenne de tels risques pour une simple amourette, comme il dit. Si elle n'avait pas compté, il me semble qu'il ne s'impliquerait pas à ce point. Il continue.

— Vous êtes un bon flic, sans doute le meilleur tous groupes confondus, et je vous en parle d'ores et déjà parce que je n'ai pas envie que vous vous posiez des questions inutiles.

— Je vais forcément l'évoquer un jour ou l'autre dans mes procès-verbaux. Imaginez que le mari m'en parle… Je fais quoi ?

Il joint les mains et les frotte l'une contre l'autre en m'observant.

— Je sais bien que ça va vous demander un petit effort, mais… il y a des éléments qu'on peut volontairement oublier de noter. C'est stratégique. Pour le bien de la vérité. Cette enquête a beaucoup plus de chances d'être résolue entre vos mains que dans celles du commissariat du XVe.

— Franchement…

— Je ne suis pas en train de vous passer de la pommade, Clivel. Je pense ce que je viens de dire. Dernière recommandation, je vous remercie d'être discret auprès de vos collègues. Éventuellement vous pouvez en parler à Christian Berckman qui est une tombe, mais pour le reste, ça ne regarde personne. Je tiens à ce que vous soyez dans la confidence, d'homme à homme. C'est une mission de confiance. Et cette confiance s'impose à chaque niveau de l'enquête.

Il se répète comme s'il cherchait à me convaincre. Merde. Une affaire présentée sur un plateau par le patron, je n'aime pas ça. La pression augmente de dix. Une enquête où la victime est une ex du *big boss*, ça pousse le curseur des problèmes à cent. Et sa décision de mentir au juge, plaçant d'emblée l'enquête en risque d'erreur de procédure, fait s'envoler mes craintes au sommet des emmerdes. Pour finir, je ne suis pas un assidu de la paperasse et je vais constamment l'avoir sur le dos. En même temps, le challenge m'intéresse. L'histoire renifle quelque chose d'inédit. J'en ai la chair de poule comme chaque fois que mes intuitions s'expriment. Et à l'instant présent, tous les poils de mes bras se dressent comme une foule en délire.

— Vous pouvez me donner quelques informations supplémentaires la concernant elle et… vous ? dis-je en ouvrant mon carnet.

— C'était ma quatrième petite amie, pour être précis. Elle avait vingt et un ans et moi vingt-cinq. Nous sommes restés un peu plus d'un an ensemble. Ça fait plus de vingt ans que je l'ai perdue de vue. Donc rassurez-vous, le fait que je la connaissais reste un détail.

— J'accepte à une condition…

— Vous m'avez mal compris, m'interrompt-il. Le juge nous confie la résolution de cette disparition et vous en avez désormais la charge. Vous n'avez pas le choix. Le dossier complet vous parviendra en début d'après-midi.

— Merci pour le cadeau…, dis-je en retenant le mot « empoisonné » qui me brûle les lèvres.

Il ne répond pas. Juste avant que je ne referme la porte derrière moi, Filipo élève la voix.

— Quelle était votre condition, par simple curiosité ?

— Ne subir ni frein ni pression d'aucune sorte.

— Je ne vois pas…

— Si je me rends compte que vous avez omis de me donner des renseignements ou si je suis contraint de freiner mes investigations au détriment de la vérité, je laisse tomber direct. Et pour les procès-verbaux et les rapports, c'est à mon rythme, comme je fais d'habitude.

— Que les choses soient claires, Clivel, je vous demande de faire votre boulot sans aucune compromission. Si j'avais besoin d'un toutou, j'aurais fait appel à quelqu'un autre. Concernant la paperasse, je sais que ce n'est pas votre fort mais j'insiste sur le fait que tout doit être consigné pour que rien ne nous échappe. Au sujet de leur fréquence, je vous laisse gérer. Si ça traîne, je vous le ferai savoir.

L'après-midi, je parcours le dossier dans les grandes lignes, puis je me présente de nouveau devant Filipo. Il est en train de nourrir ses chiens et paraît plus détendu.

— Quelles sont les failles dont vous m'avez parlé ? demandé-je.

— Les failles ?

— Vous m'avez dit ce matin que les gars du commissariat n'avaient pas fait du bon boulot…

À la suite de ma première lecture, les éléments qui justifient une telle précipitation dans le changement de service ne m'apparaissent pas de manière évidente.

— D'abord, il n'y a rien qui bouge et quand ça ronronne à ce point, c'est qu'on s'y est mal pris. Pour tirer cette affaire au clair, il faut mettre le turbo.

— Huit jours, c'est pas beaucoup.

— Allez dire ça aux parents.

— OK, mais sur le plan des investigations…

— Les procédures ont été très mal menées. Le mari est un prof de lettres, et d'emblée on l'a écouté avec une bienveillance trop partiale. Deux questions, trois petits tours et puis s'en va. Or, dans l'entourage proche, qui est LE suspect potentiel ? Henry Moulin. Ce type ne se soucie pas le moins du monde de ce qu'est devenue sa femme. Je sais ce que vous vous dites. Il faut émettre toutes les hypothèses et ne pas s'arrêter aux évidences. Justement. Le mari, le père, la mère, la sœur, le patron, l'éventuel amant, que sais-je, quantité d'auditions s'imposent. Et là encore, une foultitude de questions n'ont pas été posées. Des personnes ont été ignorées. Il faut reprendre l'enquête à la base, je ne vais pas faire le boulot à votre place, tout de même ?

— Rassurez-vous, dis-je en secouant lentement la tête de droite à gauche. J'avais envie de connaître votre point de vue sur l'état d'avancement de l'affaire et les erreurs éventuelles des collègues. Ça ne m'a pas sauté aux yeux, c'est tout.

— Me dites pas que vous avez fait le tour de la question en un simple après-midi.

Je décide de ne pas entrer dans son jeu de provocation.

— Sur le papier, il s'agit d'une disparition, mais personnellement vous ne croyez pas à la fugue.

— En effet.

Il porte son pouce à ses lèvres, comme s'il allait se ronger l'ongle, puis il semble se raviser et pose rapidement ses deux mains devant lui.

— Je vous l'ai déjà dit, j'ai peu d'espoir. Quant à la question d'un suicide ou d'un meurtre…

Je lève la main en signe d'arrêt.

— Si ça ne vous ennuie pas, je vais m'immerger dans cette affaire sans aucun a priori et surtout pas le vôtre. Je voulais savoir où, d'après vous, l'enquête avait pris un mauvais tournant, et je vais m'en tenir là.

— Voilà, Clivel, c'est ça que j'attends de vous, dit-il en découpant l'angle d'une feuille devant lui qu'il porte aussitôt à sa bouche.

Mâcher du papier est chez lui un signe de stress.

Une fois revenu dans mon bureau, je note sur mon carnet ces quelques lignes :

- Le patron est nerveux.
- La victime est une de ses ex.
- Que me cache-t-il ?
- En veut-il à Henry Moulin ?

→ Vérifier si d'anciennes rancœurs ne se cachent pas derrière la décision de cette prise d'enquête.

J'ai la très fugace intuition d'être instrumentalisé. Mais mon rapport compliqué à l'autorité me joue souvent des tours. Parfois, je frise la parano vis-à-vis de la direction.

3

Amandine,
six mois avant sa disparition

Je m'assieds sur la couette en plume en plein milieu du lit de ma fille Zoé et, comme tous les soirs, mon aînée se met en tailleur et positionne sagement son oreiller en un rituel qui semble la rassurer. Moins disciplinées, Jade et Lola jaillissent en courant et sautent à nos côtés. La cadette glisse ses jambes sous le drap tandis que la plus jeune s'allonge sur le ventre devant moi en relevant les pieds sans cesser de les balancer. « Arrête de bouger », dit Zoé de sa voix douce. Lola ne répond pas, elle n'en fait qu'à sa tête et, comme elle a rarement le dernier mot face à sa grande sœur, elle a récemment pris le parti de l'ignorer. Sa force de caractère ne cesse de me surprendre. Du fil à retordre en perspective lors de l'adolescence. Je tiens entre mes mains un castor et un perroquet que j'ai pris au hasard dans le monticule de peluches des filles. C'est l'heure de l'histoire. Je l'invente au fur et à mesure que les idées viennent en essayant de faire passer des messages sur la manière de vaincre les épreuves de la vie. Ce soir, il est question d'un méchant dont il faut se méfier parce qu'il apparaît dans les eaux du fleuve, mais aussi dans les airs. Le mammifère et l'oiseau craignent pour leur vie car ce monstre aux pouvoirs immenses fait régner la terreur. Portés par l'amour qu'ils partagent l'un pour l'autre, le castor construit une petite maison sur un radeau en bois très solide tandis que le perroquet couvre le toit de l'habitation de ses plumes bigarrées. Reflétant le soleil, le radeau passe inaperçu aux yeux de tous. Cachés dans leur abri indestructible autant qu'invisible, les amoureux échappent au danger et triomphent du mal.

Imaginer et raconter une histoire à mes filles représente une virgule de bonheur dans ma vie. Un moment où ni la nostalgie ni les angoisses ne peuvent m'atteindre. Quelques minutes durant lesquelles je me ressource. J'aime particulièrement l'instant magique où mes trois petites se détendent et s'assoupissent contre moi. Inexorablement, nous finissons toutes les quatre lovées les unes contre les autres. Je reste droite tel un livre sur une étagère, tandis qu'elles me pressent de tous les côtés : j'ai longtemps cru que je leur servais de soutien mais ce sont elles qui m'empêchent de tomber. Je suis parfois si faible. Ont-elles conscience que leur amour me nourrit d'énergie positive ? Soudain, une sensation inconfortable me gagne sans que je puisse l'expliquer. Le halo de la lampe de chevet déploie sa faible lumière autour de nous et, en dehors du lit, la nuit est partout. Pourquoi ai-je l'impression d'être observée ? Tandis que je relève la tête vers la porte, j'aperçois une forme sombre. Il s'agit de mon mari, immobile, visiblement entré dans la chambre. Il nous observe en silence. Un sentiment inexplicable d'être prise en défaut m'assaille d'un coup. Je sursaute nerveusement et déplie les genoux en un réflexe malheureux. Lola, qui s'appuyait contre moi, roule en arrière et tombe du lit. Aussi surprise que vexée, la petite se met à pleurer. Henry s'approche et la prend dans ses bras.

— C'est l'heure de se coucher, dit-il.

— J'avais fini, balbutié-je.

— Il y a école demain. Une histoire tous les soirs, ça ne va pas être possible. Votre mère est fatiguée.

Comme toujours sa voix est grave, posée et très calme. Pourquoi n'arrivé-je pas à lui expliquer que je ne me force en rien et que ce rituel du conte m'apporte autant de réconfort qu'à elles trois ? Je n'ose pas. Lui exprimer mon plaisir et celui de nos petites, c'est en quelque sorte désavouer son rôle de père. À l'instar de beaucoup d'hommes, il a moins de patience et il ne sait pas s'y prendre pour passer du temps avec elles. Je lui en ai quelquefois fait le reproche, mais, là, je n'ai pas envie d'aller sur ce terrain. Ma sœur me dit toujours qu'en dehors de son travail et du sport, rien n'a d'importance pour Henry. C'est oublier qu'il a une excuse de taille : les enfants, c'est son quotidien. Être prof dans un lycée est épuisant et s'occuper des nôtres à la maison, c'est un peu continuer le boulot. Je me lève pour cajoler Lola, mais Henry la dépose dans son lit et me fixe en fronçant les sourcils, l'air de dire qu'il ne faut pas tarder à éteindre. Je regarde ma montre. 20 h 30. Il a raison. Je capitule et pose un simple baiser sur le front de mes filles, puis je file dans la salle de bains pour cacher les larmes qui coulent sans que je parvienne à les arrêter. Je me sens tellement nulle.

Après quelques instants, furieuse contre moi d'avoir à ce point les nerfs à vif, j'avance rapidement vers la cuisine pour me servir un verre d'eau. Je me cogne le genou contre un tiroir du meuble du couloir qui est, Dieu sait comment, resté ouvert. Stoppée par la douleur, je plisse les yeux sans rien dire et, de nouveau, deux grosses larmes s'écoulent sur mes joues. Je m'assieds à même le sol pour reprendre mes esprits. Un peu de sang commence à perler sur le bas de mon pantalon beige. Flûte, j'avais prévu de le porter demain. Pour contenir la rage de ma maladresse et mon envie de hurler, je serre les poings de toutes mes forces jusqu'à ce que mes ongles entrent dans mes paumes. Mon cœur bat beaucoup trop vite. Pourquoi suis-je dans cet état ?

4

Son lieu de vie

J'ai passé l'après-midi, la soirée et une partie de la nuit à consulter le dossier d'Amandine Moulin dans les moindres détails puis j'ai demandé à mon binôme Christian Berckman de me rejoindre à 9 h 30 chez la disparue, le lendemain.

Je sais que le mari part tôt au lycée et je tiens à visiter l'endroit sans avoir quiconque entre les pattes. Il est convenu que la gardienne nous ouvre et qu'un collègue du commissariat de quartier nous accompagne pour passer la main, officiellement. Contrairement à ce que Filipo a mentionné, je trouve leurs investigations honnêtes. Ils ont agi avec prudence au départ et ont accéléré au moment opportun. L'ennui en cas de disparition d'une personne majeure est qu'on ne sait jamais si elle cherche à échapper à sa routine – un conjoint insupportable, une trop grosse dette, un avenir insipide – ou si elle a rencontré de sérieux ennuis. En première option, il faut lui laisser le temps de réapparaître de son propre chef. Dans la deuxième, passé vingt-quatre heures, les chances de la retrouver vivante se réduisent considérablement. Il faut donc procéder par étapes. J'ai noté et récapitulé les faits sur mon carnet : Amandine Moulin a disparu le 5 septembre. La seule à l'avoir aperçue tandis qu'elle sortait de chez elle ce jour-là est la gardienne. Plus personne ne l'a vue après 13 heures, heure à laquelle les époux ont communiqué par téléphone une dernière fois. L'appel a duré dix secondes seulement, et le mari n'a plus le souvenir de ce qu'ils se sont dit. Le téléphone d'Amandine a cessé d'émettre à 13 h 40 dans un rayon qui englobe leur logement. Le portable est sur messagerie et reste muet depuis cette date. Mais le lendemain et les jours suivants, le compte bancaire de la jeune femme a régulièrement été débité. Visiblement sa carte bleue circulait dans Paris et l'on payait de menus achats avec. Raison pour laquelle la police et le mari ont cru en premier lieu à un abandon du domicile conjugal pour les bras d'un amant. Les parents se sont opposés à cette théorie et n'ont cessé d'insister sur le fait que normalement leur fille les appelle tous les jours, sans exception, et qu'ils n'ont plus de nouvelles d'elle depuis lors. Ils ont pour deuxième argument qu'elle ne serait jamais partie sans ses enfants. D'après eux, elle est en danger, accidentée, agressée ou séquestrée quelque part. Les cliniques et hôpitaux ont été contactés, sans succès. Le sac à main de l'épouse reste introuvable et son chéquier n'a pas été utilisé depuis le 5 septembre.

Il y a quelques jours, les gars du commissariat privilégiaient encore la possibilité d'une fugue en précisant qu'on ne sait jamais de quoi les gens sont capables et que même les plus timides peuvent se révéler de véritables aventuriers. Mais leurs convictions sont devenues de plus en plus hésitantes. Je reconnais là une tentative pour gagner du temps avant d'émettre des conclusions définitives. D'ailleurs, l'hypothèse de la fuite – peu probable car rarement observée chez une mère de famille – suppose qu'Amandine Moulin aurait acquis un nouveau téléphone et mis de côté de conséquentes réserves d'argent sur un autre compte bancaire avant de mettre en scène sa propre disparition. Seule une étude approfondie de la personnalité de la jeune femme permettra de confirmer si c'est compatible avec son tempérament. M. et Mme Lafayette ont déposé une requête pour disparition inquiétante. Le mari en a fait autant cinq jours plus tard, lorsque le hasard a mené un SDF dans les bureaux de la police du XIIe arrondissement. Le clochard en question en avait tabassé un autre. Dans ses poches, on a découvert la carte bleue d'Amandine. Il effectuait des paiements sans le code, par transmissions électroniques, pour des montants de moins de vingt euros. Alcoolique au dernier degré, le bonhomme a été incapable de préciser où il a déniché la carte. Il a évoqué un sac à main qu'il aurait trouvé mais son discours est tellement flou qu'on ne peut s'y fier. D'une heure à l'autre, ses propos diffèrent. Après quelques recherches, le vagabond a cessé d'être soupçonné de l'avoir agressée pour son argent grâce à un alibi imparable : la veille, le jour et le lendemain de la disparition d'Amandine, il se trouvait à l'hôpital à la suite d'une méchante blessure au pied. Les deux commerçants qui ont raconté l'avoir vu se disputer avec un autre SDF ont précisé avoir compris que l'enjeu de la bagarre était un sac que l'un avait trouvé, et que l'autre lui avait volé. Le premier vagabond n'a pas été retrouvé. Depuis la découverte de la carte bleue, le compte de la jeune femme n'a plus jamais été débité. Il n'est pas très fourni et ne présente que quelques centaines d'euros – un reliquat de sa dernière paye. De fait, l'hypothèse d'une fugue de la jeune femme a sévèrement faibli. D'autant qu'en remontant les mois précédents, aucun versement vers un autre compte n'a été observé. L'affaire a alors pris une autre tournure. Les collègues du commissariat de quartier ont aussitôt entamé les recherches en privilégiant la piste d'une disparition inquiétante et d'une possible atteinte à la personne. Le dossier en est là lorsque je le reprends.

L'appartement de la famille Moulin est situé au troisième étage d'un immeuble des années trente, bien entretenu. En attendant l'arrivée de Christian et du collègue du commissariat, je constate que le lycée où officie le mari se trouve au bout de la même rue. Je saisis mon carnet et note un point : le dernier lieu où le téléphone d'Amandine a « borné » est l'appartement ainsi que l'établissement scolaire, les deux sites se situant dans la même zone captée par les récepteurs téléphoniques.

Un mouvement perçu du coin de l'œil attire mon attention. Christian arrive accompagné d'un homme en tenue, la cinquantaine, de taille moyenne et qui fronce les sourcils.

— Je suis passé par le commissariat, annonce mon binôme.

L'art de camoufler un retard signé Christian Berckman. Le lieutenant François Gaubert se présente en me tendant la main. Une grimace en guise de sourire. La transmission du dossier à notre service ne passe pas. Il a dû s'investir et n'apprécie pas d'en être dessaisi. Je le comprends. On n'y est pour rien, mais le lui préciser permettra peut-être d'obtenir le meilleur de lui.

— On n'a rien demandé, c'est le juge...

Personne ne doit savoir que cela vient en réalité d'une intervention du commissaire.

— C'est pas l'information qui circule, oppose-t-il. Vous fatiguez pas... je vais chercher les clefs chez la gardienne.

Christian lève une épaule et penche la tête de côté, avec l'air d'être désolé pour le lieutenant. Nous occuper du tout-venant est déjà une charge importante au quotidien, alors récupérer ce que les autres gèrent parfaitement représente un effort qu'il a du mal à supporter. Et sa mimique me suggère de manière évidente de trouver une bonne raison de lâcher l'affaire.

— Arrête ton cinéma. Tu veux que je dise à Filipo qu'on a mieux à faire ?

— Non, tu lui racontes que ça fait de la peine aux collègues. C'est un mec sensible, il peut comprendre.

— Filipo s'est mouillé jusqu'à la glotte pour récupérer cette enquête, il ne la lâchera pour rien au monde. Christian, fais-moi plaisir : on ne parle plus jamais de ça et on bosse.

Il souffle en gardant ses joues gonflées mais il hoche ostensiblement la tête. Il tente chaque fois le coup, mais il capitule vite parce qu'il voit bien que ça ne sert à rien. Et pourtant, au fond de moi, je me dis qu'un jour il me fera peut-être changer d'avis. Le poids des ans me fait réfléchir. Y a pas que le boulot dans la vie.

— OK. Tu veux que je t'aide à garder les coudées franches ? me demande-t-il en lançant le menton vers l'endroit où est parti le collègue.

— Oui. Je ne tiens pas à ce qu'il nous promène. On est sur du réchauffé et ça va être dur d'avoir des ressentis. Arrange-toi pour l'occuper.

— T'inquiète. S'il dépasse le paillasson, je le plaque au sol.

Je peux compter sur lui. Tant qu'il bavarde, il ne mène pas les investigations. Le gars du commissariat revient, trousseau en main.

— Il n'y a qu'un appartement par étage, dit Gaubert en montrant un porte-clefs affublé de petites raquettes de squash.

Je tends la main vers lui et dis :

— Alors ce sera facile à trouver.

En un geste rapide, Christian saisit la clef et me la donne. Puis il prend le collègue par le bras et l'attire au-dehors.

— Nous souhaiterions connaître votre point de vue personnel sur l'affaire…, affirme-t-il tandis que je monte les étages.

Il a une manière de procéder qui est stupéfiante. Personne ne s'offusque jamais de ses paroles ni de ses actes. Mon binôme est habité par un vrai don d'empathie qui n'est jamais remis en question.

Palier du troisième étage. J'ouvre la porte et entre chez Amandine. Lors de chaque nouvelle enquête, c'est la même ritournelle. Je sors mon calepin et un stylo et je note tout ce qui vient. Je me fie toujours à ces premières sensations. Ce que mes sens aux aguets perçoivent est de la plus haute importance. Mes yeux scrutent l'étrange, mon nez renifle le bizarre, mes oreilles écoutent les derniers mots de la victime, ma salive prend le goût du drame qui s'est peut-être joué là, mes mains fouillent le passé. J'ai peu de temps avant que mon instinct entre en conflit avec mon mental. Je parcours l'ensemble des pièces, une à une. Tout est rangé dans un ordre parfait. Pas un objet ébréché, aucune poussière, pas de signe de tension. Des photos du couple, d'autres des enfants. Une famille modèle. Je note : Parfaitement rangé, propre, aseptisé. Je ferme les yeux et je vide mes pensées en essayant de laisser s'exprimer mon sixième sens. Sans succès. Je suis incapable d'identifier une seule sensation autour de cette disparition. Pourtant, depuis vingt-trois ans de police judiciaire, j'ai acquis une sévère réputation d'expert. Mon goût pour les détails et pour l'infiniment petit me donne l'avantage. Enfant, j'avais pour passion les insectes. Je voulais être entomologiste ou naturaliste. C'est le seul métier où plus on en connaît et plus on devient humble. Comment être arrogant devant l'unité singulière d'une armée de centaines de fourmis ? Comment ne pas tomber amoureux des araignées porteuses de diadèmes ? Et les mantes religieuses, ces étranges Lucky Luke filiformes et corsetés dont la rapidité n'a d'égal que leur précision… Cette ferveur pour les bêtes dites sales, je l'utilise pour dénouer les crimes. Trouver le détail étrange dans la lie de l'humanité me fait avancer. Un atout majeur. D'autant que ces perceptions du tangible sont amplifiées par un sixième sens proche de la médiumnité. Je me sens connecté à l'invisible. Un phénomène qui s'amplifie au fil des ans avec la confiance et que j'ai appris à accepter. Frissons, fourmillements dans les mains, accélération du pouls, mon corps réagit aux stimuli et je l'écoute sérieusement. Finalement, ces insectes m'ont guéri de la tristesse de mon enfance et ils habitent peut-être encore en moi.

Mon envie de me surpasser et de faire mieux que le commun des mortels vient de mon rapport à mon père, Gregor Clivel. Il est décédé quand j'avais dix ans. Assassiné au petit matin dans la rue qui borde notre maison, alors qu'il s'apprêtait à se ranger définitivement auprès de ma mère car il se savait atteint d'un cancer incurable. Ce père n'a jamais daigné porter son attention sur moi, et depuis sa mort j'espère qu'il m'observe de là-haut et qu'il approuve fièrement ce que je fais. Je suis ce fils auquel il n'a jamais pris le temps de dire « je t'aime ». Et c'est à cause de la violence de sa disparition que j'ai abandonné la ronde joyeuse des insectes pour la noirceur du crime. Mon boulot, c'est d'y mettre toute la lumière possible pour que la vérité s'impose. Mais aujourd'hui, cette acuité exceptionnelle me fait défaut. Fugue ? Départ organisé avec un amoureux ? Meurtre ? Suicide ? Bagarre ? Vol qui a mal tourné ? Conflit familial ? Impossible de mettre un mot sur cette disparition. Je suis dans ce lieu décoré de manière très épurée, où pas un objet ne traîne, et mes sens sont comme anesthésiés. Je ne vois rien d'autre que ce qui est donné à voir. Faute de mieux, je note sur mon carnet : faire intervenir la police scientifique pour constater la présence d'éventuelles traces de sang ou celles d'un ADN étranger à la famille.

5

Plus que parfait

La seule certitude dans cette affaire est l'absence de corps. Amandine, vivante ou morte, a disparu. Dans son appartement, je suis attiré par une photo d'elle, posée derrière une vitrine. Elle diffère de celles qui sont présentes dans le dossier. J'ai lu qu'elle est âgée de quarante ans, mais sur ce portrait elle en paraît quinze de moins. La finesse de ses traits m'aimante. Des pommettes hautes, des yeux en amande, un petit nez, un charme italien ou plutôt amérindien. Cette femme est sublime. J'ai la nette impression de la connaître…

— Enfin seuls, lance Christian de la porte d'entrée après avoir raccompagné le lieutenant du commissariat de quartier.

— J'ai entendu que tu lui demandais quelle était sa théorie ?

— Amandine Moulin est une très belle femme. Il privilégie la piste de la fuite avec un amant. Il connaît bien le mari et c'est un gars formidable, mais il est souvent absent. Trop, probablement. Ses collègues du commissariat penchent plutôt vers la thèse du suicide.

— Et ses trois enfants, ils en font quoi ? Elle s'en foutait ?

— Je te répète ce qu'il m'a dit, il n'est pas entré dans le détail.

— T'aurais pu lui demander. Vous avez parlé de quoi pendant tout ce temps ?

— Quelle importance ? Tu m'as demandé de l'occuper…, me dit-il en souriant.

Je me rends compte que j'ai les nerfs en pelote.

— Ouais, excuse. Eh, regarde cette photo d'Amandine. J'essaie de me souvenir et je n'arrive pas à savoir. Ça me perturbe. Je me demande si je ne l'ai pas déjà croisée quelque part.

Christian s'approche et saisit le cadre entre ses mains. Il me fixe, les yeux écarquillés.

— Tu te fous de moi ?

— Quoi ?

— Mais enfin…

— Ben, accouche, bon Dieu.

— On dirait Alisha. Ton ex… La même en plus fragile et en plus mince, aussi.

Je déglutis en réalisant combien il a raison. Comment ai-je fait pour ne pas penser à celle qui occupe cent pour cent de mes neurones en dehors du boulot ? Elle a les cheveux bruns comme Alisha. Elle les porte longs, comme Alisha. Sa silhouette est élancée comme celle d'Alisha, juchée sur des talons hauts, comme

Alisha. Mais ce n'est pas Alisha. Alisha que je ne vois plus depuis plusieurs mois. Mes dernières erreurs ont eu raison de notre couple. Elle voulait que nous officialisions notre relation, un mariage et peut-être un bébé… beaucoup trop pour mes hormones mâles de célibataire endurci. Pour comprendre ce que j'allais perdre en devenant son promis, je l'ai trompée avec une femme superbe, la juge qui dirigeait une précédente affaire. Il m'a fallu cet écart de conduite digne d'un adolescent pour que je réalise à quel point je tenais à elle. Je suis revenu vers elle en capitulant. Un mariage, ce n'est pas la fin de tout. Peut-être même le début d'une nouvelle vie plus apaisée. Mais elle a eu la perspicacité de lire ma culpabilité. Elle a tout deviné, et mes aveux tardifs n'ont rien changé à sa décision. Une dispute a clôturé les débats, et son silence dure depuis cinq mois et trois jours.

Mes pensées sont interrompues par des bruits de pas et des voix qui viennent de l'escalier. Un grincement de clef dans la serrure. Il ne peut s'agir que du mari. En effet Henry Moulin entre, entouré de trois petites filles aussi bouclées que leur père a les cheveux raides. Un coup d'œil à mon carnet : Lola, Jade, Zoé. Six, sept et huit ans. Le père, un petit gabarit, moule ses larges épaules de sportif dans une veste rouge bordeaux assez chic. Plutôt bel homme, un regard clair, des lunettes rondes, un ventre plat, il prend soin de lui.

— Bonjour, messieurs, on m'a averti de votre présence, vous avez des nouvelles au sujet de ma femme ?

Avant que nous lui répondions, il se tourne vers les gamines :

— Allez jouer dans votre chambre, je vous appelle pour le repas.

Il se déplace pour nous serrer la main et me fixe, le front barré d'une grosse ride, visiblement inquiet.

— Malheureusement pas encore. Nous reprenons l'enquête de zéro. Nous sommes de la police judiciaire.

— Je sais, je sais, répond-il avec une pointe d'énervement. Ce n'est quand même pas normal qu'on perde du temps ainsi ! Plus les jours passent et plus…

— Les délais de transmission du dossier sont incompressibles mais nous faisons au plus vite pour augmenter nos chances de la retrouver, dit Christian pour le rassurer.

Je regrette qu'il ait empêché l'homme de finir sa phrase. Le mari se tourne vers mon collègue et reprend :

— Je n'ai rien contre vous, mais il me semble que changer de brigade ralentit, au contraire, les recherches. Je ne comprends pas ces luttes de pouvoir. Les gens du commissariat sont très qualifiés, ils connaissent les gens du quartier, c'est incompréhensible !

— Le juge a estimé donner les meilleures chances aux investigations en nous confiant l'enquête. Ce n'est pas un problème de compétences, c'est juste que nous avons plus l'habitude de traiter ce genre d'affaires et qu'ils ont beaucoup de travail à gérer par ailleurs.

— J'espère que l'avenir vous donnera raison. Bon. Vous voulez visiter la maison ? Savoir quelque chose ?

— Vous finissez tous les jours aussi tôt ?

— Uniquement le mercredi. Je quitte le lycée à partir de 11 heures pour pouvoir m'occuper de Lola, Zoé et Jade quand elles sortent de l'école depuis que…

Il n'achève pas sa phrase et pose son index sur ses lèvres en désignant le couloir où sont parties les filles.

— Vous vous entendez bien avec votre femme ? lance mon binôme.

Je le fusille du regard. Depuis quand pose-t-on les questions déterminantes au début ? Il faut attendre qu'un minimum de confiance s'installe. Sa manie de brûler les étapes va finir par nous perdre.

— J'en étais sûr ! s'exclame Henry Moulin. Ma femme disparaît et au lieu de la chercher, on cuisine le mari… C'est une habitude de la police de culpabiliser la famille pour éviter de se casser la tête à creuser ailleurs ?

— Soixante-quinze pour cent des affaires criminelles sont perpétrées par les proches des victimes. Alors, oui, notre travail est d'envisager cette éventualité, dis-je. Mais aujourd'hui, l'objectif de mon collègue n'est pas de vous incriminer mais de comprendre ce qu'il a pu se passer. Vous noterez que l'on ne vous a pas encore demandé votre emploi du temps le jour de sa disparition. Toutes les questions que nous allons vous poser concernent votre épouse. Vous êtes marié avec elle, et qui mieux que vous peut nous aider à cerner qui elle est ?

— Vu sous cet angle, je comprends, conclut-il en se radoucissant. Ça vous ennuie si je vous réponds en préparant le déjeuner ?

— Pas du tout, affirmé-je pour lâcher du lest.

Tandis qu'il nous tourne le dos et file dans la cuisine, j'implore Berckman du regard pour qu'il calme le jeu. Conscient d'avoir gaffé, il hausse les épaules en plissant les lèvres avec une mimique de gamin pris en faute. Je le connais, il restera bouche bée jusqu'à la fin de notre entretien. Si ça se trouve, le bougre l'a fait exprès pour éviter, une fois de plus, de s'impliquer. Nous suivons le mari. Il est accroupi devant le frigo et sort un concombre du bac à légumes, puis il s'adresse à nous.

— Juste avant, dites-moi si vous avez des pistes solides ? Vous ou le commissariat, peu importe.

— On n'a pas le droit d'évoquer l'état d'avancement de l'enquête. Ça nous est interdit durant toute l'instruction…

— Est-ce qu'on en est au même point que le jour de sa disparition ou pas ? Seulement ça. Y a-t-il encore un espoir ? interroge-t-il en posant les deux mains sur la table à manger et en me fixant du regard.

— Il est trop tôt pour partager la moindre information. Toutes les allégations doivent être vérifiées. Imaginez qu'on se trompe…

Il souffle bruyamment et saisit un saladier.

— J'espère que c'est une formule de style pour dire que vous avancez.

Nous gardons le silence tandis qu'il coupe trois tomates et le concombre en petits dés, puis il assaisonne l'ensemble. Il nous propose de nous asseoir et, de lui-même, nous raconte leur vie commune. Ils se sont mariés neuf mois après leur rencontre et ils vivent ensemble depuis dix-huit ans. L'amour fou, une évidence, précise-t-il. Ils ont eu leurs filles très tard parce qu'il ne souhaitait pas que cela perturbe ses études, puis ses débuts dans la profession. Depuis quelques années, il consacre soixante-dix pour cent de ses journées à son métier, vingt pour cent au sport en salle, le squash en particulier, et les dix pour cent restants à sa famille. Il convient ne pas avoir donné beaucoup de place à sa femme et à ses enfants ces derniers temps. À ces mots, son visage se ferme et je sens une réelle tristesse l'envahir.

— Si on connaissait l'avenir, on agirait différemment…, ajoute-t-il d'un air accablé.

— Vous vous en voulez ?

— De l'avoir délaissée… oui.

— Se peut-il qu'elle ait un amant ?

— Amandine n'était pas du genre à chercher du réconfort à travers une relation sexuelle. Elle était trop romantique pour ça. Et puis c'était une femme qui avait des valeurs, achève-t-il avec un petit sourire qui semble être du dépit.

Je note dans un coin de ma tête qu'il parle d'elle au passé. Dans la bouche du mari, c'est étrange. Je décide de ne pas le lui faire remarquer tant qu'il est dans de bonnes dispositions.

— En dehors de vos absences, a-t-elle des raisons de chercher du réconfort ailleurs ?

Il ouvre un sac de pommes de terre d'un coup de couteau net et commence à éplucher les tubercules.

— Pas du tout. J'admets que, face à elle, je manquais parfois de patience, dit-il en penchant la tête. Ma femme n'était pas facile à vivre. Tout le temps sur les nerfs, imaginant le pire, obnubilée par ses filles, rien n'allait jamais.

— Quand vous dites que vous manquez de patience… Cela signifie que vous vous énervez… que vous faites preuve d'un peu de brutalité… masculine ?

— Vous n'y êtes pas. Je ne suis pas quelqu'un de violent. D'ailleurs je ne disais pas un mot, j'attendais la fin de la tempête ou je m'éloignais.

— Pourquoi ne pas tenter de lui parler, vous ne l'aimez plus ?

— Si, mais on ne pouvait pas raisonner Amandine. Ce qu'il se passait dans sa tête m'était devenu…

Il reste avec le couteau dans une main et la pomme de terre dans l'autre, à réfléchir.

— Je cherche le mot adéquat. Nous étions un vieux couple, voilà tout.

— C'est-à-dire ?

— Quand tout allait bien, notre relation ressemblait à une solide amitié empreinte de respect. Quand elle piquait ses crises, je disparaissais. Ma femme avait peut-être besoin de s'épancher et de ce point de vue-là, j'avoue que je bottais très vite en touche.

— C'est-à-dire… Vous alliez où ?

— En général, je filais à la salle de sport.

— Du coup vous ne savez pas dans quel état d'esprit elle était avant sa disparition ?

— N'exagérons rien. Nous nous parlions tout de même.

— Et vous ne voyez personne qui aurait pu l'approcher, l'agresser ou la convaincre de partir ?

— Elle a eu quelques flirts avant que l'on se connaisse et si vous deviez creuser une direction, je vous conseillerais de chercher un ex. Mais je pense que si elle avait eu une aventure, je l'aurais su. De vous à moi, je ne crois pas à cette piste. Je sais bien qu'on est souvent le dernier au courant quand on est cocu… mais il me semble que je me serais rendu compte de changements. Elle était trop perturbée, trop angoissée. Quand vous vivez le grand amour, l'humeur est plus légère, dit-il en versant les patates dans l'eau bouillante.

— Vous savez de quoi vous parlez ?

— Pardon ?

— Vous avez quelqu'un ? Une relation extraconjugale…

— Jamais de la vie. Je suis prof de lettres, et la littérature offre bien des exemples de l'exaltation qui emporte les jeunes amours.

— Alors, d'après vous, que s'est-il passé ?

— Ça me désole de le dire, mais la seule hypothèse qui tienne compte de son état moral et de son tempérament est le suicide… J'y ai longtemps réfléchi, je ne vois pas d'autres possibilités. D'ailleurs, il ne vous aura pas échappé que je parle d'elle au passé… Je suis convaincu que mon épouse n'est plus de ce monde. C'était une mère de famille tout ce qu'il y a de calme et de rangé. Je sais bien qu'on ne connaît jamais les gens à cent pour cent, mais Amandine n'avait pas assez de personnalité pour que quelqu'un lui en veuille au point de la tuer. Un meurtre est vraiment improbable. Quant à la fugue, je n'y crois pas non plus.

— On n'a pas retrouvé son corps. Si c'était un suicide, cela signifierait qu'elle s'est cachée pour mourir… c'est peu fréquent.

— Vous savez, elle a peut-être eu honte de son geste.

— Et pour quelle raison vous ne croyez pas à la fugue ?

— Parce qu'Amandine n'était pas autonome, elle se noyait dans un verre d'eau et elle avait peur de tout. Une fuite est impensable. Sans compter son état… psychique… défaillant.

— Elle était dépressive ?

— Pas au sens médical du terme. Ce n'était pas continu, si vous voyez ce que je veux dire. C'était plutôt un état dépressif. Des hauts et des bas, selon les jours. Je craignais pour sa santé mentale de plus en plus souvent.

— C'est-à-dire ?

— Je vous assure que parfois elle semblait au bord de la folie. Mais je ne suis pas médecin… Je préfère rester sur l'état dépressif.

— Une raison, là encore, pour expliquer son malaise ? interroge soudain Christian.

— À mon avis, son travail. Ils l'exploitaient. Elle s'en plaignait souvent. Vous devriez les rencontrer. Je ne serais pas surpris qu'ils soient dépassés par les événements depuis qu'elle n'est plus là.

Cette réponse me laisse un goût étrange dans la bouche. Le sentiment qu'il ne la connaît pas vraiment, qu'ils ne discutaient pas ensemble comme le ferait un couple normal. Après dix-huit ans de vie commune, on n'a pas un simple avis sur les raisons de la dépression de sa femme, on a des certitudes. Sauf si effectivement Henry et Amandine ne communiquaient plus. Je le regarde écraser les pommes de terre au presse-purée puis rajouter d'une manière presque chirurgicale, quatre cents millilitres de lait, cent cinquante millilitres d'eau, un jaune d'œuf et vingt-cinq grammes de beurre.

— Je vous propose de continuer cette discussion à un autre moment. Il faut que je fasse manger les filles. Elles ont des activités sportives le mercredi après-midi et il est important de ne pas changer tous leurs repères. La vie est suffisamment difficile pour elles depuis que leur mère n'est plus là.

— Bien entendu, répond aussitôt mon binôme en se levant.

Je pose la main sur son bras pour l'empêcher de quitter la pièce et je me tourne vers le mari.

— Juste une dernière question et on vous laisse. L'enquête préliminaire indique que vous vous êtes parlé au téléphone pour la dernière fois à 13 heures.

— Si vous le dites.

— D'après mes notes, c'est elle qui vous a appelé. Que voulait-elle ?

— Vos collègues m'ont déjà posé cette question mais je suis désolé, je ne m'en souviens plus. C'est terrible et ça me hante : je n'arrive pas à me rappeler. Si j'avais su qu'elle allait disparaître, j'aurais fait un effort d'attention.

Je hoche la tête sans un mot et il part chercher ses filles.

— S'il était coupable de quelque chose, il suffirait qu'il invente des propos insignifiants pour qu'on lui foute la paix. Personne ne pourrait vérifier si c'est vrai ou pas. Donc quand il dit qu'il ne se souvient pas, je le crois, me glisse Christian dès que le père s'éloigne.

Le retour d'Henry m'empêche de donner mon avis. Ce que dit mon binôme est juste. Sauf si la personne agit ainsi en espérant que l'on tiendra, précisément, ce raisonnement.

Les trois sœurs arrivent en courant, visiblement heureuses de passer à table. Zoé prend aussitôt son père à partie et lui demande son opinion concernant un événement qui a eu lieu à l'école. La gamine semble avoir oublié notre présence. Au fil des enquêtes, j'ai remarqué la réaction étonnante qu'ont les petits face à l'inattendu une fois qu'ils ont connu un choc majeur. Comme Zoé, certains agissent de manière désinhibée, d'autres, à l'instar de Jade, entrent dans une sorte de mutisme. Quant à Lola, elle ne dit rien et nous observe avec une certaine désillusion dans le regard qui me rappelle la détresse que je vivais lors du décès de mon père. Combien il est dur à cet âge de réaliser que nos parents ne sont pas immortels et qu'ils ne peuvent empêcher la mort de frapper.

— Maîtresse Sylvie, elle me demande tous les jours si ça va avec un air triste. Pff, j'en ai marre, ajoute l'aînée.

— C'est parce qu'elle prend soin de toi. Si elle s'en fichait, elle ne te poserait pas la question.

— Ben alors, faut qu'elle dise la même chose à mes copines, parce que ça me *fait* trop à part des autres et j'aime pas.

— Je lui en parlerai demain matin, ne t'inquiète pas, achève-t-il.

Puis il écarte les mains en se tournant vers nous, l'air de dire que nous avons terminé notre conversation. Nous prenons congé en le remerciant.

Une fois dans la rue, je me tourne vers Christian.

— Qu'est-ce que tu penses de lui ?

— Pas grand-chose.

— Putain, fais un effort.

— Le mec est parfait.

— Trop ?

— Pas forcément. Et méfie-toi de tes sentiments. Il ne s'agit pas d'Alisha, mais d'Amandine. Tu n'as jamais vu cette femme et ce mec ne t'a pas pris ton ex. Elle lui ressemble, c'est tout.

— T'es pas bien, pourquoi tu dis ça ?

— Parce que je te connais et que t'es pas à l'abri d'avoir fait un transfert ou un amalgame. Face à une jolie fille, tu réfléchis avec tes couilles. Ce qui te place, d'emblée, en compétition avec tout ce qui porte du poil aux pattes.

— Sympa.

— Tu m'as demandé mon avis.

— Il y a plusieurs trucs qui me gênent. Ce type a un côté désabusé à l'égard de sa femme, mais il est également bienveillant. Il est peut-être cocu et pourtant pas amer… Il est presque indifférent. Il ne sait pas ce qu'il s'est passé, mais il n'a pas l'air de s'en inquiéter.

— Ben oui, il pense qu'elle s'est suicidée.

— Moi ça me rendrait fou de rage de savoir que j'ai conduit ma femme au suicide !

— C'est vrai.

— Ça ne l'affecte pas. En fait, il s'en fout !

— C'est sûr que s'il est triste, il le cache bien. Peut-être pour épargner les enfants ?

— Tu parles. Non seulement le gars est soulagé d'être seul mais il ne fait pas l'effort de donner le change devant nous.

— Je ne suis pas d'accord. Imagine qu'il n'ait rien à se reprocher…

— En fait, je le trouve plus énervé qu'inquiet. Qu'est-ce qui l'énerve ? Notre présence ?

— Non. C'est de rencontrer une deuxième équipe de police qui n'a pas plus avancé que la première.

— J'y crois pas. Il simule. C'est bidon. Le mec est brillant. T'avoueras que c'est bizarre qu'il parle constamment d'elle comme si elle n'existait plus. C'est sa femme quand même !

— Il est convaincu qu'elle est morte, il nous l'a dit. Il joue franc-jeu.

— Il y a ce que la raison dicte et ce que le cœur espère. Tu sais, ce doute qui ronge et qui fait que même si tu es sûr qu'une personne est décédée, tu veux qu'on trouve le corps, pour ne plus craindre de mauvaise nouvelle. C'est la mère de ses enfants ! Ce type n'attend rien, c'est comme s'il savait.

6

Amandine, cinq mois avant sa disparition

Henry a quitté notre appartement. Ça fait une semaine qu'il est parti et il n'a pas daigné me dire où il est, pourquoi il s'éloigne ni même quand il revient. Il fait ça de temps en temps. « Pour lâcher du lest. » Ce sont ses mots. Je crois qu'il ne me supporte plus. À moins que ce ne soit les filles ? Je pourrais profiter de son absence pour ne plus stresser et m'imposer moins de pression. Aller à mon rythme et gagner en apaisement… Mais je n'y arrive pas. Le problème vient du fait qu'il peut débarquer d'une minute à l'autre et que cette incertitude me place dans une tension extrême. Chaque fois qu'il s'en va, les filles sont plus spontanées, et j'apprécie cette joie enfantine qui emplit l'appartement. Les jeux envahissent le salon, la télé reste allumée toute la journée même si personne ne la regarde, et le week-end nous traînons en pyjama sans nous soucier de l'heure qui tourne. Tout cela est si éloigné de ses principes que je rêverais de connaître le moment de son retour afin de mettre un peu d'ordre. Je n'ai pas envie qu'il me reproche quoi que ce soit, alors j'attends, plus crispée que lorsqu'il est présent. Je me réveille en pleine nuit. Mon cerveau ne me laisse aucun répit. Je ne cesse de réfléchir. Où est-il parti ? Je me remémore les situations précédentes et je cherche des faits récurrents. Des détails, des phrases innocentes qui seraient autant d'indices pour deviner où il se cache. Avec une autre femme comme l'a suggéré ma sœur la seule fois où j'ai osé lui avouer que j'ignorais où il était ? Chez ses parents qu'il ne supporte pas ? En compétition sportive comme il l'annonce parfois ? Seul pour réfléchir ? Ou en vacances alors que nous ne partons jamais…

Un bruit de pas feutrés sur le palier me fait sursauter. On est samedi, il est 11 heures et je suis toujours en chemise de nuit, les filles piaillent en jouant dans leur chambre. Je sens mon dos se contracter et le sang remonter mes jambes pour rejoindre mes poumons. Je suffoque sous l'angoisse. Pendant quelques secondes, je me demande comment parer au plus pressé. Filer dans ma chambre pour m'habiller rapidement, fermer la porte du couloir pour que les cris des petites ne l'agressent pas ou me diriger vers l'entrée et l'accueillir ? La sonnette retentit. C'est si inattendu que je lève brusquement la tasse que je tenais. Le thé se répand sur la collection de disques vinyles d'Henry. Blême, je cours jusqu'à la cuisine, saisis un torchon et le lance sur les pochettes.

— C'est la gardienne, chuchote une voix douce.

Tremblante, j'ouvre la porte.

— J'avais un colis pour le voisin du dessus, du coup j'en ai profité pour vous apporter votre courrier.

— Ah, c'est gentil, mais il ne fallait pas.

— Ça va, madame Moulin, vous êtes toute pâle…

— Oui, oui, j'avais peur… enfin, non. Tout va bien.

— Vous êtes sûre ?

— Oui, merci, ne vous inquiétez pas.

J'esquisse un pas en arrière pour qu'elle comprenne que je souhaite mettre fin à notre discussion. Elle me sourit comme si j'étais une fleur fanée, puis elle tourne les talons. À cet instant précis je me déteste. J'en ai assez de lire de la pitié dans le regard des autres. Puis je me souviens de l'eau bouillante tombée sur les vinyles d'Henry et je me précipite pour constater les dégâts. Sept pochettes ont pris l'humidité mais cela ne paraît pas si grave. Je respire. Pourvu qu'il ne revienne pas aujourd'hui et que ça ait le temps de sécher.

Il rentre le lendemain, plus renfrogné que jamais. Il m'annonce du bout des lèvres qu'il est allé voir ses parents et qu'ils ont à nouveau été insupportables avec lui. J'ignore s'il dit vrai. Sinon pourquoi continue-t-il à leur rendre visite ? Quel intérêt y trouve-t-il ? Ils sont égoïstes et à moitié fous. Surtout le père depuis quelque temps. Il a beau être médecin, on dirait que quelque chose se détraque en lui. Impossible de tenir une discussion sensée avec eux, d'autant qu'ils sont mauvais comme la peste. Alors, malgré la trace de rouge à lèvres que je viens de trouver sur le col d'une de ses chemises, j'y crois, à son histoire. D'ailleurs sa mère porte du rouge à lèvres. Et puis s'il était parti batifoler, nul doute qu'il ne serait pas revenu si morose. Il se donnerait la peine d'égrener certains détails pour rendre plausible son explication. Là, rien. Le silence est une de ses meilleures armes, son alibi. Chaque fois qu'il retrouve ses parents, il devient muet comme une stèle de granit. Je le fixe en essayant de lire ses pensées. Comment puis-je l'aider ?

— Pourquoi tu m'observes comme ça ? demande Henry.

— Je… je n'ai rien dit…

— Je ne te parle pas de communication, je voudrais savoir pourquoi tu me regardes avec cet air bizarre ?

— Qu'est-ce qu'il y a qui ne va pas ? osé-je demander en le regrettant aussitôt.

— Mais tu veux me rendre fou, ou quoi ? souffle-t-il en s'éloignant.

J'aimerais crier qu'on me donne le mode d'emploi. Je voudrais cesser de parler, de penser, d'agir à contre-courant. Je voudrais surtout arrêter d'être terrassée par la peur de mal faire.

7

Au-delà des sentiments

Il est temps de rencontrer les parents Lafayette. Ils vivent dans un trois pièces au cinquième étage d'un immeuble d'Issy-les-Moulineaux, dans la banlieue sud-ouest de Paris. À soixante-quinze ans, les deux retraités ne font pas leur âge. Paul est aussi long que maigre. Sa barbe fournie et grisonnante ainsi que sa tenue de jogging lui donnent un air désinvolte. Son allure tranche avec la tristesse que dégage son visage. Ses sourcils constamment froncés sur un front labouré de rides trahissent une inquiétude qui n'est pas nouvelle. Francine cache ses yeux rougis derrière de larges lunettes fumées. Elle dissimule ses rondeurs sous un gros pull à col roulé qui lui mange le menton. Visiblement, les trois petites filles ont hérité de la grand-mère la couleur de son teint, la finesse des traits de son visage et ses boucles brunes. Aucun bijou de valeur. Des gens simples. Ils nous font entrer dans leur salon dont les murs sont couverts de photos de paysages et de villages pittoresques. À la manière dont ils me serrent la main, je sens plus d'accablement que d'espérance.

— Quelles sont les nouvelles ? ose enfin le père en redoutant ma réponse.

— Nous sommes de la police judiciaire et nous repartons de zéro pour ne rien laisser au hasard. Vous allez avoir l'impression que l'enquête régresse mais soyez rassuré, on fait le maximum.

— Vous voulez dire que vous n'avez rien de nouveau à nous annoncer ? prononce la mère d'une voix faible.

— Notre service a été mobilisé pour traiter la disparition de votre fille avec l'attention qu'il se doit. Nous mettons tout en œuvre pour la retrouver. Le commissaire Hervé Filipo a dû vous prévenir de notre visite…

— Tout ça c'est du bla-bla. On veut des faits. Amandine n'a pas pu se volatiliser, s'écrie le père.

— Jusqu'à présent, rien de décisif n'a été mené, ou presque. Ils n'ont jamais cru à sa disparition, s'insurge la mère.

Christian prend son air de brave gars compatissant et annonce sur le ton de la confidence :

— Vous savez, le major Clivel est le meilleur élément de toute la brigade. S'il y a une personne qui peut retrouver votre fille, c'est lui.

Le père saisit les deux mains de sa femme et les serre avec fébrilité, comme si l'espoir renaissait. Je me sens terriblement mal à l'aise. Je déteste quand Christian me met ainsi en avant. Ça crée encore plus d'attente.

— Vous pouvez compter sur moi pour faire le maximum mais j'ai besoin de votre entière collaboration. Il faut que vous nous aidiez à comprendre qui est votre fille et ce qui a bien pu lui arriver il y a plus d'une semaine.

Je saisis mon carnet.

— Pouvons-nous nous asseoir quelque part ?

Paul nous conduit dans la cuisine et nous nous positionnons autour de la table à manger.

— Quels rapports entretenez-vous avec votre fille ?

— Chaleureux, répond le père.

— Avant sa disparition elle nous appelait très souvent. Quasiment tous les jours, précise la mère.

— À quarante ans ?

— Amandine a besoin de se confier et elle n'a que nous.

Ils l'évoquent au présent… Voilà qui me semble normal.

— Elle n'a pas d'amis ? interroge Christian.

— Bien sûr que si. Mais il y a certaines choses qu'elle ne peut dire à personne d'autre, annonce Francine en enlevant ses lunettes et en essuyant ses yeux emplis de larmes.

Elle nous explique que tous ceux qui gravitent autour d'Amandine sont des parents d'élèves. Et Henry Moulin est littéralement adulé pour ses résultats et sa pédagogie.

— Tous les gamins le connaissent. Il est la coqueluche du quartier. La star du lycée. Chaque année, c'est le pugilat pour savoir quels élèves auront Henry

Moulin pour professeur de lettres. Ils obtiennent des records au bac français depuis qu'il enseigne là-bas.

— Comment voulez-vous qu'Amandine se confie au sujet de son époux qui jouit d'une telle notoriété ? complète le père. Ses propos seraient perçus de manière très négative. Et surtout, personne ne la croirait.

— Et puis des langues bien pendues se seraient chargées de tout répéter à Henry. Il a tellement de groupies…, rapporte la mère.

— Elle ne pouvait pas se permettre d'en parler autour d'elle, répète Paul.

— Que reproche-t-elle à son mari ?

— Elle a peur de lui.

— C'est ce qu'elle vous a dit ?

— Mon Dieu, oui. Elle ne sait jamais comment il va réagir. Il est d'humeur changeante. Et en même temps, c'est étrange. Elle ne dit jamais qu'il est méchant. Elle passe son temps à le plaindre…

Francine marque une pause avant de continuer.

— Mais le nombre de fois où elle est venue nous voir avec les filles et qu'elle est repartie en tremblant, en se demandant ce qui allait lui tomber sur le nez.

— Il la frappe ?

— Heureusement, non.

— C'est terrible à dire mais, d'une certaine manière, j'aurais préféré cette option, affirme le père. Les coups, ça se constate et il y a des lois contre ça. Les mots sont beaucoup plus violents. Ils ne marquent pas la peau mais ils laissent des traces monstrueuses dans le cœur, pour l'estime de soi et, malheureusement, ils sont invisibles devant la justice.

— Qu'est-ce qu'il lui dit ?

— Il la harcèle.

— Ce qu'elle fait ne va jamais. Un dénigrement permanent.

— Pourquoi reste-t-elle avec lui dans ce cas ?

— Elle l'aime ! s'écrie le père. C'est incompréhensible avec ce qu'il lui fait vivre.

— Je ne suis pas sûre qu'elle soit encore amoureuse de lui, tempère Francine. Je crois qu'elle est effrayée à l'idée de ne pas y arriver seule. À cause de sa petite paye, elle ne peut pas aller bien loin avec ses trois enfants.

— Quel genre de mère est-elle ?

— Dévouée, aimante, protectrice, une maman idéale. Ses petites sont absolument tout pour elle.

Francine respire longuement et prend le temps de séparer chacun des mots qui suit.

— Elle-ne-serait-jamais-partie-sans-ses-enfants !

Puis elle s'effondre en pleurs. Paul se lève, pose son bras sur les épaules de son épouse et ajoute :

— Nous sommes sûrs qu'Henry est responsable de sa disparition.

— Tu n'emploies pas les bons mots : de sa mort. Il l'a tuée, j'en suis certaine, une mère sent ces choses-là.

— Calmez-vous, madame. Il faut éviter d'affirmer des choses pareilles sans preuve.

— Qui vous dit que je n'ai pas de preuves ? Je sais ce que ma fille endurait ! Dix-huit ans de calvaire, c'est pas une preuve ? Vous l'auriez vue, la pauvre, elle était tellement maigre.

Francine explose de nouveau en sanglots.

— Je vous assure que nous allons étudier toutes les hypothèses et que nous ne reculerons devant rien, dis-je pour tenter de l'apaiser.

Le père hoche la tête, l'air de penser néanmoins qu'il partage l'avis de sa femme. J'attends que Francine reprenne ses esprits pour aborder d'autres questions.

— Et d'après vous une fugue est inenvisageable ?

— Si vous aviez rencontré notre fille, vous sauriez que c'est impossible. Amandine n'abandonnerait pas ses filles, répète-t-elle.

— Vous avez envisagé d'autres options ? La vie était peut-être très compliquée pour elle, propose Christian. Il paraît qu'elle était en dépression.

— En dépression ? N'importe quoi ! affirme le père.

— Un mari pas commode, un travail difficile… Elle avait peut-être des raisons de ne pas se sentir bien.

Francine Lafayette se met à hurler.

— Il l'a tuée, nous sommes absolument certains qu'il l'a tuée.

— Henry Moulin est un assassin ! s'égosille le père de famille.

Des plaques rouges de stress apparaissent sur le visage de Francine. Paul est livide. Comme si le sang de l'un venait alimenter le corps de l'autre. Christian demande un peu d'eau et, par mimétisme, le couple se sert également un verre.

— Quelle attitude a-t-il avec vous ?

— C'est bien simple, répond le père, avant qu'Amandine ne disparaisse cela faisait presque cinq ans qu'on ne le voyait plus. Il trouvait toujours un prétexte pour ne pas venir. Le lycée, les corrections en urgence, le sport… Il ne s'est jamais vraiment forcé. Je crois que ça lui coûtait tellement de montrer un visage agréable à ses élèves qu'il était incapable de plus d'efforts auprès de nous.

— Et maintenant ?

— Il a plusieurs masques selon la personne qui le côtoie. Il joue la personne éplorée devant ses collègues de travail, la victime auprès des proches d'Amandine et l'excellent père de famille – celui qu'il n'a jamais été jusqu'à présent – auprès de tous les naïfs qui veulent bien y croire.

— C'est un manipulateur…, accuse le père. Il sait que l'on sait qui il est et il nous évite soigneusement. Vous l'avez rencontré ?

— Nous sortons de chez lui.

— Vous lui avez demandé pourquoi il a tant tardé à déposer sa requête pour disparition inquiétante ?

— Pas encore. Nous procédons par étapes.

Je relis mes notes prises le matin auprès du mari.

— Voyez-vous quelqu'un d'autre, dans son entourage, qui aurait pu lui vouloir du mal ?

— Personne, réplique la mère. Amandine est appréciée de tous.

— Et à son travail ?

— Heureusement qu'elle a ce poste ! Elle s'y sent valorisée.

Henry a prétendu le contraire et parlé d'exploitation. Qui dit la vérité ?

— Existe-t-il un lieu qu'elle apprécie où elle aurait pu s'enfuir et se cacher ?

— Chez nous, affirme la mère sans hésiter. Je ne vois nulle part ailleurs.

— A-t-elle entrepris quelque chose, une thérapie, une activité sportive ou artistique pour se changer les idées ? Nous cherchons quelqu'un en dehors de la famille à qui elle aurait pu se confier.

Et surtout quelqu'un de moins impliqué que ses proches et son mari.

— Henry reçoit régulièrement des sommes importantes de ses parents qui possèdent une excellente situation. Mais il ne donne rien à Amandine qui doit prendre à son compte une bonne partie des dépenses du ménage alors qu'elle a un tout petit salaire.

— Vous voulez dire qu'elle n'a pas les ressources pour s'offrir un passe-temps ?

— Exactement. Son seul exutoire, c'est radio Nostalgie.

— … ?

— Quand elle est à bout, elle s'enferme dans sa voiture et chante à tue-tête les vieux tubes. Ce sont les seuls moments où elle se sent forte.

La mère s'éloigne pour se moucher.

— Bien, nous allons poursuivre nos investigations et nous vous tiendrons au courant, dis-je.

Il est temps de faire un premier bilan. Je lance un coup d'œil à Christian et nous nous levons de concert.

— Excusez nos débordements, dit le père en me serrant la main. Ce n'est vraiment pas facile, ajoute-t-il en réfrénant une nouvelle émotion qui le submerge.

— Ne vous inquiétez pas, nous comprenons…

— Vous remercierez Hervé.

— Hervé ?

— Hervé Filipo, votre chef. Quel homme exceptionnel.

— On lui dira, répond Christian en souriant.

— Ah, si Amandine l'avait gardé, on ne vivrait pas un tel drame et elle serait heureuse…, souffle la mère en revenant.

— Il n'y a pas qu'elle. Elle aurait fait son bonheur, ajoute le père.

— Que voulez-vous dire ?

— Notre fille a toujours été très belle. Dès l'adolescence, elle pouvait se permettre de choisir ses prétendants. Hervé Filipo était très épris d'Amandine. Ils sont restés un petit moment ensemble. Je peux dire sans me tromper qu'elle était l'amour de sa vie. Ces choses-là se sentent.

— Elle l'a quitté pour Henry Moulin, l'interrompt Francine en secouant la tête de gauche à droite comme si cela relevait d'une grossière erreur.

— Il ne s'est jamais remis de leur séparation, affirme Paul.

— Ah, c'est sûr que ça a été dur pour lui, le pauvre.

La manière dont ils évoquent le taulier ne manque pas de m'interloquer. Le pauvre ?

— Ce qui est très touchant, c'est qu'il lui est resté fidèle malgré la rupture.

Devant mon étonnement, elle poursuit.

— Hervé ne s'est jamais marié, vous l'ignoriez ?

— Non, je sais, il a deux chiens…, balbutié-je.

— Et pas d'enfants, c'est ça. Notre petite Amandine lui a fait beaucoup de peine. La vie est ainsi faite, conclut le père en fermant la porte derrière nous.

J'entre dans l'ascenseur et appuie nerveusement sur la touche du rez-de-chaussée. La porte automatique se referme sur Christian et se rouvre à son contact. Je souffle d'impatience et appuie de nouveau sur le zéro mais mon doigt ripe et l'indicateur du premier étage s'allume.

— Et merde…

— C'est quoi, ton problème ? dit-il.

— Rien. On va pas rester ici cent sept ans !

Christian lève les yeux au ciel, sans comprendre les raisons de cette colère que je n'arrive pas à réfréner. Je lui fais remarquer que Filipo est resté célibataire à la suite de la rupture avec Amandine. Vingt ans sans relation amoureuse ! Il a toujours expliqué la présence de ses chiens à ses côtés par une perte de foi en l'humanité et prétendu ne pas vouloir d'enfants pour ne pas augmenter le malheur sur terre. Mais en réalité, il s'est muré dans sa solitude à cause de son désespoir sentimental. On est très loin d'une simple amourette. Ça lui donne une bonne raison d'en vouloir à Henry Moulin. Jusqu'où Filipo nous manipule-t-il ? Je propose à Christian de monter voir le patron pour aborder ce point sensible.

— C'est pas le sujet, affirme mon collègue.

— Jusqu'à preuve du contraire, si.

— Alors vas-y sans moi.

— T'es gonflé !

— J'ai une partie de poker ce soir, faut que je me prépare.

— Depuis quand jouer te demande une préparation ?

— Depuis maintenant, dit-il, sourire aux lèvres, en me donnant un grand coup dans l'épaule.

Je n'ai pas envie d'entrer dans son jeu. Marre qu'il se trouve toujours des excuses pour se débiner.

— Tu me caches quelque chose.

— Bon, OK. J'ai rendez-vous à Châtelet avec la nouvelle nana de l'accueil. Si je pars pas maintenant, je vais être en retard.

Je siffle de surprise. Je n'ai rien vu venir. L'espace d'une seconde, mon énervement se mue en frustration. Si Christian se trouve une copine, je vais perdre mon complice de galère et finir seul comme un vieux con.

— Ben, mon vieux, tu perds pas de temps.

— Je sors pas avec elle. On va juste boire un coup.

— C'est top. Comment elle s'appelle ? dis-je en mollissant.

— Lise.

— Tu sais qu'à la boîte, ils aiment pas trop ça. Réfléchis à deux fois avant de franchir le pas.

— T'inquiète.

— Pourquoi vous ne me l'avez pas dit ? demandé-je à Filipo.

— Ma vie sentimentale n'a aucun lien avec cette affaire. Enfin, soyez sérieux. Vingt ans sans la voir !

— Il y a des vengeances qui tiennent cinquante ans !

— Atterrissez, Clivel, vous savez à qui vous parlez ?

— Elle vous a quitté parce qu'elle est tombée amoureuse d'Henry Moulin et cet homme est devenu son mari.

— Et alors ?

— Alors vous m'avez confié cette affaire parce que je ne reculerai devant rien.

— Eh bien, allez-y, posez vos questions, ajoute-t-il non sans arracher un petit morceau de papier d'un document placé devant lui.

— D'après ce que m'ont dit ses parents, vous étiez très amoureux d'elle ?

— C'est exact.

— Et elle, que ressentait-elle ?

— Il aurait fallu le lui demander à l'époque.

— Écoutez…

Filipo se rend compte que je suis en train de perdre patience et il me coupe la parole.

— Elle ne m'aimait pas autant que je l'aimais, sinon elle ne m'aurait pas quitté.

— Avez-vous gardé contact avec elle ?

— Non. Une semaine après notre rupture, je me suis rendu devant la faculté où elle étudiait la comptabilité. Je souhaitais lui parler. Lorsqu'elle est sortie déjeuner avec une amie, je me suis présenté devant elle. Elle m'a regardé sans rien dire, puis elle a pris sa copine par le bras et s'est éloignée. Elle aurait été avec un homme, j'aurais compris qu'elle ne daigne pas m'adresser la parole, mais là… Ça m'a glacé les sangs. Elle ne partageait plus mes sentiments. J'en ai fait mon deuil, voilà tout. Et je ne l'ai plus revue.

— Connaissez-vous Henry Moulin ?

— Je l'ai rencontré il y a huit ans lors du baptême de leur premier enfant.

— Vous venez de me dire que ça faisait vingt ans que vous n'aviez pas revu Amandine.

— Une fois en vingt ans, ça ne compte pas.

— Si !

— Faites la part des choses, merde ! Une heure lors d'un baptême, il y a huit ans…

Il souffle, l'air exaspéré. Je reprends la parole.

— Vous savez quoi ? Avec vous je tourne en rond ! J'ai dix infos bidon avant d'avoir la bonne. Ça m'épuise. Non seulement vous ne m'aidez pas, mais en plus…

— OK, Clivel…

— Depuis le début j'ai l'impression de tenir un bâton merdeux au bout des doigts. Si vous ne jouez pas cartes sur table, je vous ai prévenu : je lâche tout, que vous soyez d'accord ou pas.

— Bon, réplique-t-il en ouvrant les mains, paumes vers le bas. Le jour du baptême, il y a eu un esclandre… probablement dû à ma présence. Amandine s'épanouissait seconde après seconde à mes côtés. Elle ne me quittait plus. Notre complicité était intacte. Lorsque Henry s'en est rendu compte, il est devenu fou et m'a foutu dehors. Ce type a beau être enseignant, il n'a pas d'éducation.

Il avale le papier qu'il mâchait en déglutissant.

— Pour quelle raison étiez-vous invité ?

— Je n'en ai pas la moindre idée ! J'ai reçu le faire-part, j'ai longtemps hésité, puis je m'y suis rendu.

— Vous étiez toujours amoureux d'elle ?

— Le temps s'amuse à transformer les frustrations en fantasmes. Une sensation d'inachevé accompagnait le souvenir de ma relation avec Amandine, et j'y suis allé pour trouver la paix. Pour que ça se termine bien, si vous voyez ce que je veux dire.

— Oui, mais d'une certaine manière, vous espériez la séduire à nouveau…

— Je ne pense pas, dit-il en tournant la tête de côté en se massant la mâchoire.

Sa gestuelle affirme le contraire de ce qu'il prétend. Filipo n'a jamais cessé de l'aimer. Je garde le silence pour montrer que je ne suis pas dupe. Combien de temps va-t-il jouer au faux-cul ? Il n'y a pas de honte à avouer qu'on a été amoureux et qu'on s'est ramassé ! Filipo m'emmerde avec son jeu du chat et de la souris. Quelle est sa finalité ? Aider les parents à retrouver

Amandine ? Envoyer Henry Moulin à l'ombre pour le restant de ses jours ? Cette désagréable sensation qu'il me manipule persiste en moi. Comment trouver la vérité si mon supérieur me roule dans la farine ? Personne ne peut imaginer une compromission de ma part. Sauf que je suis également intègre. Et lâcher un boulot qu'on m'a confié, j'ai du mal. Et s'il m'avait choisi pour cette raison ? Filipo est un as du décryptage de la nature humaine. Il comprend la personnalité, les forces et les faiblesses de tous ceux qui l'entourent. Raison pour laquelle il n'a pour véritables amis que des animaux. Il continue sans que j'ajoute rien.

— Après cet instant, je ne l'ai plus jamais revue, je vous en fais le serment. Elle est sortie de ma vie jusqu'à ce que ses parents m'appellent, il y a deux jours.

Je prends une grande inspiration et je me lance.

— D'une certaine manière, ce qu'il se passe vous permet de vous venger. Si notre service arrive à prouver que le mari est mêlé à sa disparition, votre honneur est lavé. Il est la cause de votre rupture et vous a foutu dehors lors du baptême, vous l'enfermez des années plus tard. La boucle est bouclée.

— Incriminer un homme au mépris de la vérité ? Vous délirez, Clivel.

— C'est peut-être le prix que vous voulez lui faire payer pour un célibat forcé durant vingt ans ?

— Écoutez bien ce que je vais vous dire parce que je ne me répéterai pas. Vous vous trompez sur toute la ligne et vous me décevez. La solitude ne me pèse pas. Oui, j'étais très amoureux d'Amandine mais j'aurais fini par la quitter. Je ne suis pas fait pour la vie de couple et je n'en veux plus à Henry Moulin de m'avoir pris celle que je considérais à l'époque comme ma fiancée. J'ai toujours accepté les vicissitudes de la vie, telles qu'elles venaient. Aujourd'hui ses parents veulent savoir ce qu'elle est devenue et, au même titre que pour un quidam, nous leur devons la vérité. Nous allons nous y employer avec toute notre énergie. Et si vous remettez en question mon intégrité une nouvelle fois, je vous promets que votre prochaine enquête concernera le sens de la circulation d'un rond-point d'une petite ville de province.

8

Un numéro en moins

Le jeudi matin, nous avons l'habitude de nous retrouver pour le petit déjeuner à L'Isileko, un bar tenu par un Basque à deux pas de la brigade. Le patron me considère comme un enfant du pays grâce à mes origines maternelles et il me couve comme une poule. Premier arrivé, je m'installe à notre table, là où les murs sont décorés de photos de Socoa et de Saint-Jean-de-Luz. Bixente dépose un grand café allongé et deux croissants et me masse l'épaule avec sa grosse pogne.

— Comment ça va, mon petit ?

— Bien et toi ?

— Je vais voir les enfants le mois prochain, alors ça va. Christian et Marc te rejoignent ?

— Marc c'est sûr, mais Christian avait un plan hier soir alors c'est pas dit qu'il soit à l'heure. Attends un peu avant de lancer son café crème.

Nous devons obtenir de nouveaux éléments et ne pas nous contenter de témoignages, contradictoires qui plus est. J'ai donc organisé cette réunion de travail avec mon équipe rapprochée, Christian Berckman et Marc Honfleur. Ce dernier, vingt-trois ans, a suivi des études d'ingénieur en informatique et brille par une intelligence hors du commun. Il parle peu et prend soin de choisir ses mots. Le jour où son jeune frère obèse s'est suicidé après avoir été harcelé par des adolescents, il a changé de cap, radicalement. Il a abandonné la carrière d'informaticien qui s'ouvrait à lui et passé les concours d'entrée de la police. Il a obtenu les meilleures notes et a choisi notre service, juste parce qu'une de nos collaboratrices ressemblait beaucoup à son frère. Légèrement voûté, des lunettes de myope sur le nez, il donne le sentiment de porter sur son dos tout ce que la jeunesse a de désabusé. Il ne faut pourtant pas se fier aux apparences. Très motivé, Marc se jette corps et âme dans chaque nouvelle enquête. C'est un jusqu'au-boutiste et, de ce point de vue-là, on se ressemble. C'est probablement parce qu'un drame a motivé notre entrée dans la police. Quant au reste… il a pratiquement la moitié de mon âge, est aussi calme que je suis explosif, et il s'est marié l'année dernière. J'ai parfois l'impression de peiner à guérir de mes épreuves et qu'il s'en sort mieux que moi. Je lui ai confié l'analyse des relevés téléphoniques d'Amandine et d'Henry Moulin récupérés par les collègues du commissariat.

Il débarque alors que j'entame mon premier croissant. Bixente dépose un thé et un pain au chocolat devant mon collègue, tandis que ce dernier sort une liasse de papiers d'une chemise orange. Je m'apprête à appeler Christian pour savoir s'il daigne se joindre à nous à l'heure convenue lorsqu'il franchit la porte d'entrée. À la fente de ses yeux et l'état de sa barbe, il a passé une nuit blanche. C'est étrange comme les poils poussent plus vite quand on ne dort pas.

— Va vite rejoindre le petit, lui suggère Bixente de sa voix forte.

Le patron de L'Isileko ne supporte pas de me voir impatient.

— Bel effort, lui dis-je en lorgnant ma montre. Alors, c'était comment ?

— Incroyable ! Je leur ai mis une rouste… une vraie déculottée !

— Ah ! Je ne savais pas que tu pratiquais les partouzes sado-maso…, dis-je en lançant un clin d'œil à Honfleur.

Christian fronce les sourcils avant d'éclater de rire.

— J'ai juste bu un coup avec la nouvelle, elle est toute gentille. J'aime pas brûler les étapes et puis tant que je suis pas sûr de ses sentiments, je m'y risque pas. Mais comme j'étais chaud bouillant, j'ai proposé un poker à mes potes. La raclée ! Comme jamais. Je suis content, la chance revient. Je suis en super forme. Bixente, apporte tous tes croissants, c'est moi qui régale. J'ai une faim de loup !

Honfleur boit une gorgée de thé, tourne le visage vers chacun de nous et dépose un document sous nos yeux.

— Je pense avoir trouvé des éléments.

— J'adore quand tu dis ça, dis-je en faisant signe à Bixente de lancer un deuxième café.

Honfleur est si humble qu'il ne connaît pas l'exubérance. Du coup, lorsqu'il annonce avec retenue des résultats, on peut être sûr que c'est du lourd. Il nous explique que le téléphone d'Amandine a cessé d'émettre le 5 septembre à 13 h 40, capté par une borne qui couvre le domicile des Moulin et le lycée où travaille le mari. Son portable est toujours sur messagerie et n'a pas été retrouvé. Honfleur s'est ensuite consacré à l'étude des communications du mari. Henry Moulin a raconté aux équipes du commissariat de quartier avoir passé l'après-midi du mercredi 5 septembre au lycée pour gérer les permanences et surveiller les élèves collés. Ce jour-là, comme tous les mercredis, l'établissement se vide et le bâtiment administratif n'étant pas à côté, personne ne peut certifier que l'époux d'Amandine est resté sur place. Son téléphone n'ayant pas bougé de la zone, les policiers ont néanmoins conclu qu'il disait vrai et ils n'ont pas entamé le travail colossal qui consiste à dénombrer les élèves présents, puis à les appeler les uns après les autres afin de savoir si Henry Moulin s'est occupé d'eux. Pour l'instant, on ne peut donc définir avec certitude les horaires de présence du professeur dans l'établissement mais cela demande à être vérifié au cas où il évoquerait un alibi. Honfleur a alors abordé ce point par un autre biais. Il a scruté le relevé téléphonique du mari le jour de la disparition d'Amandine. Il a noté qu'à 13 h 42, Henry a envoyé un texto vers un mobile dont le numéro revient souvent. Il a cherché la récurrence sur quatre mois et constaté un planning organisé de manière millimétrée. Deux fois par semaine autour de 18 heures, le professeur Moulin envoie un message à ce numéro. Les jours changent chaque semaine. La destinataire de ces missives habite le quartier et s'appelle Magalie Sylvestre. Honfleur nous présente la photo d'une très jolie rousse d'une trentaine d'années, bibliothécaire.

— J'ai consulté les procès-verbaux des collègues, ils ont imprimé l'ensemble des messages émis par le portable de notre homme. Le numéro apparaît mais pas la correspondance. Ce qui signifie qu'il l'efface au fur et à mesure. À mon avis, c'est sa maîtresse.

Christian ouvre de grands yeux.

— Ce n'est pas tout. En quatre mois, le seul jour où il a envoyé un texto à cette femme en dehors du créneau de 18 heures est le mercredi 5 septembre à 13 h 42.

— T'as fait vite, Honfleur, j'en reviens pas, dis-je.

— J'ai mis au point un petit logiciel…, glisse-t-il d'une manière presque inaudible.

— C'est du super boulot, Marc, mais ça ne prouve pas qu'il a tué sa femme pour autant. Ça nous indique qu'il a une gonzesse à côté et qu'il s'est réconforté auprès d'elle le jour où Amandine a disparu.

— Pas le jour où Amandine a disparu, mais au moment précis, à deux minutes près, où on suppose qu'elle a disparu, se défend-il aussitôt.

Christian est un peu jaloux de la place que prend Marc auprès de moi, un sentiment qui explique son absence d'engouement à l'égard du travail de notre collègue.

— En effet la conjonction des horaires est troublante, dis-je. À 13 h 40 le portable d'Amandine cesse d'émettre. À 13 h 42, le mari appelle sa maîtresse.

— Il a retiré de l'argent au distributeur situé en bas de chez la bibliothécaire à 13 h 50. La caméra du Crédit lyonnais confirme sa présence car on le reconnaît parfaitement. On peut donc imaginer que cinq minutes plus tard, ils sont ensemble.

— Qui s'est occupé des filles ce jour-là ? Le mercredi après-midi, elles n'ont pas cours, demande Christian.

— C'était deux jours après la rentrée scolaire. Les grands-parents Lafayette avaient proposé de les prendre pour faire les courses. Tout ce petit monde était donc à Vélizy pour acheter des cahiers et des feutres, dis-je en me souvenant des éléments notés dans le dossier.

— Il y a une dernière chose, annonce timidement le jeune homme. Je n'ai pas seulement cherché les numéros qu'Henry appelle mais également ceux qu'il n'appelle plus. Le plus étrange est que le professeur

Moulin a cessé de composer le numéro de sa femme le 5 septembre à 13 heures, précisément.

— Rien depuis dix jours ?

Il hoche la tête négativement.

— Merde… Comme s'il savait qu'elle ne pouvait pas répondre, affirme Christian.

9

Luminol et truffe noire

Le juge a mandaté la police technique et scientifique (PTS) pour des analyses intégrales de l'appartement des Moulin. Je briefe les gars, gentiment mais sûrement.

— On passe les lieux au luminol du sol au plafond. Il nous faut la liste de toutes les traces de sang plus grosses qu'une tête d'épingle. Mettez le paquet parce qu'à mon avis tout est récuré. L'appartement est nickel. Si vous aviez vu comment Henry Moulin prépare une purée vous sauriez que le type est méticuleux. Pour ne pas dire chirurgical. Même chose pour tout ce qui peut nous cracher un ADN étranger à la famille. Alors prenez le temps qu'il faut mais je veux connaître l'origine de tous les poils de cul, jusque dans la litière du chat.

J'appelle Filipo pour l'informer de l'état d'avancement de l'enquête. Il paraît satisfait. Puis je me tourne vers mon équipe.

— Maintenant, la suite.

— Un chien pisteur ? interroge Honfleur.

— C'est ça.

— Après dix jours… ? Vous croyez au Père Noël, oppose mon binôme.

— Il faut faire appel au plus fort d'entre eux : Romain Lenoir. Il bosse à la gendarmerie et son chien c'est *Bestof*…

J'explique l'urgence à notre spécialiste et nous fixons le rendez-vous le jour même. Romain Lenoir est un grand type d'un mètre quatre-vingt-cinq qui présente un visage aux traits fins surlignés de sourcils fournis. Ses yeux, petits et perçants, dissimulent une grande sensibilité. Sur une affaire précédente, je l'ai vu essuyer des larmes lorsque son chien a réussi à trouver deux jeunes enfants perdus dans une forêt. Un gars intuitif et authentique, comme je les aime. Il n'est pas bavard sauf quand il parle de son animal. Policiers et gendarmes sont – pour une fois – tous d'accord : en Île-de-France, ce passionné sait « lire » son chien comme nul autre.

Cela fait plus d'un an que je ne l'ai sollicité et je suis surpris de constater qu'il boite légèrement du côté gauche.

— Ça me fait plaisir de te voir, dis-je en lui serrant la main.

— Plaisir partagé, répond-il.

— Et ta jambe, ça va ?

— C'est pas ça qui va m'empêcher de galoper derrière la longe.

— Tu crois que ton chien peut suivre une piste après un paquet de jours ?

— Combien ?

— Dix…

Il siffle.

— Je sais. Mais je ne veux rien laisser au hasard.

— Prendre une trace après un délai de vingt-quatre heures, c'est difficile, alors dix jours… Sans compter la météo…

— Il me semble qu'on a été épargné par le vent et la pluie ces derniers temps.

— Oui, mais à Paris, c'est dur pour les chiens. Le béton ou le macadam sont des matériaux où les molécules n'adhèrent pas correctement et disparaissent très vite. Sans compter les odeurs parasites… Je ne comprends pas qu'on n'ait pas fait appel à la canine plus tôt sur cette affaire.

— D'abord le mari a mis cinq jours avant de qualifier le départ de sa femme en disparition inquiétante, ensuite le dossier est passé du commissariat de quartier à nos services. Le temps de se plonger dans l'affaire, de vérifier les faits… Tu sais comment ça se passe. On croit gagner du temps et en réalité on en perd.

— Les chiens ne font pas de miracles, Yoann. Même les meilleurs.

— T'es en train de me convaincre de laisser tomber ?

— Qu'est-ce qu'on cherche ?

— Amandine Moulin, quarante ans, disparue le 5 septembre à 13 heures.

Il réagit avec un mouvement imperceptible de l'épaule, comme un tic nerveux.

— Elle est morte ?

— On ne sait pas.

— Il faut que j'aille chez elle pour choisir un objet référent.

Mon pouls s'accélère. Si Romain accepte, l'impossible est envisageable.

— Quand ?

— Tout de suite. Tu veux perdre un peu plus de temps ? Ils ont annoncé la pluie pour 4 heures du matin alors c'est maintenant ou jamais. Donne-moi l'adresse de l'appartement de la fille, on s'y retrouve.

— Ça t'ennuie si je viens avec toi ? Pendant que tu roules, je te briefe sur le contexte. On va rencontrer Henry Moulin, professeur de français, le mari d'Amandine.

— Avec un prénom pareil, ça va nous porter chance.

— Qu'est-ce que tu veux dire ?

— C'est aussi celui de ma mère.

— Ah. C'est pour ça que t'es motivé ?

— C'est pas gagné mais ça se tente.

Il tourne la tête et cherche des yeux son chien qui frétille dans le fourgon. L'animal a compris qu'une mission vient de s'engager.

— Allez, on file, dit-il en sortant ses clefs et en s'engouffrant dans son véhicule.

J'entre à mon tour.

— Qu'est-ce que t'en penses, et si on se donnait plus de chances avec deux chiens ? Tu as peut-être une autre équipe à nous conseiller…

— Surtout pas. Avec un délai pareil la plupart des collègues ne croiront pas au succès de la piste et ils vont induire la défaite dans l'esprit de tout le monde. Et puis, s'il y a plusieurs équipes, on se gêne. Le deuxième chien risque de pister le premier et ça amène de la confusion. On va rester sur notre champion, ajoute-t-il en jetant un œil à son animal dans le rétroviseur.

Son chien aboie une fois comme s'il comprenait.

— Passé quarante-huit heures, les bergers allemands ou les malinois sont incapables de remonter une piste. Le saint-hubert, c'est autre chose. C'est la race du mien et le flair de Bestof est exceptionnel. C'est pour ça que je dis que c'est un champion. Bon, dix jours, c'est l'extrême limite, mais j'ai envie d'essayer.

Un buste imposant et des pattes solides, un poil roux cerné de noir, une tête énorme avec des bajoues et de longues oreilles qui pendent et beaucoup de peau qui plisse autour du cou. Il m'explique que ces gros chiens baveux sont peu nombreux à travailler aux côtés des forces de l'ordre car difficiles à élever. On en compte seulement seize en France. Puis il entre l'adresse de la famille Moulin dans son GPS et démarre.

— Ton chien comprend tout ce que tu dis. Tu as l'air d'avoir une sacrée connexion avec lui…

— C'est vrai, mais on ne sait jamais tout sur un animal. Ceux qui disent le contraire sont des guignols. Ces braves bêtes ont tant à nous apprendre…

Romain Lenoir est lancé, il va me parler de sa passion.

— Un chien mémorise des informations auditives, olfactives, visuelles et même vibratoires. Imagine un cerveau avec des milliards de cellules, chacune d'entre elles emprisonne à vie les sons, les visions, les odeurs… Jusqu'à sa mort il conserve cette banque de données. C'est pour cette raison que les nôtres ne vivent jamais très vieux. En nous rendant tous ces services, le chien s'épuise.

— Ça te fait pas mal au cœur de le faire bosser, du coup ?

— Maintenant on les place « en retraite » plus tôt. Dans une famille d'accueil, ça compense. Parce que c'est un putain de travail intense. Le cœur trinque chaque fois. Pour faire simple, le pistage revient à faire un match de foot sans mi-temps et à fond. Pourquoi à fond ? Parce que le chien est constamment en train de pomper pour analyser le terrain afin de suivre l'odeur de référence. En plus, je parle d'odeur mais c'est pas vraiment ça. On a suivi une formation avec les Ricains. Ils ont un petit temps d'avance sur nous. Le chien ne capte pas une odeur mais un ADN.

— T'es sérieux ?

— Oui. Si on souffle dans un sac en plastique, il n'y a pas d'odeur. On dirait qu'on n'a que de l'air. Et pourtant on va le présenter au chien et il va capter l'info. Parce qu'il travaille sur l'ADN de la personne qui a soufflé. On a de nouvelles méthodes, aussi. Maintenant on apprend au chien à s'autogérer sur la piste. Le maître n'intervient pas, il est juste là pour le sécuriser et lire son animal. Donc si tu commences à penser à la place de ton chien, c'est cuit. Ces animaux aiment leur travail. Ils bossent pour eux avant de bosser pour nous. C'est pas un toutou de compagnie. En fait, on forme une équipe. Quand ça commence, on ferme les yeux et on serre le cul, comme on dit chez nous. Il faut leur faire confiance. Bon, briefe-moi un peu sur l'histoire de cette Amandine.

Je lui confie les grandes lignes.

Une fois la voiture garée, nous frappons chez Henry Moulin qui nous reçoit en tenue de sport. Le professeur semble satisfait de participer à cette recherche et répond aux questions que lui pose le gendarme avec une bonne volonté évidente. Il lui fournit des renseignements sur le physique d'Amandine, sa corpulence, ses habitudes alimentaires ainsi que la liste des médicaments qu'elle prend. Un grand nombre d'éléments définissent une odeur corporelle.

— Il me faut un vêtement, petit de préférence et dans lequel votre épouse a transpiré, dit Romain en se tournant vers le mari.

— Elle ne fait pas de sport, répond-il.

— Un pyjama ou des sous-vêtements feraient l'affaire.

— Ils sont là, désigne-t-il en montrant une pile de linge propre.

— Il m'en faut un qui n'ait été ni lavé ni touché par un tiers.

— J'ai tout nettoyé ! Si j'avais su que ça avait de l'importance…

— Ne vous en faites pas. On va trouver autre chose… Montrez-moi où elle range ses chaussures.

Henry nous conduit vers un placard situé devant la salle de bains.

— Quelle paire porte-t-elle le plus souvent ?

— Elle a des escarpins noirs avec une grosse boucle carrée rouge qu'elle met tout le temps. Ce sont ses préférées mais je ne les vois pas. Elles doivent être à ses pieds.

— Une autre, alors ?

— Ces sandales qu'elle a mises cet été et encore récemment, chaque fois qu'il faisait beau.

Le professeur se baisse pour les saisir mais Lenoir lui prend le bras et l'immobilise gentiment.

— On ne touche à rien. Reculez-vous et laissez-moi faire, j'ai besoin d'espace.

Visiblement Amandine chausse du 39. Le gendarme opte pour un prélèvement de la semelle mais elle est si fine, qu'elle se déchire malgré l'utilisation d'un outil approprié. Je suis surpris qu'elle ait porté ces sandales jusqu'à l'usure. Problèmes d'argent ? Négligence ? Il faudra que j'élucide ce point.

Une fois que cette étape décisive est remplie, nous sollicitons la gardienne, la dernière personne à avoir vu la mère de famille. Elle a dit l'avoir croisée sur le perron du bâtiment et nous espérons qu'elle pourra nous indiquer la direction que la jeune femme a prise et peut-être le lieu où elle se rendait. Malheureusement, elle ne s'en souvient plus et craint de confondre avec une fois précédente. Consciente de l'importance de notre requête et très ennuyée de ne pouvoir nous aider, la petite dame tremble de tous ses membres.

— Vous inquiétez pas, on va faire avec ce qu'on a, dit le gendarme pour la rassurer.

Le collègue de la canine s'approche de son véhicule. Dès qu'il enfile sa veste jaune de gendarmerie, le saint-hubert pousse une sorte de long hurlement grave et plaintif. Il a compris, le rituel vient de commencer et il montre son impatience.

— Oui, mon Bestof. Allez, bonhomme, ça va être à toi…

Il sort le chien du fourgon et lui fait faire ses besoins. L'animal est vif et alerte. Je suis surpris qu'il le laisse avec la longe très lâche aller là où il veut. Il parcourt une vingtaine de mètres tout autour de nous et vient même me renifler.

— C'est nouveau ? je me risque à demander.

— Ouais. Je lui laisse faire un inventaire des odeurs de manière à assouvir sa curiosité olfactive. Il les prend en compte, même la tienne, comme ça il n'est pas perturbé pendant la piste. Avant on ne le faisait pas et quand il y avait une odeur qui lui plaisait, il était capable d'arrêter la traque pour venir la sentir. Mais là, quand je vais lui présenter le pochon avec l'odeur de la personne disparue, il va écarter toutes les autres dont les nôtres, pour ne se concentrer que sur celle-ci.

— Allez, mon Bestof, on y va, on va travailler.

L'animal se raidit et s'immobilise, comme à l'affût. Son maître enjambe son corps pour se retrouver au-dessus de lui. En le voyant accrocher le harnais puis y fixer la longe, je cesse de respirer en un réflexe idiot. Comme si le fait de ne plus aspirer l'air allait aider le chien. On y est. Le gendarme sort le pochon d'un étui situé dans son dos, à l'extérieur de sa veste. Le chien gémit d'impatience pendant qu'il défait le nœud du sac, il dit « Bestof », puis il enfile le pochon autour du nez de l'animal et hurle : « Cheeeeerche. » Ses flancs se contractent comme s'il prenait une puissante inspiration, puis il lève sa truffe et démarre aussitôt pendant que le gendarme glisse le pochon dans l'étui. La direction manque et le limier renifle devant la porte du bâtiment. En principe il va suivre la dernière piste, la plus fraîche, et il ne devrait pas rentrer là où habite la jeune femme. Il entreprend plusieurs circonvolutions avec son museau, déposant un peu de bave au sol, avant de se diriger vers le nord. Sa queue est tendue et ne bouge pas. La longe s'étire et file entre les doigts du maître qui s'y agrippe tout en suivant la cadence. Lenoir a les yeux rivés sur le nez et les bajoues de son chien. Bestof flaire le sol par tapotements successifs à une vingtaine de centimètres du sol et semble balayer la route comme le ferait un sonar. Parfois, il lève la truffe un peu plus haut et ralentit, mon pouls s'accélère, j'ai peur que cela signifie la perte de la piste. Et puis un nouveau coup de nez dans une direction et il repart de plus belle. Le gendarme fixe chacune de ses attitudes comme on lit une partition de piano. On n'y comprend rien à moins d'être initié. Chaque fois qu'un chien intervient sur nos enquêtes, le site m'apparaît différemment. La présence de l'animal enflamme mon imagination et je me mets à recenser chacune de ses hésitations. Je compte les marches et je jauge les bâtiments, cela me permet de ne pas réfléchir. La rue

Auguste-Vitu court sur cinq cents mètres de long. La plupart des immeubles présentent quatre à six étages. Bestof baisse la cadence devant l'un d'entre eux qui se trouve à trois cents mètres de l'appartement d'Amandine. Il ralentit sur un point invisible et hume l'air, semblant chercher l'odeur qu'il a mémorisée, puis il repart. La jeune femme a peut-être refait son chignon ou ajusté son foulard à cet endroit précis. De multiples passants l'ont sans doute croisée sans imaginer que nous suivrions les traces de cet événement banal devenu si important aujourd'hui. Je suis l'équipe cynophile deux bons mètres en arrière en faisant mon possible pour ne pas les gêner. Constatant qu'ils restent sur le trottoir de gauche, je me décale à leur droite et fixe le maître. Son bras demeure dans le prolongement exact de la longe. Il semble la maintenir tendue pour que son binôme à quatre pattes perçoive sa présence sans pour autant le freiner. Ils remontent ce trottoir large de trois mètres en se dirigeant vers un grand immeuble d'une vingtaine d'étages qui se trouve au loin, face à nous. Un tiers des fenêtres sont éclairées et je n'arrive pas à deviner s'il s'agit de bureaux en train de se vider ou d'appartements bientôt remplis. Je regarde ma montre – 19 h 35 – en songeant à la nuit qui approche. Nous avons trente à quarante-cinq minutes tout au plus, avant que l'éclairage de la ville ne prenne le relais du soleil. Après, l'humidité augmentera tandis que notre acuité et nos chances de trouver quelque chose diminueront. J'attends avec impatience le bout de la rue pour voir où ira Bestof. Le chien emprunte le passage clouté vers la droite à l'endroit où la rue Auguste-Vitu s'achève puis il tourne à gauche en traversant l'avenue Émile-Zola. Suit-il la piste d'Amandine ou le flot ininterrompu des passants disciplinés qui, chaque jour, marchent ici ? Une allée d'arbres élégants, des acacias, bordent l'avenue. À notre droite, une station-service. Bestof s'arrête et hume l'air en faisant frémir ses babines. Les relents de pétrole semblent l'incommoder. « Travaiiiiiil », hurle Romain pour relancer son chien. Le saint-hubert hésite quelques secondes puis il repart dans l'autre sens, à gauche en remontant vers un restaurant coréen. Que signifie le fait qu'il parte en sens inverse ? A-t-on perdu la piste ou au contraire est-on en train de la suivre ? Amandine habite ici depuis longtemps. Est-il en train de traquer le dernier de ses passages ? Sur ce côté de l'avenue Émile-Zola, les rangées d'acacias abritent deux allées où les voitures peuvent se garer. Ils remontent cinquante mètres, puis Bestof marque une pause et file brutalement vers la droite. Le trottoir fait dix mètres de large et mène vers un terre-plein qui sert de décoration à la façade du grand immeuble de vingt étages. Le limier descend les marches et se met à flairer plus lentement autour de ce rond de ciment dont le chapeau est couvert de gazon et d'un arbre unique planté en son centre. Des excréments ont été poussés dans la rigole qui longe le cercle, et j'espère que l'animal ne sera pas perturbé par ces crottes appartenant à une femelle ou à un rival potentiel. Sans aucune hésitation, il poursuit et tourne sur la gauche.

Finalement, nous longeons parkings, squares et rues en suivant leurs circonvolutions tout en continuant à nous diriger vers le nord.

Je lève les yeux et, fixant le bâtiment dont nous approchons, je réalise que nous allons droit vers la station Javel du RER. Si Amandine a pris le train de banlieue, c'en est fini de la piste. Trop de monde en dix jours. Je me surprends à hocher la tête négativement. Le plus doué des limiers de la gendarmerie est-il en train de glisser sa truffe dans les pas de la mère de famille ? Quelqu'un klaxonne et – concentré par le suivi de la piste – je sursaute. Jamais la ville ne m'est apparue aussi bruyante. Le saint-hubert renifle le sol. Un passage clouté avec six bandes, un terre-plein puis un autre passage clouté de onze bandes. J'énumère mécaniquement dans ma tête tout ce que mes yeux me donnent à voir pour éviter de songer que nous ne sommes plus qu'à quelques mètres de la station du RER, située quai André-Citroën. Bestof se dirige inexorablement vers le bâtiment dont la façade orange et quelque peu baroque me désespère par l'issue qu'elle suggère. J'appréhende le moment où le saint-hubert va tourner en rond sur lui-même dans une attitude que nous connaissons tous et qui signifie la fin de la traque. Soudain le chien se fige. Il reste immobile quelques secondes durant lesquelles le gendarme tente de lire l'attitude de son compère.

— Travail, travail…, hurle Romain.

Mais Bestof pose sa truffe au sol, laisse un peu de bave sur le ciment du trottoir et lève les yeux vers son maître. Le gendarme semble comprendre.

— Je crois que j'ai un relais odeur, dit-il à mon intention. Regarde sous la borne, moi j'ai du mal avec ma jambe. Et puis s'il y a un OP[1] à récupérer, il vaut mieux que ce soit un officier de police judiciaire qui le prenne.

Il s'agit d'une borne de deux mètres de haut accolée au grillage où l'on peut acheter des tickets de transport. La truffe de Bestof est désespérément tendue vers l'arrière de cette grosse boîte de métal. Je m'accroupis et je vois ce qui l'attire. Un objet sombre a été glissé en dessous. Mon cœur bat à cent cinquante pulsations minute. J'enfile des gants en plastique le plus rapidement possible. Il s'agit d'un sac à main en cuir marron avec des franges. Je ne suis sûr de rien mais il me semble que c'est ainsi que la mère Lafayette a décrit l'objet manquant dans le rapport des collègues. J'ouvre délicatement le sac. Ne restent que trois objets : des clefs d'habitation, un flacon de parfum quasiment vide, *La vie est belle* de Lancôme, et une carte d'abonnement à la bibliothèque du quartier au nom d'Amandine Moulin. Mon cœur s'arrête de battre. La présence de ce sac ici peut signifier bien des choses.

— Ton chien est très fort, dis-je à notre homme alors qu'il le félicite et lui donne une récompense alimentaire.

— On a accroché un OP mais j'ai l'impression qu'on n'a pas finalisé la piste. Travaiiiiil, hurle-t-il à l'attention de son binôme.

1. Objet personnel.

Bestof repart et tire sur sa laisse comme il ne l'a pas fait jusqu'alors. Il longe la route et court en suivant l'avenue parallèle aux rails. Contre toute attente, au lieu d'entrer dans la station RER, il continue quelques mètres, avant de tourner à droite, en s'éloignant du bâtiment. La route pavée descend vers les quais de Seine non loin du pont Mirabeau. Je frissonne en remarquant que le limier poursuit, comme au début de la traque, une trace invisible et reste uniquement du côté gauche de l'avenue en galopant sur la partie lisse du trottoir. On dirait quelqu'un qui se rassure en marchant toujours du même côté, par superstition. J'ignore s'il suit Amandine, mais la personne qu'il piste semble être la même que celle de la rue Auguste-Vitu. Je jauge le lieu. À trente mètres sur la gauche coule la Seine, à cinq mètres à droite en contrebas filent les rails du RER, et au milieu, le long de cette voie qui descend, une rangée de platanes joufflus s'élève vers le ciel. Si Amandine a marché ici le 5 septembre, qu'a-t-elle ressenti ? À quoi pensait-elle ? Quelle décision a-t-elle prise ? Était-elle seule ? Consciente ? Une voiture nous croise. Lorsqu'elle arrive à notre niveau, les pneus cognent sur les pavés dans un bruit de plastique mouillé. Le chien tire sur sa longe, nous obligeant à forcer le pas. Le limier semble plus sûr de lui. Peu de véhicules circulent ici et le nombre de passants est dérisoire comparé aux trottoirs des avenues précédentes. L'espoir revient inexorablement.

Bestof longe le fleuve et se dirige à droite – direction Javel le Haut – vers le *Tennessee*. Ce grand bateau blanc qui, d'après un panneau, appartient à la compagnie des Yachts de France, présente une roue à aube bordeaux et arbore un drapeau français. Je suis surpris de constater que le limier frôle dangereusement l'à-pic du quai. Il continue de trotter d'un bon pas, ignorant les bâtiments de la compagnie des bateaux à roue qui bordent l'appontement. Un vent léger souffle dans les graminées qui poussent dans des bacs de bois marron, et je ferme mon blouson. Un sentiment d'une infinie tristesse m'envahit sans que je puisse en expliquer l'origine. La lumière diminue à vue d'œil, bientôt la nuit sera là.

Bestof ne faiblit pas. La voie pavée mène à un très gros bateau nommé *Crippen*, appartenant, si je me fie au nom, à une compagnie étrangère. Deux grosses cheminées rouges cerclées de noir et huit canots entièrement blancs protégés de toile carmin me donnent l'impression d'avoir été transporté à une autre époque. Soudain, le chien s'arrête à l'aplomb de deux péniches coincées contre le bateau. L'une est marron, l'autre entièrement noire. Elles reposent sans bouger le long du quai. Amandine est-elle montée dans une de ces embarcations ? Quel site desservent-elles ? Le saint-hubert fixe l'eau qui stagne entre les deux péniches et cherche, de sa truffe, les reliques de la piste. Un liquide opaque, noir comme une tache de pétrole, et trois feuilles mortes flottent, là. Un corps a pu y être jeté, englouti pour disparaître à jamais. Je regrette de n'avoir pas de sonar pour fouiller les entrailles liquides de la Seine.

« Travail », hurle à nouveau le gendarme. Aussi vite qu'il s'est arrêté, le chien repart. Il bifurque à droite, en s'écartant du bord, et longe des bambous plantés dans des bacs de ciment. Il court le long du bâtiment en sens inverse en se rapprochant des rails du RER. Son trajet n'est pas cohérent, on revient en arrière. Le saint-hubert semble se diriger vers la route pavée qui remonte vers la station Javel. Qu'est-ce que ça signifie ? Un joggeur avance devant nous avec un petit chien noir et blanc qui aboie. Bestof lève le museau et le suit. L'accablement me gagne. Nous tournons en rond. Le gendarme a relancé son chien pour faire bonne figure, espérant sans doute trouver autre chose, mais je n'y crois plus. Je m'adosse au muret et téléphone à Honfleur.

— Salut, Marc, j'ai plusieurs choses à te confier.

— Pas de problème, je suis encore au bureau.

— Appelle la PTS pour qu'ils gèlent toute la zone de la station RER Javel, on a trouvé le sac d'Amandine sous une borne de distribution de tickets de métro. Dis-leur que je les retrouve sur place dès qu'on a fini.

— Le sac à main ? Qu'est-ce que ça signifie ?

— Pour l'instant, j'en sais rien, mais il y a aussi ses clefs, c'est pas bon signe.

— Ha…

— Ensuite, vérifie si le 5 septembre le *Crippen* qui vient probablement de l'étranger et le *Tennessee* de la compagnie des Yachts de France ont bougé de leur attache et, si c'est le cas, regarde leur destination. Même chose pour les péniches attenantes sur le site de Javel Haut. Il nous faut la liste de tous les bateaux qui sont passés à proximité ce jour-là à partir de 13 heures. Vérifie également s'il y a des caméras de surveillance sur toute cette zone.

— Une piste ?

— Aucune idée. Je ferme les hypothèses, c'est tout.

— OK.

— Putain, ils sont où ?

— Quoi ?

— Je te laisse, j'ai perdu Romain et Bestof, merci, Marc.

Sans que je m'en rende compte, la nuit est tombée. Les lampadaires ont pris le relais. Un coup d'œil à la route qui monte. Personne. Je regarde les quais vers Javel Bas, le saint-hubert et son maître se trouvent plus loin, au pied du pont Mirabeau. Je cours dans leur direction. Visiblement Bestof n'avance presque plus. Malgré l'envie de demander à Romain ce qu'il s'est passé, je me tais. La consigne est claire : interdiction de le questionner et de risquer de perturber son chien tant qu'il ne s'est pas adressé à moi ou que la piste ne s'est pas achevée. Soudain le chien renifle en faisant des cercles autour de lui jusqu'à un endroit très sombre à proximité du pont d'acier. Le limier bouge la tête de droite à gauche, puis lance plusieurs regards à son maître. Nous sommes en fin de piste, il est en train de « fermer la porte » comme ils disent dans leur jargon. L'attitude du gendarme confirme mes craintes.

— Oui oui oui, c'est bien, mon chien ! Il a bien travaillé. Youhou, bravo, mon gros. Bestof est un bon chien.

Il sort d'une de ses poches un tube de nourriture et le saint-hubert, debout sur ses pattes arrière, pose ses membres avant sur le torse de son maître et lape goulûment l'aliment. Après quelques instants, il lui donne son jouet, un poulpe bleu en plastique qui fait « pouic-pouic » quand il le mordille.

— À cet endroit-là, j'ai plus d'odeur, dit Romain en montrant la zone sombre du quai située près du pont Mirabeau.

— Tu es certain qu'il suivait la piste ? Jusqu'au sac à main, il n'y a pas de doute, mais ensuite ?

— Après la découverte, pendant quelques secondes j'ai cru que mon chien me promenait mais il s'est mis à tirer si fort sur la longe… C'était pas normal. Il reprenait le pistage. Je lui ai fait confiance et il a encore accéléré la cadence vers le pont Mirabeau. C'est vrai qu'on n'a pas de corps, mais de mon côté, je n'ai aucun doute : Amandine est venue jusqu'ici.

— D'après toi, qu'est-ce que ça implique, une piste qui s'achève sous un pont ?

— Comment veux-tu que je le sache ?

— J'imagine que c'est pas la première fois que t'arrives au bord d'un point d'eau à la fin d'une traque…

— Moi, j'aime bien gamberger mais on m'a souvent fait comprendre que c'est pas ma partie.

— Et moi j'aimerais avoir ton avis.

— Soit elle s'est jetée à l'eau, soit on l'a poussée. Il est possible également qu'on l'ait tuée et qu'on se soit débarrassé de son corps à cet endroit. Dans le premier cas, tu as un suicide, dans les deux autres, un meurtre.

— Elle a pu prendre un bateau pour s'enfuir ou suivre quelqu'un dans une voiture…

— Oui, mais le sac à main ? reprend le gendarme. Qu'est-ce que t'en fais ? Si elle est partie quelque part, il n'y a aucune raison qu'elle se soit débarrassée de ses affaires personnelles.

— T'as pas tort. En plus, il y a toujours les clefs de l'appartement à l'intérieur.

— En fait, meurtre ou suicide, peu importe. Son sac à main prouve qu'à un moment donné, elle n'est plus maîtresse d'elle-même. L'objet traîne quelque part sous le pont. Le SDF dont tu m'as parlé le récupère, il prend ce qui l'intéresse puis il le cache sous la borne. Le hasard de la traque nous l'a fait découvrir en premier, mais il est probable que le sac a été mis là après ce qu'il s'est passé ici.

— Et si elle avait voulu brouiller les pistes ? dis-je.

— Faire croire à sa mort alors qu'elle vit des jours heureux au Panama ?

— Par exemple.

— La piste repartirait. Et on serait en train de la remonter. Non, non, non. Amandine s'est arrêtée là. Ici même. J'en mettrais ma main à couper.

— Bon…

— J'ai fait mon boulot, c'est à toi de jouer, Yoann. Pour nous, il est temps de rentrer…

Je m'imprègne de l'environnement. Une canette de bière et deux bouteilles en plastique vides traînent là. Bestof gambade joyeusement à nos côtés, satisfait d'avoir fait son job. Son attitude est celle de la promenade, il renifle partout et s'intéresse à tout. Rien à voir avec son comportement durant la traque. Il est indéniable que les pas d'Amandine se sont arrêtés ici. Que s'est-il réellement passé ? Le gendarme et son compagnon s'éloignent, je les rejoins.

— Je t'ai pas assez remercié.

Je lui serre la main, plein de gratitude et je continue :

— Personne, en dehors de toi et Bestof, n'aurait pu mener à bien cette piste. C'est exceptionnel. Je t'invite à dîner, ça me fait plaisir.

— Merci, Yoann, mais je dois récompenser mon chien. On a un petit rituel, lui et moi. Ma famille va gueuler mais je vais passer les deux prochaines heures avec lui. Quand il trouve la piste, il est prioritaire. Les animaux sont très sensibles au temps qu'on leur accorde exclusivement. Et celui-là est un saint-hubert, un chien de meute. Pour lui, je suis sa meute. Ce chien a beaucoup de qualités, mais il demande plus d'attention que les bergers allemands ou les malinois. C'est pour ça qu'il y en a si peu dans nos brigades. En attendant, je te remercie. Quand tu trouves, c'est normal, quand t'as rien, c'est que t'as mal fait ton boulot. Alors tes compliments, je les prends. Surtout qu'après dix jours, c'était pas gagné.

— Une dernière chose, avant de te foutre la paix. Quand tu « lis » ton chien, est-ce que t'as le moyen de savoir si la personne que tu cherches est vivante ou décédée ?

— Quand la personne est morte et qu'on va sur sa piste, mon chien ne « monte » jamais jusqu'au corps. Il s'arrête juste avant. Je crois que l'odeur de la mort humaine le perturbe. Je peux pas le certifier. J'en ai discuté avec les collègues et ils m'ont dit la même chose. C'est un mystère que je n'ai pas élucidé. Peut-être que le chien sait ce que signifie la mort et que ça le dérange. Donc si ta question est de savoir si elle s'est jetée à l'eau, si on l'a aidée ou si elle a fait semblant, j'en sais rien. On serait à la campagne, sans macadam partout, je t'aurais proposé un chien de détection de cadavres pour en avoir le cœur net. Ils peuvent découvrir les restes humains sous un mètre de terre. Mais ici…

Après l'avoir chaleureusement salué, un coup de fil m'apprend que la police scientifique est en route. Ils vont « geler » et sécuriser les deux lieux, le pilier du pont Mirabeau où Bestof a achevé la piste et la borne du RER où nous avons trouvé le sac à main. J'espère que les prélèvements donneront un sens à cette histoire. Dès demain matin, les plongeurs iront draguer la Seine pour, peut-être, trouver le corps d'Amandine.

Une fois seul, je redescends vers le pont Mirabeau. Si les murs de pierre et les pavés étaient seulement capables de me confier leurs secrets… J'aimerais essayer de comprendre ce qu'il s'est passé ici, le 5 septembre. Sur le pilier qui s'enfonce dans l'eau face à la Seine, se trouve la statue en bronze d'une femme nue, couverte de vert-de-gris. Elle souffle dans une sorte de trompette comme si elle annonçait quelque chose d'important. Pieds nus, des seins ronds, un chignon, elle tient dans la main un parchemin. Une grosse corde s'échappe de ses pieds, et j'ignore si elle l'entrave ou si elle s'en sert pour attraper quelque chose. Je fais un tour sur moi-même. Les lampadaires éclairent le feuillage des platanes qui se colorent de jaune d'or comme autant de lucioles immobiles. Au loin, face à moi, la tour Eiffel scintille. 21 heures. Son œil de cyclope fait tourner un laser au-dessus de Paris. Cette vigie de fer silencieuse sait où se trouve Amandine.

10

Amandine, quatre mois avant sa disparition

Une boule dans le ventre m'oppresse et, dans cet état, je suis bien incapable d'avaler un morceau. Exit la cantine de la mairie, je vais marcher en espérant trouver un apaisement. Une fois de plus, mes pas me conduisent vers la Seine sans que je le décide vraiment. Devant deux péniches immobiles, il me vient des envies de nonchalance, de vie qui s'écoule au rythme des clapotis. Et si c'était ça, le bonheur ? Un coup d'œil à ma montre, il me reste trente minutes avant de devoir faire demi-tour vers le bureau. Ces quais semblent déserts. Ça m'arrange. Je m'assieds à terre, contre un bac qui contient des graminées. Un léger vent courbe ces hautes herbes et elles me chatouillent l'oreille. La sensation est troublante. D'abord stressante parce que je crois que quelqu'un est venu m'importuner, puis de reconnaissance envers la nature pour cette caresse inattendue. Une tristesse infinie s'empare de moi lorsque je réalise que pas un seul centimètre de ma peau n'a été touché avec bienveillance par quiconque depuis une éternité. De fil en aiguille, je songe de nouveau à mon moral en berne et je me demande qui je pourrais bien appeler pour espérer aller mieux. Je fais défiler les contacts inscrits sur mon smartphone et je m'arrête au numéro de ma sœur Brigitte. Elle ne va pas vraiment m'écouter mais son énergie communicative va me booster. Ça sonne deux fois, puis elle décroche.

— Tu as de la chance, j'ai tellement de travail que je suis restée manger une salade niçoise au bureau, dit-elle en mâchant.

Avec du riz ou des haricots verts ? Je m'interroge sans lui demander. Aussitôt l'image d'une composition de tomates et de mozzarella me vient à l'esprit et je me surprends à saliver. Quand je pense que je n'ai pas déjeuné et que je le dois à ce qui me préoccupe. Je suis stupide !

— Qu'est-ce que tu racontes ? poursuit-elle.

— Henry me parle comme s'il me détestait, je ne sais plus quoi faire pour qu'il soit plus gentil.

— Quitte-le ! lâche ma sœur après avoir avalé une gorgée d'un liquide.

La connaissant, un café. *Comme si elle avait besoin d'un stimulant !* pensé-je en souriant.

— Tu sais bien que c'est une option que je n'envisage pas.

— Pour l'instant… mais tu y viendras.

— Non, Brigitte.

— Alors prends un amant. Lorsque que tu te sentiras épaulée, tu le largueras.

— Jamais de la vie. Et puis ça ne m'intéresse pas.

— C'est dommage, je suis sûre qu'il existe un paquet de gars gentils qui adoreraient s'occuper de toi.

— Arrête, ça me dégoûte. J'en ai marre que tu ne tiennes pas compte de mes sentiments. Je suis encore amoureuse d'Henry et le quitter n'est pas la solution.

— C'est pourtant la seule, Amandine. Je ne vis pas avec vous, mais d'après ce que tu me racontes sans arrêt, ton mari est toxique. Tu as l'air de t'en rendre compte mais dès qu'il s'agit de t'en éloigner, il n'y a plus personne, c'est dingue !

— Tu as raison. Je ne sais pas pourquoi j'agis comme ça. Il ne me mérite pas. Quand il est gentil, c'est ce qu'il me dit. « Je ne te mérite pas. Je suis affreux avec toi. »

— Quand il se ramollit, j'espère que t'en profites pour lui dire qu'il est un salopard.

— Pas du tout. Ces moments-là sont si rares que je ne veux pas les gâcher. Ses mots agissent comme une gomme sur mon désespoir. Ça efface tout.

— Comme ça, il peut mieux te faire mal juste après.

— Quand il est de mauvaise humeur, je vis chacun de ses mots comme une violence… Même ses silences sont terrifiants. Tu sais, Brigitte, des fois, j'ai l'impression que je vais mourir et j'ai vraiment peur… J'ai vraiment peur de lui.

— Tu te rends compte de ce que tu dis ? Tu es constamment sur le qui-vive comme un animal pris au piège et tu es en train de t'épuiser. Une femme ne peut pas accepter de se laisser traiter comme ça. Qu'est-ce qu'il t'a encore fait ?

— Mardi soir, comme d'habitude je ne savais pas s'il allait manger avec nous ou pas. Il ne me prévient jamais. Quand il est arrivé, il m'a reproché d'avoir acheté un steak pour lui alors qu'il avait déjà dîné. Il a prétendu que je jetais l'argent par les fenêtres et que j'étais dépensière. Du coup, hier soir, je n'ai acheté à manger que pour les filles et moi. Tu aurais vu le regard de haine qu'il m'a lancé quand il s'est mis à table. Il a pris les enfants à partie. Il a dit que je me fichais de lui, qu'il pouvait crever de faim, qu'il ne comptait plus, que c'était un scandale d'être traité comme ça. Je lui ai donné mon morceau de viande, il l'a jeté par terre en cassant l'assiette et en ajoutant que je ne comprenais rien à rien. Je n'ai pas pu en placer une. Les filles étaient terrorisées mais le plus terrifiant, c'est qu'Henry est resté calme tout du long. Froid, limite glacial. C'est ce qui me fait le plus flipper. Chaque fois, je me dis que si je me justifie, sa colère va prendre le dessus et alors… Si les petites n'avaient pas été là, je me serais défendue, mais là je n'ai pas bougé et j'ai attendu que ça se termine.

— Il le sait ! Il sait que tes filles sont tout pour toi et que tu ne mettras pas d'huile sur le feu devant elles. Il a pigé que tu es une maman avant tout.

— Que voulais-tu que je fasse ? Si j'avais réagi, il m'aurait…

Je n'arrive pas à finir ma phrase.

— Sur le moment, rien. Tu ne peux pas avoir le dernier mot face à ce type, Amandine. Mais maintenant tu dois partir.

Je garde le silence. Brigitte reprend :

— Si tu veux, je vais lui parler et lui dire ma façon de penser.

— Pas question, après je le paierai au centuple. Il me traitera de lâche, de manipulatrice.

— Mais c'est ce qu'il est ! Un manipulateur. Ce type est incurable.

— Ne sois pas si dure.

— Pourquoi ? Être intelligent, éduqué et cultivé n'a jamais empêché quiconque d'être détraqué psychiquement. Ce mec a un problème avec les gens et avec les femmes en particulier. Je t'assure… Il est bon à jeter.

— Non. Laisse-lui une chance, laisse-moi y croire encore.

— Va-t'en, Amandine. Un jour, il sera trop tard.

— J'aimerais qu'il redevienne l'homme que j'ai tant aimé.

— Tu vis sur un souvenir et tu ne le changeras pas, ça fait trop longtemps que tu espères. OK, je n'irai pas lui parler directement mais je te préviens : la prochaine fois que je le vois, il a intérêt à se tenir à carreau. Mes allusions seront claires. Dans la vie, il y a certaines choses que l'on ne peut pas se permettre, et traiter une femme ainsi en fait partie.

— Tu perds ton temps. Il ne comprendra pas la menace. Il ignore complètement que tu sais tout. Avec

Henry, on ne se parle plus. On ne fait que se croiser. Il est convaincu qu'on est encore fâchées, toi et moi.

— Ça fait trois ans qu'on s'est rabibochées…

— Ben oui. En fait, il ne sait rien de ma vie. Uniquement ce que je lui laisse deviner.

11

Enfin une réaction

Je prends rapidement plusieurs décisions de manière à écarter ou confirmer les doutes qui pèsent sur l'entourage d'Amandine et en premier lieu, le mari. Portables et lignes fixes… je le mets sur écoute puis nous retournons l'interroger. Il faut maintenir la pression et constater la manière dont il évolue face à nous. J'ai prévu de changer de technique et j'informe mon binôme de cette stratégie. Nous nous rendons tous les deux au lycée. C'est la récréation, Henry Moulin est disponible et, en prenant des précautions de langage, nous lui apprenons que nous avons retrouvé le sac à main de son épouse. Nous l'informons, nous ne lui posons pas de questions et je tiens à ce qu'il soit convaincu que nous lui rendons des comptes. Si je ne me suis pas trompé, il est animé d'un complexe de supériorité qui m'est apparu lorsqu'il a pris l'initiative d'achever notre précédent entretien. En le maintenant dans l'illusion de sa toute-puissance, il nous montrera son vrai visage. J'ai hâte de connaître sa réaction.

— Nous tenions à ce que vous en soyez aussitôt informé, conclut Christian.

— À quel endroit vous l'avez trouvé ? demande-t-il avec un sang-froid déconcertant.

— Nous ne pouvons révéler cette information tant que l'instruction est en cours.

— Et d'après vous, qu'est-ce que cela signifie ?

La plupart du temps en pareil cas, le conjoint s'enthousiasme d'une telle trouvaille, espérant une avancée significative des investigations. Il arrive que la personne s'effondre au contraire en considérant l'espoir de la retrouver vivante définitivement éteint. Mais le professeur ne bronche pas. Aucune émotion. Encéphalogramme plat. Son flegme suffit-il à expliquer qu'il pose des questions au lieu de réagir normalement ?

— Quelle est votre conclusion ? reprend-il en fronçant les sourcils.

— Lors d'une fugue, il est rare que la personne se sépare de son sac à main et de ses moyens de paiement. S'il s'agissait d'un vol, elle se serait rendue au commissariat le plus proche pour porter plainte et tenter de retrouver ses affaires. Par conséquent, l'hypothèse d'une fuite devient désormais peu probable.

— OK, ne vous fatiguez pas, j'ai compris. Il reste deux options : le suicide et le meurtre… Mais je vous l'ai dit, je ne crois pas à cette dernière hypothèse.

Il pérore, fier de nous donner son opinion éclairée. Cela en fait-il un coupable ? Les mots des parents

Lafayette me reviennent à l'esprit. Ils ont évoqué les masques d'Henry Moulin. Force est de constater qu'il semble déjà ne plus faire l'effort de jouer au mari soucieux et bienveillant. Il peut néanmoins se réjouir de la disparition d'Amandine et ne pas l'avoir tuée pour autant… C'est le moment de le remettre à sa place avant de perdre totalement notre ascendant sur lui.

— Qu'est-ce qui vous permet de proscrire une agression, quelle qu'elle soit, avec autant de certitude ?

Christian me jette un coup d'œil. Il vient de comprendre grâce à mon opposition que nous changeons le fusil d'épaule.

— C'est juste mon avis. Et qu'allez-vous faire ?

— Continuer à creuser l'éventualité d'un suicide ou d'un meurtre en poursuivant les interrogatoires.

— À ce sujet, nous souhaiterions savoir pourquoi vous avez déposé la requête pour disparition inquiétante aussi tard ? Même en considérant l'éventualité d'un suicide, une réaction rapide de votre part aurait pu l'empêcher de mettre fin à ses jours…

Christian vient de prendre la parole et je reconnais son art de la déstabilisation, technique qu'il met à profit lors de ses parties de poker. Henry Moulin, qui s'affaire à ranger des documents, referme un tiroir un peu vite et se coince un doigt. Il plisse les yeux en serrant la mâchoire sans rien dire. Est-ce la seule manière dont il exprime la stupeur et la douleur ?

— Êtes-vous en train d'affirmer que vous me soupçonnez de l'avoir tuée ?

— Tant que vous n'avez pas été mis hors de cause, vous êtes considéré comme coupable potentiel au même titre que les autres, ajoute Christian.

— Et c'est reparti ! La police et ses raccourcis..., s'exclame le professeur. Je travaillais le jour de sa disparition, alors vous perdez votre temps avec moi.

Pourquoi paraît-il si serein ? Se croit-il protégé par son emploi du temps ? Nous savons qu'il s'est probablement éloigné du lycée pour se rendre chez sa maîtresse et que son alibi ne tient sans doute pas, mais il est important qu'il l'ignore encore. Nous le mettrons devant ses contradictions au moment opportun.

— Dans l'entourage d'Amandine, quelles sont les personnes qui auraient pu lui vouloir du mal ? dis-je d'une voix plus douce.

L'avantage du chaud et froid est qu'on empêche la personne de réfléchir.

— Je n'en sais rien. Ma femme avait peu d'amis. Elle était très réservée.

Cette manière qu'il a de parler d'elle au passé m'exaspère. J'en perds l'espoir de la retrouver, et ma repartie ainsi que mes réflexions autour de l'enquête s'en trouvent amoindries. Le fait-il exprès ?

— Nous avons entendu dire que votre couple battait de l'aile, qu'Amandine n'était pas si heureuse que ça en votre compagnie et qu'elle se plaignait beaucoup de votre attitude à son égard..., annonce Christian.

— C'est faux ! hurle-t-il. Nous avions parfois des désaccords mais il n'était pas question de divorcer.

— Pourquoi parlez-vous de divorce ?

— C'est vous qui…

— Je n'ai rien dit à ce sujet.

Il garde le silence, conscient de son erreur. Je reprends :

— Considérons les choses sous cet angle. Amandine souhaite vous quitter et cette idée ne vous convient pas. Vous perdez la raison, cela peut arriver à tout le monde… Vous la frappez, l'accident bête, elle meurt, vous prenez peur, vous vous débarrassez du corps…

— Vous délirez, réplique-t-il à nouveau très calmement. Tous les couples se disputent, mais entre Amandine et moi ce n'était pas au point que vous sous-entendez. Vous vous êtes fait monter la tête par les parents Lafayette. La douleur rend aveugle. Il leur faut un coupable et ils ne voient que moi. Ils ne m'ont jamais apprécié.

— Vous venez de nous dire qu'elle n'avait pas d'amis. Il ne reste que la famille. C'est une question de bon sens, rétorque mon binôme.

J'ai rarement vu Christian aussi impliqué. La dernière fois remonte à l'époque où il était amoureux de Jane, une collègue de notre service. Il cherchait à l'épater. Je me demande si le phénomène n'est pas en train de se reproduire avec la nouvelle de l'accueil. Henry Moulin lui répond.

— Ce n'est pas aussi simple qu'il y paraît. Ses parents vous ont certainement servi la soupe habituelle : Amandine était heureuse en leur compagnie, dans son travail ou avec sa sœur. Le seul qu'ils ont accablé, c'est moi. C'est tellement plus facile !

ajoute-t-il l'air exaspéré. Si vous cherchiez un peu plus loin que le bout de votre nez, vous sauriez que ma femme était fâchée à mort avec sa sœur Brigitte, qu'elle ne supportait plus l'attitude collante de ses parents, qu'elle se faisait exploiter à son boulot, qu'elle était dépressive et ne s'occupait pratiquement plus de ses enfants !

Nous échangeons un regard rapide avec Christian mais Henry Moulin continue sur sa lancée.

— Elle nous a abandonnés, moi et les filles. Je lui en veux terriblement. Si elle rentre un jour, n'imaginez pas que je vais l'accueillir à bras ouverts.

Quelque chose sonne faux. S'il la croit dépressive et suicidaire pourquoi prétend-il maintenant qu'elle est partie et peut revenir chez eux ? Cette colère soudaine masque autre chose. Est-ce la découverte du sac à main ? A priori, non. Il est sorti de ses gonds lorsque nous avons évoqué la possibilité qu'Amandine ait voulu le quitter. Depuis, il est moins calme qu'avant. Une piste à creuser. Une fois sortis du lycée, je note sur mon carnet :

• Visiblement, l'homme est attaché à l'image qu'il dégage en tant que couple solide.
• Craignait-il une séparation ?

— Bien joué, le coup du divorce, on a enfin eu une réaction, dis-je à mon binôme. Je préfère quand tu t'impliques plutôt que tes questions à la con pour gagner du temps…

— À propos de temps, il m'en faudrait un peu. J'ai rencard avec Lise ce soir. Et si je pouvais…

Il regarde sa montre. Je tape dans le dos de mon binôme.

— Pourquoi tu demandes ? On a fini.

— Je sais pas, l'habitude…

— Je suis pas ton patron.

— C'est pas ça. T'arrêtes jamais. Du coup, j'ai toujours l'impression de tirer au flanc.

Je ne réponds pas. Cette remarque me fait mal. Je n'aurais jamais cru que je pouvais induire un tel sentiment d'inconfort chez un homme avec lequel je travaille depuis si longtemps.

12

Premiers résultats

Plusieurs équipes de plongeurs commencent à sonder la Seine en partant de Javel Haut, près du pont Mirabeau. Au bout de quelques minutes seulement, une surprise de taille nous attend. Les collègues découvrent le portable d'Amandine dans la vase, à l'aplomb de l'endroit où Bestof a achevé sa piste. A-t-il été jeté par Amandine ? Par un tiers ? Dans quel but ? Tout le monde craint et suppose que la découverte du corps de la jeune femme va suivre.

Les gars de la fluviale sortent trois carcasses de chien, des pneus de voiture et un sac de sport contenant des draps mais rien qui ressemble à un corps humain. Les recherches se poursuivent en aval du pont, dans le sens du courant. Les eaux s'avèrent particulièrement troubles et le travail, fastidieux. Le temps s'écoule, les heures, les jours.

L'ensemble des bateaux, de la barque à la péniche, qui ont navigué sur le fleuve le 5 septembre sont recensés, les coques, propulsions et hélices inspectées, les équipages questionnés. Sans résultat.

Les prélèvements effectués par la police scientifique confirment la présence des empreintes du clochard sur le sac à main d'Amandine. Comme on pouvait le supposer, celles du mari et des trois filles Moulin s'y trouvent également. L'empreinte partielle d'un pouce a été mise en avant mais elle ne correspond à aucune personne connue de nos fichiers. Sous le pont, quantité de mégots et déchets sont récoltés mais rien qui soit imputé à la présence d'Amandine.

Malheureusement pour nous, toute cette partie du XVe arrondissement est exempte de caméras de surveillance.

Les commerçants autour de la rue Auguste-Vitu sont interrogés pour savoir s'ils ont vu Amandine Moulin ce jour-là, mais aucun témoignage fiable n'est récolté. Force est de constater qu'Amandine Moulin, morte ou vivante, n'a attiré le regard de personne. C'est très étonnant pour une si jolie femme.

Marc Honfleur me confie qu'il cherche si des corps ont déjà disparu au niveau du pont Mirabeau. L'idée est de vérifier si le site, un éventuel « spot à suicide », aurait donné des idées à Amandine. Un seul cas y est recensé : celui du poète Paul Celan. Après plusieurs séjours en hôpital psychiatrique, il s'est jeté de ce pont la nuit du 19 avril 1970 à l'âge de quarante-neuf ans. Des faits bien trop lointains. Une perte de temps, à mon avis. J'ai l'impression que notre jeune collègue s'implique plus encore que d'habitude. Il fait du zèle. Cette disparition le touche. Peut-être croit-il au suicide d'Amandine et cela fait écho à celui de son frère ? Il faut que je garde un œil sur lui. Je sais combien on devient fragile quand une affaire agit en miroir de nos propres blessures.

Nous poursuivons dans toutes les directions et pourtant, l'une après l'autre, chacune de ces hypothèses est désespérément refermée. J'attends beaucoup des écoutes des communications d'Henry Moulin. On l'a un peu bousculé et il est, à mon avis, mûr pour lâcher des éléments nouveaux.

— Qu'est-ce qu'on a ? demandé-je au collègue chargé de cette mission.

— Rien.

— Comment ça ?

— C'est pas comme s'il disait des choses sans importance et que je devais faire un tri, il n'appelle vraiment personne. Un seul coup de fil en trois jours.

— Pardon ?

— Oui. À la secrétaire du directeur du lycée pour lui demander où elle a rangé les sujets du bac blanc.

— Il n'a ni famille ni amis ?

— S'il en a, il les agresse pas avec ses communications.

Je siffle de surprise.

— Ou bien le gars nous a cramés…

— Ou bien il a un problème social.

Voilà qui ne va pas nous simplifier la tâche.

Pour finir, les résultats des recherches au luminol tombent. Mon dernier espoir. Mais encore une fois j'en suis pour mes frais puisque aucun reliquat d'une tache de sang n'est mis au jour dans le logement de la famille Moulin.

— Je m'y attendais mais j'espérais quand même une goutte ici ou là, dis-je à Honfleur.

— Pourquoi ?

— On trouve toujours un peu d'hémoglobine. Le saignement de nez d'un enfant, une coupure pendant qu'on fait la cuisine. Là, rien.

— Le type a tout nettoyé ?

— Ouais. C'est un maniaque de la propreté, on dirait.

Un très grand nombre d'hypothèses sont désormais éliminées. Lorsqu'on tient une piste et que les autres n'ont plus lieu d'être, cela permet d'avancer en raffermissant ses convictions dans une direction. L'ennui dans cette affaire est que nous n'en avons aucune.

Un peu à l'image de notre enquête, la relation entre Christian et Lise ne donne rien. Des rendez-vous sont fixés. Ils parlent et passent de bons moments devant un verre ou au restaurant, mais il n'arrive pas à concrétiser. Il ignore ce qu'elle ressent pour lui et pourtant les sourires de la jeune femme lui laissent croire qu'elle se plaît en sa compagnie. Est-ce qu'elle se sert de lui ? Elle l'appelle son chevalier servant… Connaissant Christian, il ne doit pas lésiner sur les attentions. Je n'ose pas le conseiller, moi qui suis un handicapé de l'amour.

13

Mensonge ou vérité

Brigitte ressemble si peu à Amandine qu'il est difficile d'imaginer qu'elle est sa sœur. Elle nous reçoit dans son grand bureau de Neuilly où elle travaille à l'organisation de salons à travers le monde. Cette grande blonde pétillante a beaucoup de charme, d'autant qu'elle assume complètement ses formes généreuses. Très vite, elle nous fait comprendre qu'elle gagne très bien sa vie et qu'elle passe la moitié de son temps à l'étranger.

— Du 1er au 6 septembre j'étais en Russie, je suis revenue ici deux jours avant de repartir en Chine. La rentrée est une période propice aux salons et je n'ai pas encore lâché la bride.

Elle marque un temps, avant de reprendre.

— J'adore mon métier et je le fais passer avant tout, mais je m'en veux terriblement. Si Amandine a voulu me parler d'une décision à cette période-là, elle n'a pas pu. Ce n'était pas facile de me joindre. Je ne dis pas qu'elle a essayé, j'avoue que je ne m'en souviens plus. Je sais que nos parents étaient très inquiets et qu'ils m'ont téléphoné pour que je prenne de ses nouvelles et je ne l'ai pas fait.

Sa voix se brise, elle déglutit.

— Vous allez penser que je cherche à me dédouaner mais en fait, j'ai une petite excuse. Il se passe rarement un mois sans qu'il y ait un préavis de tempête dû à sa relation avec Henry. On a tout le temps peur pour Amandine. Une fois pour sa santé, une autre pour celle de ses filles mais le plus souvent à cause d'un drame déclenché par les réactions cyclothymiques de son mari. Nous vivons des sortes d'alertes répétitives qui s'aggravent avec le temps. Amandine se plaint sans arrêt d'Henry mais elle refuse de s'en aller. Ça me rend folle. Alors les jours où je suis débordée, je lâche l'affaire. Fin août, en plein préparatif de mes événements, la patience m'a manqué. J'ai dit à ma sœur : « Soit c'est un monstre et tu le quittes, soit tu l'aimes et tu t'accommodes de son caractère à la con, et dans ce cas tu arrêtes de le critiquer. » Comme d'habitude, j'ai tranché sans chercher à comprendre que la situation avait peut-être évolué.

— Et depuis, plus de nouvelles…

— C'est ça. Il a fallu qu'elle disparaisse pour que je décide de prendre le temps de me poser certaines questions. Tout n'est pas aussi simple qu'il y paraît.

— C'est-à-dire ?

— On juge la situation de ceux qui nous entourent en fonction de notre nombril. Ça permet de se convaincre que l'on a raison et de penser que les autres se plantent. Moi, par exemple, je change d'homme tous les mois. C'est, d'après mon expérience, le timing idéal pour éviter qu'ils ne s'attachent trop. Je tiens à rester autonome et maîtresse de la situation. C'est mon choix et je ne suis pas à plaindre. Mais d'un point de vue extérieur, les gens peuvent imaginer que je suis instable, que je camoufle ma peur d'être abandonnée par le besoin de tout maîtriser… jusqu'à la date de la rupture. En réalité, je ne veux dépendre de qui que ce soit, quitte à ne compter sur personne. Ma vie me convient très bien ainsi.

Brigitte est lancée et ne s'arrête plus. Je bois ses paroles parce que son analyse fait écho en moi. Longtemps j'ai quitté les femmes dont je tombais amoureux de peur qu'elles ne m'abandonnent.

— Amandine m'a toujours paru fragile et je n'ai jamais compris pourquoi elle ne quittait pas Henry qui est horrible avec elle. Aujourd'hui, avec ce recul forcé, je me dis que je ne suis pas à sa place, j'ignore complètement ce qu'elle vit et il m'est difficile de la juger même si je suis certainement celle qui connaît le mieux sa vie.

— Il paraît pourtant que vous êtes fâchées, lâche Christian.

— Ah ! Vous avez vu Henry Moulin.

— Pourquoi dites-vous ça ?

— Parce qu'il ignore qu'on s'est réconciliées il y a trois ans. Je suis l'une des confidentes de ma sœur et je vous assure que je suis au courant de pas mal de secrets.

Brigitte nous explique que les époux ne se parlent plus depuis de nombreuses années. Ils ne font que se croiser. Il ne lui adresse la parole que pour lui asséner des reproches sans queue ni tête ou lui dire qu'elle fait tout mal. Amandine garde le silence pour protéger ses enfants de la fureur de son mari.

— Quand elle en a vraiment marre, elle fait un tour en voiture et met la musique à fond. Elle chante à en perdre la voix. Et lorsque ses filles sont gardées par les parents, alors elle ose la rébellion. Bizarrement il se calme et lui fait le coup du mec gentil, et comme elle y croit et qu'elle se radoucit à nouveau, les mots qui viennent ensuite sont pire qu'avant. En ce qui concerne ma relation avec Amandine, il peut raconter ce qu'il veut si ça arrange sa conscience. En attendant, il y a des choses que je sais et qu'il ignore parfaitement.

— Quoi par exemple ?

— À ce jour, ils sont locataires. Or, ça fait six mois qu'il cherche une maison ou un appartement à acheter, sans la mêler au projet. Il ne lui a jamais rien dit à ce sujet. Elle a ouvert son courrier à plusieurs reprises et elle est tombée sur des offres d'agents immobiliers.

— Il veut la quitter ?

Cela me semble étrange compte tenu de la réaction épidermique d'Henry à la suite de l'évocation d'un divorce.

— Je n'en sais rien. Je pense qu'il ne supporterait pas l'idée qu'elle fasse le choix de s'en aller mais si c'était lui qui prenait l'initiative, ce serait différent… Dans un sens, elle l'abandonne, dans l'autre, il la quitte. C'est plus facile à gérer du point de vue de l'ego, surtout vis-à-vis de l'entourage.

— Vous vous souvenez du nom de ces agences immobilières ?

— Pas le moins du monde, je n'ai pas besoin de preuves, je la crois.

— Il la trompe ?

— J'en suis convaincue. Je suis très douée pour sentir les hommes en chasse. Mais Amandine refuse d'y croire. C'est un sujet sur lequel elle reste intraitable. Elle ne veut pas qu'on en parle. Vous savez qu'ils ne font plus l'amour depuis six ans ?

— Vous en êtes sûre ?

— Il est probable que la dernière fois qu'il l'a touchée c'était pour concevoir leurs filles. Ils ne dorment plus ensemble.

— Elle a un amant ?

— Amandine ? Impossible. Elle n'a pas assez d'estime d'elle-même. Je suis sûre qu'elle ne se rend pas compte de sa beauté ni des mecs qui lui tournent autour.

— Des ennemis ?

— Pour avoir des ennemis, il faut avoir eu des amis, et ma sœur ne partage pas assez ses malheurs pour susciter une amitié. Un roc, c'est un roc, et si vous ne pouvez pas l'aider, vous allez voir ailleurs. Les gens aiment sentir qu'ils peuvent vous être utiles.

— Pourquoi elle ne dit rien à personne ?

— Parce qu'elle ne peut pas ! Henry a pour élèves tous les enfants du quartier. Il est très apprécié des parents. Vous la voyez affirmer : « Mon mari me harcèle, aidez-moi. » Elle est coincée, littéralement coincée.

— D'après vous, que s'est-il passé ?

— Je pense à une dispute de trop. Ma sœur s'en est allée, enfin ! Elle a fui la tyrannie de son mari… Je l'espère vraiment.

— Seule ?

— Oui. Une femme peut se débrouiller sans un homme, vous savez.

— Si vous êtes sa confidente, pourquoi ne vous a-t-elle pas prévenue de son départ ? Pourquoi n'êtes-vous pas au courant de l'endroit où elle se trouve ?

— Je ne peux pas répondre à cette question. La seule chose que je sais c'est qu'elle ne peut pas être morte.

— Pourquoi ?

— Elle ne s'est pas suicidée, elle tient trop à ses filles. Quant à Henry, c'est un manipulateur et un menteur de la pire espèce, mais ce n'est pas un meurtrier. Elle a choisi de s'émanciper. Enfin ! Et c'est normal qu'elle ne coure pas dans les jupons de notre mère ou dans les miens pour me demander mon aval. Elle est libre et c'est très bien comme ça. J'aurais fait pareil.

— Nous avons une dernière question à vous poser qui va peut-être vous paraître étrange, mais nous devons envisager toutes les possibilités.

— Je vous écoute.

— Ce que vous affirmez au sujet de son mari est assez grave. Le harcèlement, la peur qu'il provoquait chez votre sœur… Vos parents disent la même chose et vont plus loin encore. De son côté, Henry Moulin s'en défend, c'est normal. Il évoque une dépression et des troubles psychiques. À ce stade de l'enquête, il est primordial que nous ayons un avis certain concernant ce qu'elle vivait. Comprendre leur relation peut nous permettre de privilégier une piste plutôt qu'une autre.

— Bien entendu. Que voulez-vous savoir ?

— Avez-vous personnellement assisté à une altercation entre Amandine et son époux ?

— Non.

— Vous n'alliez pas chez eux ?

— Pratiquement pas. Elle disait qu'Henry tenait au silence après le lycée et qu'il ne voulait être dérangé par personne. Donc je ne m'y rendais pas, nos parents non plus, ou juste une heure pour boire un thé quand il était absent.

— J'aimerais que vous essayiez de répondre le plus objectivement possible. Se pourrait-il que votre sœur ait tout inventé, les colères de son mari, la peur, etc., de manière à dresser un portrait d'Henry qui ne soit pas flatteur ?

Brigitte se redresse sur son siège et nous fixe l'un après l'autre, longuement, avant de répondre, comme si elle choisissait les mots adéquats.

— Pour que vos soupçons se portent sur son mari alors qu'elle est saine et sauve quelque part ? Faudrait être sacrément machiavélique ou dérangé du ciboulot. Non. Amandine avait peur. Viscéralement. Peur de son mari, peur de mal faire, peur de tout perdre et notamment la vie. Elle m'a un jour confié qu'elle craignait de mourir. C'est vous dire l'état de stress dans lequel elle vivait. Je n'ai aucun doute à ce sujet. Mon sens commercial me donne un atout : je sens la manière dont mes interlocuteurs perçoivent les choses. Et je sais faire la différence entre la peur et une simulation. Amandine vivait dans la terreur des réactions d'Henry.

— Mais alors pourquoi dites-vous que son époux n'est pas un meurtrier ?

Elle garde le silence en réfléchissant. J'en profite pour insister.

— Avec votre sens de l'observation vous percevez sa peur, qui du point de vue d'Amandine est parfaitement réelle. Mais imaginez que ça se passe dans sa tête, comme une sorte de psychose…

— Pas du tout ! s'écrie-t-elle. Amandine n'est pas malade. Henry la maintenait dans une gangue d'effroi qui confinait à la perversité. La peur est exponentielle et qu'est-ce qu'il y a au bout ? La peur de la mort.

— Comment pouvez-vous affirmer que ce n'est pas une construction mentale de la part de votre sœur si vous n'avez jamais assisté à une dispute entre eux ?

— Parce que Henry est bien trop intelligent pour se donner en spectacle. Il garde son arrogance pour l'intimité de son couple. Plus vous le mettrez en défaut et plus vous vous rendrez compte que ce type est un manipulateur. Rien n'est jamais de sa faute. Donc pour répondre à votre question, je ne pense pas qu'il l'ait tuée, mais je suis certaine qu'elle l'en croyait capable à cause de la fragilité dans laquelle il l'avait placée. Henry, et lui seul, a suscité en elle cette sorte de déchéance.

— On n'est pas dans la merde..., souffle Christian une fois que l'on est à l'extérieur. Je nage en plein brouillard. Le mari est la cause de tout mais il ne l'a pas tuée, c'est pas une fugue ni un suicide parce qu'elle tient trop à ses filles, qu'est-ce qu'il nous reste ?

— Le suicide et le meurtre sont toujours envisageables d'après moi et je ne pense pas qu'Amandine se soit envolée vers une plage paradisiaque.

— Oui. Ça paraît invraisemblable. Cette théorie de la fuite ne colle pas du tout à son portrait.

— Reste la possibilité qu'elle soit devenue folle au point d'errer quelque part comme Mme Frukel et son Alzheimer. Elle a beau s'en défendre, Brigitte vient d'évoquer une déchéance provoquée par le mari. Peut-être que rien n'est réel et que tout se passe dans sa tête...

— T'imagines... Filipo relie deux affaires d'une manière bidon, et en fait les deux disparues ont pour point commun une sorte de démence...

— Finalement on nous a servi autant de versions qu'il y a de membres dans cette famille.

— Et peut-être qu'ils ont tous tort...

— En attendant, ce que vient de nous dire Brigitte est intéressant. Chacun donne son avis d'après son propre point de vue. Ils la jugent mais personne ne sait vraiment ce qu'elle a vécu.

— Je ne suis pas sûr que Brigitte croie à la version qu'elle nous a servie : Amandine au bout du monde, libérée du joug de son mari… Elle essaie de s'en convaincre pour une bonne raison, elle s'en veut de ne pas avoir pu aider sa sœur.

— Oui. Dans cette affaire, chacun prétend connaître la vérité. Les autres mentent, reste à savoir qui ?

14

Les traits d'une autre

Je rentre chez moi et je file dans la salle de bains, direction l'armoire à pharmacie. Dans le premier tiroir, j'attrape trois rochers Suchard et je m'affale sur le canapé en prenant le temps de les savourer l'un après l'autre. C'est la seule technique que je connaisse pour atténuer mon stress. Cette enquête n'avance pas. Nous pataugeons dans un bourbier, et chaque jour qui passe me donne le sentiment de courir vers l'échec. Cette décharge de sucre crée une léthargie qui me donne l'illusion d'anesthésier mes angoisses. En réalité, il paraît que c'est le contraire. Cette addiction est le reflet d'une émotion pas encore gérée. Tant pis. Je n'ai pas l'énergie de m'y attaquer pour le moment. Je veux résoudre cette affaire et sentir la fierté de mon père sur mes épaules.

Je me réveille, transi de froid, le cou endolori par la position que mon corps a prise sur le canapé. Je crois bien que je ne me serais pas réveillé si un rêve n'avait submergé mon cerveau en entier jusqu'au plus isolé de mes neurones. J'ai dû m'agiter parce que j'ai beaucoup transpiré, raison pour laquelle je frissonne maintenant. À moins que ce ne soit à cause du contenu de ce rêve ? Au fur et à mesure que je me souviens des détails, je réalise que je connais ce songe par cœur. Je n'ai cessé de le vivre quelques mois plus tôt. Et cette réalité me glace. Pourquoi revient-il maintenant ? Je n'ai jamais réussi à en comprendre les méandres. Il met en situation une jeune femme aux longs cheveux bruns. Elle s'approche de moi lentement, souvent habillée de blanc – une fois elle m'est même apparue en robe de mariée – et souffle des mots à mon oreille. Je ne me souviens plus desquels. Ce n'est ni effrayant ni rassurant, juste intrigant parce que chacune de ses apparitions s'accompagne d'un sentiment de tristesse ou de colère qui me maintient, l'heure suivante, dans une sorte de désespérance. Mais aujourd'hui ce rêve me stupéfie au point que je m'interroge. Suis-je réellement sorti de ma torpeur ? Ma montre indique 2 heures du matin et je regarde la trotteuse égrener les secondes sur un rythme cadencé. Oui, je suis réveillé. Et je dois me rendre à l'évidence : la jeune femme de ce rêve récurrent est la copie conforme d'Amandine. Celle de la photo encadrée où elle apparaît plus jeune. Comment se fait-il que j'ai rêvé d'elle plusieurs mois avant d'avoir en charge l'enquête de sa disparition ? J'essaie de me souvenir. À quand remonte la première de ses apparitions nocturnes ? Une seule personne pourrait y répondre avec précision : Alisha. Mon ex-compagne note chacun de ses songes parce que, malgré son cursus scientifique – elle est chercheuse à Orsay – elle est convaincue que le rêve est le chemin que prend l'inconscient pour nous transmettre des messages subtils. Et quand nous étions ensemble, elle inscrivait sur son carnet personnel mes songes comme ceux de son fils, Nathan. Lorsqu'elle les relit plus tard, elle y trouve un sens d'une grande clarté.

Mais nous sommes séparés, et cela fait des mois que nous ne nous parlons plus. Et comme je suis aussi doué pour faire « murmurer » le corps des femmes que je suis nul pour communiquer avec elles, je n'ai pas pris le risque de me fourvoyer en vaines tentatives. Je souris. Cette requête me donne un excellent prétexte pour l'appeler.

Depuis que j'ai pris cette décision, je n'arrive plus à dormir. Je suis dans mon lit et je lève la tête pour regarder l'heure qui apparaît sur le réveil en espérant que trois heures se sont écoulées, mais seules quinze petites minutes ont fait avancer le chrono. Je réfléchis. À partir de quel moment peut-on appeler une ex sans passer pour un pauvre type ? 10 heures me semble être honnête. Plus que sept heures vingt-huit et mon calvaire se termine. Six heures trente-cinq. Cinq heures cinquante. La nuit va être longue. Cinq heures dix. Ou courte. Je ne vais pas fermer l'œil. Je suis dans un état pitoyable. J'ouvre les volets de ma chambre parce que j'ai hâte que le soleil se montre et j'espère ainsi le faire venir plus vite. Je me recouche.

Je ne me souviens pas être tombé dans les limbes du sommeil, ni de l'heure à laquelle je me suis finalement levé, réveillé par trop de lumière du jour. Je me rappelle une sensation de flottement, un petit déjeuner comateux, puis avoir composé le numéro de mon ex sans même réfléchir à ce que j'allais lui dire.

— Bonjour, Alisha, c'est Yoann.

— Ah, bonjour.

— J'aimerais te voir, tu crois que ce serait possible ?

Elle hésite quelques secondes qui, là encore, me semblent une éternité.

— Si tu veux. Quand ? Je ne suis…

— Aujourd'hui, à l'heure qui t'arrange.

— D'accord. Je dépose Nathan à la maison après l'école, mon père ne travaille pas. Si tu veux, on se retrouve, disons, à 18 heures au café près de la mairie ?

— Génial.

Je raccroche en réalisant que je n'ai pas eu besoin d'un subterfuge pour obtenir le rendez-vous. C'était facile. J'ai peut-être perdu un temps considérable à me faire des nœuds au cerveau. L'euphorie me gagne. Alisha espérait mon appel, j'en ai désormais la certitude. Sinon elle n'aurait pas accepté aussi vite.

La journée passe. Chaque seconde dure une minute, chaque minute se transforme en heure, chaque heure se convertit en jour.

Elle arrive dans une robe croisée qui s'ouvre légèrement à chacun de ses pas et, même si elle est boutonnée jusqu'en haut, je devine sa poitrine généreuse sous l'étoffe. J'essaie de ne pas fixer cette partie de son corps parce que je connais l'effet que la texture de sa peau provoque en moi lorsque j'imagine seulement la toucher. Elle a perdu un peu de poids et sa ressemblance avec Amandine n'en est que plus troublante. Elle a teint ses cheveux, ils paraissent plus clairs, à moins que ce ne soient les effets du soleil de l'été passé. Ses yeux en amande me scrutent avec une légère inquiétude. Elle s'interroge sûrement sur le motif de ma venue. Après quelques échanges où je lui demandais de ses nouvelles, de celles de son fils Nathan et de son père Derrone, je lui explique la raison de mon appel. Histoire de la rassurer. Elle se renfrogne aussitôt.

— Tu as souhaité qu'on se retrouve parce que tu avais un objectif et rien d'autre. Ton boulot avant tout, comme d'habitude.

Elle pose son verre et se lève pour s'en aller. Je la retiens par le bras.

— Excuse-moi, je fais tout de travers. Ça n'a rien à voir avec le travail. Je croyais qu'il me fallait un prétexte pour te convaincre de me revoir mais je suis là pour toi et seulement toi. Concernant ce rêve, je te demande si tu t'en souviens comme j'aurais pu te demander des nouvelles de Nathan.

— J'aurais préféré que tu me demandes des nouvelles de Nathan.

— C'est ce que j'ai fait en arrivant, Alisha.

Elle se rassied.

— C'est vrai, tu as raison. Je suis à cran. Je crois que j'attendais autre chose de cette discussion.

— Je suis maladroit. Je pense à toi tous les jours et tu me manques terriblement. J'ai cru que si je n'avais pas une bonne raison de t'appeler, tu n'accepterais pas de me revoir. Pour le reste, si tu ne veux pas me répondre, il n'y a pas de problème.

Je la sens qui se calme.

— Je ne m'en souviens plus mais je suis certaine de l'avoir noté. Je t'appelle tout à l'heure quand je rentre.

— Je peux t'accompagner et passer un peu de temps avec toi ?

— Non, Yoann, je t'appelle.

Elle a besoin de tout maîtriser. Elle tient dans ses mains les nouvelles règles du jeu et je dois m'y plier. Ce n'est pas grave. Au moins, on avance.

Il est 21 heures lorsqu'elle me téléphone et je suis sûr qu'elle a attendu de coucher Nathan, âgé d'un peu plus de sept ans.

— Cette fille s'est imposée dans un de tes rêves pour la première fois en février de cette année et ça s'est reproduit cinq fois jusqu'au mois d'avril. Après j'en sais rien.

En effet, puisqu'on ne vit plus ensemble. Cette phrase m'accable. Je m'en veux d'avoir tout gâché.

— Tu as noté quelques détails ?

— Elle s'approche de toi en silence et elle te dit des mots à l'oreille. Tu as compris « médicament » mais tu n'en étais pas sûr. En général elle est habillée en blanc, ses cheveux sont détachés ou noués en une tresse.

— Merci beaucoup. Tu accepterais qu'on dîne ensemble, un soir ?

— Si mon père garde Nathan, pourquoi pas.

— Qu'est-ce qu'il y a, claironne une voix masculine, au loin.

— Je ne te parle pas, répond gentiment Alisha à son père. Je suis avec Yoann au téléphone, ajoute-t-elle.

Je suis très surpris qu'elle évoque mon nom à Derrone. D'un coup, l'espoir revient.

— Salue ton père de ma part, dis-je en profitant de l'aubaine pour recréer des liens.

Je l'entends qui s'approche.

— Comment va-t-il ? demande le vieil homme.

— Bien. On était en train de parler, là.

— Oui, de moi il me semble, et tu t'interrogeais pour savoir si je pouvais garder Nathan. Tu sais bien que je me rends disponible pour vous deux. Je venais te souhaiter bonne nuit, ma fille, mais avant j'aimerais savoir comment va notre ami Yoann ?

Il joue dans mon camp, la situation est inespérée. Il faut dire que Derrone « lit » dans les esprits. Les cartésiens appellent ça de la perspicacité, les personnalités ouvertes, un sixième sens. Lui m'a expliqué il y a longtemps qu'il s'agit d'une forme de télépathie. Lorsqu'il discute avec quelqu'un, il entend des mots bien précis dans sa tête, mots qui indiquent ce que la personne pense réellement. Ces mêmes phénomènes arrivent aussi avec des personnes défuntes et, dans ce cas, il évoque une communication médiumnique, d'âme à âme. J'ai longtemps cru que c'était impossible avant de constater que je recevais moi aussi des messages étranges par le biais des rêves. Rien qui puisse s'expliquer rationnellement. D'ailleurs, Derrone m'a toujours affirmé que je possède moi aussi des dons médiumniques et, même si j'ai singulièrement avancé sur ce terrain, j'ai encore un peu de mal à l'intégrer comme une réalité. J'y crois quand ça m'arrange. Lui a développé cette aptitude en même temps que son magnétisme et travaille en tant que guérisseur depuis plus de trente ans. Alisha n'a pas hérité de capacités particulières, mais bien que scientifique elle accorde beaucoup d'attention à ces phénomènes invisibles. Il faut dire que son fils Nathan montre des facultés de voyance depuis qu'il a six ans. Je serais curieux de connaître l'avis du grand-père et de son petit-fils concernant la réminiscence de ce rêve étrange.

— Passe-moi Yoann, dit-il alors.

Je me mets à espérer qu'il a, une fois de plus, lu en moi. J'entends Alisha souffler et lui passer le combiné.

— Alors, ce rêve, Yoann.

J'éclate de rire.

— Sacré Derrone, vous êtes incroyable !

— Ttt. Qu'est-ce que tu veux savoir ?

— Une femme apparaît dans mes rêves, régulièrement, depuis huit mois. Cette femme existe vraiment et elle a disparu, mais seulement depuis seize jours. Pourquoi a-t-elle pris « contact » avec moi par le biais des rêves avant sa disparition ? Si elle est en danger aujourd'hui, ce n'était pas le cas il y a huit mois. Si elle s'est suicidée, elle n'avait pas encore pris sa décision à l'époque, même chose si elle s'est envolée à l'autre bout du monde.

— Ça me fait plaisir que tu prennes tes songes en considération, tout n'est pas perdu chez toi, dit-il en riant.

Je l'entends qui tire quelques bouffées sur sa pipe avant de continuer.

— Après tout ce qu'il m'a été donné à vivre, j'ai tiré une conclusion à ce sujet. Notre âme sait qu'elle va mourir neuf mois environ avant la date fatidique. C'est-à-dire autant de temps qu'il en faut pour être conçu dans le corps de sa mère. Ce temps est indispensable pour se préparer à venir au monde, il nous faut la même durée pour nous préparer à nous éloigner de notre forme physique. C'est pour cette raison que bien des personnes préviennent leurs proches qu'elles ne « passeront pas l'année ». Elles ne sont pas médiums, c'est leur âme qui sait. Le nombre d'enfants qui dessinent la manière dont ils vont mourir avant que l'événement se produise est inimaginable.

En principe, lorsque j'écoute Derrone m'annoncer ses points de vue étranges, je bataille et lui demande d'étayer ses propos. Mais là, j'avoue être submergé par ce que ses affirmations suggèrent.

— Mais alors, Amandine est morte ?

— Pas forcément. Soit l'âme de cette jeune femme a compris qu'elle allait être en difficulté et elle est entrée en contact avec toi par le biais des rêves pour que tu l'aides parce que tu peux effectivement l'aider.

Soit elle va très bien mais vous êtes liés de manière karmique et vos chemins doivent se croiser pour une raison que j'ignore.

— Karmique ?

— C'est ce que l'on évoque lorsque deux personnes se sont rencontrées dans une vie précédente et que la fin n'a pas été heureuse. Cela impose à chacun des protagonistes de se retrouver à l'époque actuelle dans l'espoir de se pardonner mutuellement les erreurs commises il y a bien longtemps. Tant qu'il n'y a pas eu de pardon, elles vont continuer à se blesser dans les vies suivantes. Mais j'oubliais que tu n'as pas encore accepté la médiumnité qui sommeille en toi, alors tout le folklore qui va avec… c'est du charabia pour toi ?

— Complètement. Mais admettons… Entre ces options, vous pencheriez pour laquelle ?

Si incroyable que cela paraisse, en se connectant sur la vibration de la personne, Derrone arrive à obtenir des informations sur l'état de santé et la vitalité de celui avec qui il entre « en contact ». La dernière fois que je l'ai sollicité, il a même réussi à décrire sommairement l'endroit où le type que nous recherchions se cachait. Il voyait d'immenses feuilles d'arbre, de plus d'un mètre de long. Notre gars avait vécu dix ans en Guyane, c'est là-bas qu'on l'a retrouvé.

— Donne-moi son nom.

— Amandine Moulin.

— Il n'y a rien qui me vient. Tout est flou. Je ne suis pas autorisé à savoir. C'est trop tôt, sans doute.

— Bon…, s'impatiente Alisha.

— Écoute cette voix qui est en toi, Yoann, tu n'as pas le choix.

— Mais je n'entends rien ! Nathan a des flashs et des phrases très claires, vous avez des images et des sensations qui arrivent à vous guider. Moi, ni l'un ni l'autre.

— Tu as des rêves et c'est déjà pas si mal. Ton âme t'impose de vivre cette expérience sans voir ni entendre. Elle teste ainsi ta confiance en toi. Le jour où tu accepteras tes intuitions comme des messages venant de l'invisible, ce jour-là, tes perceptions seront multipliées par cent.

— Et pourquoi ce ne seraient pas des intuitions, tout simplement ?

— J'ai l'humilité de croire en quelque chose de plus grand que nous. Peu importe le nom qu'on lui donne. Il y a une notion qui parle à peu près à tout le monde, c'est « l'univers ». Je passe mon temps à remercier l'univers pour les messages qu'il m'envoie. Lorsqu'on ramène tout à soi, à ses pouvoirs et à sa volonté, on s'enferme dans la vision égotique d'un monde où le centre de gravité est l'homme. L'ego est un piège. On oublie par exemple que certains arbres s'adaptent à cette planète depuis plus de deux cent cinquante millions d'années quand l'humanité n'existe que depuis cinq petits millions d'années. Nous sommes des bébés, Yoann, et il y a plus grand que nous. L'accepter est un bon moyen de s'élever vers une forme de sagesse et bien plus de sérénité. Je te repasse ma fille. À bientôt.

J'espérais qu'Alisha accepte de fixer la date d'un dîner mais elle reste intransigeante. « Rappelle-moi », concède-t-elle avant que l'on raccroche. Tout n'est pas encore fini, me dis-je pour me rassurer. J'ignore si c'est l'euphorie liée à la perspective de la revoir ou l'encouragement de Derrone à prendre confiance en moi et mes perceptions, mais j'ai le sentiment que des ailes viennent de me pousser dans le dos.

15

Amandine, trois mois avant sa disparition

Je descends lentement les marches qui mènent aux archives de la mairie. Ces temps-ci, je dors très mal et la tête me tourne dès que je me déplace trop vite. Je suis en train d'achever la constitution d'un dossier pour le service comptable et j'ai besoin d'y adjoindre un plan du cadastre. Lorsque j'ouvre la porte de l'annexe, je souris en reconnaissant instantanément la silhouette de mon voisin, ancien collègue et ami, Roland, qui sollicite la personne de l'accueil pour des documents.

— Ne te retourne pas, tu es suivi, dis-je en riant.

Il pivote et ouvre les bras pour m'enlacer.

— Amandine ! Le hasard fait bien les choses. Si je n'avais pas eu la joie de te retrouver ici, j'avais prévu de te faire une visite surprise.

— Comment vas-tu ?

Roland Beys est un de mes meilleurs amis. Une chance, il n'a pas d'enfant et il est, de fait, une des rares personnes à ne pas avoir succombé au charme de mon mari. C'est même le contraire. Il est jaloux de lui. Depuis quelque temps, ses sentiments ont évolué et je sens bien qu'il souhaiterait que notre amitié atteigne un autre stade. C'est bien ma veine ! Le seul avec qui je peux m'épancher sans retenue est en train de tomber amoureux de moi. En réalité, ils sont deux à espérer dépasser le cap de l'amitié. Le second est un très bon ami de mon mari ou disons une ancienne relation de travail. Il a la bonhomie d'un nounours et l'humour de l'enfance. Parce qu'il habite à plus de cinq cents kilomètres, je le traite en confident. Le téléphone autorise un épanchement que la proximité rendrait ambigu. Évidemment je ne lui dis pas tout mais il est si subtil qu'il a deviné mon calvaire. Il me plaint à demi-mot. Il a finalement compris qu'il m'est pour l'instant impossible d'envisager de quitter Henry. Résigné, il a fini par s'éloigner. Ce qui n'est pas le cas de Roland Beys. Mon ancien collègue poursuit sa cour, de moins en moins discrète, même s'il est marié. Le hasard l'a placé non loin de chez nous, depuis deux ans. Il habite dans un des immeubles face à la Seine, à côté de la station Javel. Je fais comme si je n'avais pas perçu ses sentiments et je concentre nos discussions sur le travail. Il est bien plus rêveur que moi et nos projets communs tutoient régulièrement les étoiles. Je l'appelle « mon associé » et je m'imagine en chef d'une entreprise ambitieuse vouée à la création d'espaces publicitaires. Lui à la conception, moi à la gestion administrative. Mais tout cela n'est qu'une illusion et ne se concrétisera jamais. Un filet entrave mes ailes et cela me ronge le cœur. Il me semble que m'épanouir dans cette voie n'est pas à ma portée. Henry m'a si souvent dit que je ne suis ni ambitieuse ni entreprenante. Vu les doutes qui m'assaillent, il a probablement raison. Alors je fais un pas en avant et deux en arrière. Ça me rend malheureuse de ne pouvoir éconduire Roland radicalement en lui expliquant que je n'éprouve pas les mêmes sentiments que lui. Mais je ressens un besoin viscéral de recevoir ses attentions. Sa gentillesse et ses compliments agissent en moi comme un baume au cœur. Il patiente. Jusqu'à quand ? Se lassera-t-il lui aussi ?

— Je vais bien quand je te vois. Je constate que tu es toujours aussi belle…

Je souris, mal à l'aise. Roland manque de charme. Une taille moyenne et une ossature qui semble fragile. Cette impression est amplifiée par un torse frêle et un abdomen quelque peu rebondi. Il a le crâne légèrement dégarni par une calvitie naissante. Seuls ses yeux foncés lui donnent l'air de savoir ce qu'il veut. Il me prend le bras et m'entraîne vers l'un des canapés mis à la disposition du public pour consulter les archives. Nous nous asseyons.

— Comment ça se passe au bureau ? enchaîne-t-il.

— Tu as bien fait de partir, tu ne supporterais pas le rythme qu'on a en ce moment. On est pressés comme des citrons et je croule sous le travail.

Il a démissionné il y a quelque temps mais ne retrouve pas de travail. Je le sais anxieux, raison pour laquelle j'en rajoute sur la pénibilité de notre service pour ne pas le désoler davantage.

— Tu devrais t'en aller, cette chef de service est dingue. Tu veux que je lui parle ?

J'aurais mieux fait de me taire. Avec ma manie de vouloir aider les gens… Vite, je dois rectifier le tir.

— Surtout pas ! Heureusement que j'ai ce boulot. Françoise m'écoute et me valorise constamment, elle est formidable. Sans ça, je ne sais pas comment je tiendrais.

— Henry ?

Je hoche la tête.

— Quoi que je fasse, c'est nul. Je repasse ses chemises mais il trouve toujours un pli qui ne va pas. Lorsque je ne repasse pas ses vêtements, je suis bonne à rien. Je gronde les filles, il me traite de colérique, je ne leur dis rien, il prétend que j'ai démissionné de mon rôle de mère. Tu as vu dans quel état je suis.

Je tends la main droite devant moi, elle tremble de nervosité.

— Parfois, je me dis que je vais finir par devenir folle.

— Quitte-le, Amandine, avant qu'il ne soit trop tard.

— Tu crois que c'est simple ? Regarde-toi. Tu me dis que tu n'es plus amoureux de ta femme et pourtant tu restes avec elle…

— On ne peut pas comparer. Elle n'est pas méchante, elle ne me rend pas la vie impossible. Je n'ai pas grand-chose à lui reprocher. En fait, je suis avec elle…

— … faute de mieux. Tu vois, tu n'as pas plus de mérite que moi.

— Si tu quittais Henry, je divorcerais dans la seconde, et tu le sais, chuchote-t-il en me pressant la main.

Je fais un geste brusque pour me libérer et j'observe autour de moi pour vérifier que personne n'a été témoin de l'empressement de Roland. La salle est vide. Je souffle tandis que je sens mes épaules s'affaisser.

— Je préférais quand on se marrait bien et que tu me parlais sans arrière-pensées.

— Amandine, ouvre les yeux ! Je suis ton confident. On rigole beaucoup. On pourrait travailler ensemble. Je suis malheureux dès que tu es loin de moi. Tu ne te rends pas compte qu'on est faits l'un pour l'autre.

— Je vais être franche, Roland. Je suis incapable d'envisager quoi que ce soit tant que je vis avec Henry. Je suis trop épuisée pour ça. Mais j'ai conscience que les choses doivent évoluer. Cette situation ne peut plus durer…

— Tu me l'as déjà dit des dizaines de fois.

— Je sais.

— Tant qu'il s'agit de le critiquer, tu y arrives, mais le quitter une bonne fois pour toutes, ça non. C'est exaspérant.

Il soupire.

— Tu me prends pour quelqu'un de fragile ?

— Pas le moins du monde, mais il faut être cohérent. Si ce mec est tel que tu le décris, je ne comprends pas pourquoi tu restes avec lui.

— Parce que j'ai envie de croire qu'il peut encore changer. C'est comme si je me sentais missionnée. Il a été gentil, tu sais.

— Personne ne change à ce point ! Il a fait des efforts au début. Tu te plains d'une situation qui n'évoluera jamais.

— C'est à ça que servent les amis ? Je n'ai pas le droit de me confier ?

— Bien sûr que si, je serai toujours là pour toi. Mais j'aimerais que tu sois heureuse et que tu prennes la bonne décision.

— J'ai mis du temps mais elle est prise : je donne à Henry trois mois de plus. Nous sommes le 5 juin. Jusqu'au 5 septembre, il a une dernière chance, comme au poker, après on posera cartes sur table.

— Alors, fais attention. Si tu attends trop, tu prends le risque d'être affaiblie et de n'être plus capable de rien.

— Le luxe de ceux qui n'ont rien, c'est de pouvoir espérer.

— Tu m'as, moi, susurre-t-il du bout des lèvres. Je te fais une promesse, Amandine. Écoute-moi bien. Je vais t'aider. Et je le ferai malgré toi s'il le faut parce que tu as besoin de moi. Le 5 septembre, je serai là auprès de toi, je te le jure.

Perdue dans mes pensées, je ne l'entends plus.

— Henry est tout pour moi. Mon mari, le frère que je n'ai pas eu, mon meilleur ami, celui à qui je me suis confiée, le père de mes filles, mon rêve, ma grande cause à sauver, mon bourreau, ma raison de vivre et…

Mon téléphone sonne et je sursaute. Françoise, ma chef, me demande où je suis. Je me lève, embrasse rapidement Roland sur les joues. Le baiser mouillé qu'il pose avec empressement au creux de mes pommettes me fait tressaillir. Et je ne sais pas s'il s'agit de dégoût envers ses attentions un peu molles, d'une culpabilité due à mon manque de clarté à son égard ou du simple contact bienveillant de la peau d'un homme.

16

Premiers mensonges

Je fais un point. D'après ses proches, Amandine n'a pas d'amis, pas d'ennemis, pas d'amant. Les relations avec sa famille restent floues. Les parents et la sœur prétendent qu'Henry la maltraite oralement et psychiquement, le mari s'insurge de tels propos et les qualifie de menteurs. De son côté, il oppose qu'elle se fait exploiter dans le cadre de son travail et qu'elle est dépressive. Les trois autres assurent qu'elle doit sa sérénité à son emploi et qu'elle garde le moral pour ses filles. Laquelle de ces deux versions est la bonne ? Ses collègues de la mairie vont-ils corroborer l'une d'elles ou en fournir une troisième ?

Christian décide de ne pas venir avec moi. Il préfère démarcher, une à une, toutes les agences immobilières du XVe arrondissement afin de trouver celle qu'a sollicitée Henry Moulin. Son moral est en berne. Il sait que je suis en train de me rapprocher lentement mais sûrement d'Alisha, et entamer une nouvelle relation avec la fille de l'accueil le tente plus que jamais. Il m'a expliqué que chaque fois qu'il croit faire un pas en avant dans ses sentiments, elle refroidit ses ardeurs en ne répondant plus à ses messages. Il reste dans le brouillard de ses réactions des jours durant, en se demandant ce qu'il a bien pu faire de mal. Puis, d'un coup, elle l'appelle et accepte de le revoir sans aucune explication. Il la juge trop compliquée pour lui et a décidé de couper court à ce jeu de séduction voué à l'échec. Je lui ai conseillé d'être patient. Peut-être que la vie intime de Lise a été compliquée et qu'elle se protège. Christian oppose qu'il ne sait rien d'elle et qu'il en a assez de courir derrière un fantôme. Mais je vois bien que cet ascenseur émotionnel a fait des dégâts chez mon binôme.

De mon côté, je rencontre la supérieure hiérarchique d'Amandine en premier lieu puis j'interrogerai ses collègues, les uns après les autres, dans une salle de réunion mise à ma disposition. J'apprends qu'Amandine est une personne consciencieuse, aimant son travail et s'y consacrant pleinement. Françoise Junon, la responsable du service comptable, est très attachée à elle à plus d'un titre. Elle peut demander beaucoup à sa subordonnée qui ne rechigne jamais à faire plus. Amandine n'a pas tous les diplômes requis pour ce poste mais elle est si méritante qu'en deux ans elle a grimpé plus d'échelons que quiconque. En échange de ses progrès et de son abnégation, Françoise lui a offert un contrat à durée indéterminée. Elle n'a jamais eu à se plaindre de la jeune femme qui est toujours rigoureuse et motivée. Pourtant il y a quelques mois, elle est arrivée avec un visage livide et une heure de retard. Les semaines se sont succédé avec d'autres cahots dans son emploi du temps. Amandine a fini par lui expliquer la cause de ses tourments : la crise qu'elle rencontre depuis des années avec son mari Henry s'est aggravée. Françoise sait combien la vie n'est pas exempte de remous. Au fil des mois, les deux femmes se sont rapprochées et régulièrement, à l'heure du déjeuner, elles entrent en confidences. Deux ou trois jours avant sa disparition, Françoise lui a proposé de s'installer chez elle avec ses filles, le temps qu'elle trouve une solution.

— Elle voulait le quitter ?

— Oui. Il me semble même que c'était la veille de sa disparition. Elle avait enfin pris sa décision. Elle n'en pouvait plus. J'étais vraiment heureuse qu'elle ait trouvé la force de partir.

— Pourquoi ?

Je la vois se raidir et réfléchir une seconde de trop avant de me répondre.

— Il faut du courage pour prendre ce genre de décision lorsqu'on a des enfants en bas âge. Et pourtant c'est ce qui attend tous les couples qui ne se parlent plus.

— Et comment elle a réagi à votre proposition de l'accueillir chez vous ?

— Elle m'a dit qu'elle allait y penser mais qu'il existait peut-être une autre solution, sans en préciser la teneur.

— Elle avait… quelqu'un d'autre ?

— Nous ne nous sommes jamais aventurées sur ce terrain-là, elle avait trop de pudeur. Il y a bien eu un collègue qui était très amoureux d'elle mais il ne travaille plus à la mairie. J'ignore s'il s'est passé quelque chose entre eux, d'ailleurs.

— Son nom ?

— Roland Beys.

— Il habite Paris ?

— Aucune idée, ça fait un moment qu'il est parti. Je n'ai jamais eu d'atomes crochus avec cet homme. On ne pouvait pas compter sur lui. Il a démissionné il y a un peu plus d'un an et j'avoue que j'en étais soulagée. Il était gentil mais beaucoup trop rêveur pour un service comptable. À mon avis, il s'est trompé de métier. Si ça vous intéresse, je pense que j'ai toujours ses coordonnées, dit-elle en cherchant dans son ordinateur.

— Si vous les trouvez, je les prends.

— Voici celles que j'avais à l'époque.

Je note les informations sur mon carnet.

— Amandine connaissait des difficultés avec ses collègues, des sortes de rivalités ?

— Vous ne pouvez pas empêcher les gens d'être envieux. Comme elle ne disait rien à personne de sa situation conjugale, les autres la prenaient pour quelqu'un de hautain, de privilégié. La pauvre, ce n'était pas le cas !

— Que voulez-vous dire ?

— Euh, qu'elle ne pouvait pas compter sur l'argent de son mari, et puis elle travaillait dur. Elle méritait son poste.

— J'ai le sentiment que vous me cachez quelque chose. Je vous rappelle qu'Amandine a disparu depuis plus de deux semaines et que le moindre secret nous éloigne de la possibilité de la retrouver vivante.

Elle déglutit douloureusement.

— Ne dites pas ça. Si elle est morte, je ne m'en remettrai pas.

— Vous avez quelque chose à vous reprocher ?

Françoise déplace quelques documents dans un dossier avant de répondre, les lèvres pincées.

— Pas du tout. Ses collègues vont sans doute vous dire que je lui confiais trop de travail. C'est une manière déguisée d'exprimer leur jalousie. Nous étions vraiment proches. On se ressemblait… beaucoup.

— Et concernant la masse de travail ?

— Elle était demandeuse. « Donne-moi tout ce que tu as. Tant que je vois des chiffres, je ne pense pas à tout ce qui me stresse », me disait-elle. Et je l'ai écoutée, qu'auriez-vous fait à ma place ?

Elle pousse un soupir avant de continuer.

— Avec le recul, je pense que j'aurais dû la préserver. Elle était en surmenage, c'est évident. Au fond, je croyais l'aider, mais elle et moi, on s'illusionnait.

Françoise Junon essuie des larmes qui perlent au coin de ses yeux.

— Et sur le plan financier ?

— Je venais de lui obtenir un CDI. L'augmentation allait suivre plus tard. Je ne vais pas vous apprendre que nos budgets sont en récession, mais il est vrai qu'elle ne gagnait pas suffisamment sa vie pour voler de ses propres ailes dans une ville comme Paris. J'ai préféré lui garantir la sécurité de l'emploi dans un premier temps. Vous savez bien qu'il est impossible de louer un appartement sans un CDI.

— Revenons à ses collègues. Quel genre de soucis a-t-elle eu avec eux ?

Poser plusieurs fois la question sous différents angles permet de confronter la personne à ses mensonges et je suis convaincu que la chef de service sait quelque chose qu'elle refuse de nous confier. Elle bouge la tête de gauche à droite.

— Comme je vous l'ai dit, beaucoup d'entre eux sont jaloux de notre complicité, de son poste, de ses avancements, mais rien de très sérieux. D'autant qu'Amandine ne supporte pas les conflits et qu'elle s'intéresse vraiment aux gens. Dès qu'on parle avec elle, on l'aime. Sa gentillesse désamorce tous les problèmes. Elle me manque et j'espère vraiment qu'elle va revenir bientôt, le sourire aux lèvres et le teint hâlé.

Après avoir interrogé les collègues, tous confirment les propos de leur chef de service. Il existe bien quelques aigreurs dues à ses promotions et à son statut de confidente privilégiée, mais ils l'apprécient. Ils ont du mal à comprendre comment elle a pu quitter son mari, un homme cultivé et charmant, et demeurent convaincus qu'elle vit des jours heureux au soleil.

Ces interrogatoires éclairent d'une même lumière les discours contraires du mari et des parents d'Amandine.

Tel que l'a judicieusement diagnostiqué sa sœur Brigitte, chacun d'eux a analysé la situation professionnelle de la disparue selon son prisme ou son intérêt. Son mari force le trait en prétendant qu'on l'exploitait mais il est vrai qu'elle abattait un travail énorme afin d'oublier une situation conjugale apparemment difficile. Par ailleurs, ses parents voient juste en précisant que son poste était essentiel pour Amandine, tant sur le plan de l'estime d'elle-même, de la reconnaissance par le CDI, que des avancements probables, jusqu'au réconfort et à sa valorisation par la responsable. Cette cohérence entre les deux versions prouve une absence de mensonge de part et d'autre. En dehors de ce Roland Beys que je dois trouver et interroger, la piste liée à son emploi semble froide. En revanche, il me reste à comprendre la relation entre les époux. S'agit-il d'un vieux couple avançant dans le respect, comme le prétend le mari, ou de deux êtres qui se déchirent et vivent dans un conflit permanent mâtiné de perversité et de manipulation, tel que le sous-entend la famille d'Amandine ?

Je suis en train de noter mes conclusions, seul dans la salle de réunion, lorsque mon portable sonne. Un coup d'œil à l'écran. Christian. Il m'apprend qu'Henry Moulin a bien mandaté une agence immobilière située en bordure du XVe arrondissement pour l'achat d'un appartement dans le XVIe. Le professeur a effectué sept visites, seul. L'unique critère en dehors du prix est que l'habitat comporte trois chambres. Pour l'instant, aucun lieu n'a semblé le satisfaire.

— S'il avait l'intention de partir et vu le nombre de pièces, c'était avec ses filles, annonce mon binôme. Quant à Amandine, est-ce qu'elle faisait partie du projet ? Mystère.

— D'après sa sœur, il ne lui en avait jamais parlé. Est-ce qu'il a cessé ses recherches depuis qu'elle a disparu ?

— Non. Il a visité un nouvel appartement il y a huit jours.

— Sympa.

— Quoi ?

— S'ils déménagent, le jour où Amandine revient, il n'y aura plus personne là où elle habitait. C'est quand même fou de raisonner comme ça. Si ma femme disparaissait, déménager ne me viendrait pas à l'idée.

— Attends, Yoann, Marc me parle en même temps.

J'entends les bribes d'une conversation.

— Qu'est-ce qui se passe, les gars ? dis-je.

— Tu devrais te pointer au bureau. Il y a des petites choses qui viennent de tomber aux écoutes.

— J'avais fini, j'arrive.

— La discussion date de quelques heures, me précise Marc Honfleur.

— Qui a appelé, elle ou lui ?

— C'est elle, dit Christian en me donnant un casque.

Je reconnais instantanément la voix d'Henry Moulin et, d'après les indications annotées sur la fiche que me tend Marc, il répond à Magalie Sylvestre, la bibliothécaire dont le numéro apparaissait régulièrement sur les relevés téléphoniques du mari. Elle a appelé de son portable vers la ligne fixe du lycée.

— *Il me semble que je t'avais demandé de t'abstenir de m'appeler,* dit-il.

— *Tu me manques, mon amour... J'aimerais savoir quand on pourra se revoir.*

— *Mais enfin, comment veux-tu que je le sache. Ils reprennent l'enquête depuis le début !*

— *Pourquoi ?*

— *À cause d'un mec jaloux qui veut me faire bouffer la poussière. C'est pitoyable.*

— *De qui tu parles ?*

— *Mais tu sais, je t'en ai déjà parlé. Filipo. Le commissaire, son ex. C'est lui qui est derrière tout ça, c'est évident.*

— *C'est pour cette raison qu'ils ont changé d'enquêteurs ?*

— *T'écoutes ce que je te dis ? Tout ça c'est magouille et compagnie. Le petit flic doit jubiler en essayant de me mettre la mort d'Amandine sur le dos.*

À ces mots, mon pouls s'accélère. Est-ce un aveu ?

— *Elle est morte ?* prononce la femme d'une voix hésitante.

La demoiselle pose la bonne question. Je retiens ma respiration en attendant la suite.

— *Oui. C'est évident.*
— *Elle ne pourrait pas être partie avec quelqu'un ?*
— *Non, pas sans ses filles. Je sais qu'elle est morte, j'en suis sûr. Et la police judiciaire, tu vois, c'est la pointure au-dessus... Tant que c'était le commissariat de quartier, bon...*
— *Tu as peur de quoi ?*
— *Je n'ai peur de rien. Ils vont juste me croire coupable alors que je n'y suis pour rien.*

Merde. Cette phrase rend caduc ce semblant de confession. Cherche-t-il à la convaincre ?

— *Mais alors, qui l'a tuée ?*
— *Ne sois pas plus bête que tu n'es. Elle s'est suicidée. Point final.*
— *Mais ça va pas ! Qu'est-ce qu'il te prend de me parler comme ça ?*

La jeune femme raccroche sans attendre de réponse.
— Rien depuis ?
— Non.
— Putain, j'y ai cru.
— Il dit qu'elle est morte, c'est pas anodin quand même, affirme Marc Honfleur.
— Oui, c'est pas mal, mais un peu plus tard il précise qu'il n'y est pour rien et qu'elle a mis fin à ses jours.

— Il cherche à se dédouaner. Il ne peut pas lui avouer comme ça qu'il s'est débarrassé d'elle..., argumente-t-il.

— J'y ai pensé.

— Alors qu'est-ce qu'on fait ?

Juste avant que je ne réponde, Marc ajoute :

— Je ne sais pas pourquoi, mais je ne le sens pas, ce type.

— Honfleur nous donne un avis, c'est du lourd, s'esclaffe Christian.

Je suis surpris, moi aussi, que notre jeune collègue cherche à colorer les faits en ajoutant un commentaire personnel. Cela ne lui ressemble pas. Marc rougit sous la remarque et file dans son bureau. Mais ce qui me trouble plus encore, c'est l'absence de bienveillance coutumière de Christian Berckman. Pour des raisons différentes, mes collègues ne sont pas dans leur état normal. Honfleur, parce que cette histoire le remue sévèrement et qu'il s'implique toutes voiles dehors. Christian, parce qu'il camoufle la douleur de la fin de sa romance en se focalisant sur ma complicité avec Marc.

— On maintient les écoutes. L'heure est venue de nous rendre chez cette demoiselle.

Je confie la conduite de ma voiture à Christian pour prendre des notes. Qu'avons-nous de nouveau ? La relation extraconjugale entre Henry et Magalie est confirmée. Le professeur est convaincu qu'Amandine s'est suicidée et il prétend que Filipo veut lui faire porter le chapeau. La manière dont il s'adresse à la jeune femme démontre une certaine agressivité et, si je me fie à la réaction de l'amoureuse, c'est nouveau. Est-il nerveux ou a-t-il besoin d'un exutoire en l'absence de sa femme ?

Arrivés à la bibliothèque, nous apprenons que Magalie Sylvestre a pris un jour de repos. Une aubaine, nous serons au calme pour lui parler. Nous nous rendons chez elle, un petit appartement cossu du quartier Beaugrenelle. La jeune femme nous reçoit en peignoir, pieds nus et les cheveux humides. Elle a les traits tirés et semble avoir pleuré. Lorsque j'annonce que nous sommes de la police judiciaire, ses mâchoires se serrent tandis qu'elle feint la surprise. La jeune femme est une liane rousse, longiligne, avec très peu de formes, des traits fins et des cheveux courts, flamboyants. Avec ses yeux verts, elle irradie le mystère. Elle doit avoir un succès fou auprès des hommes.

— J'ai oublié de payer une amende ? s'amuse-t-elle avec un petit rire forcé.

— Ce n'est pas de notre ressort. Nous souhaitons vous poser des questions concernant la disparition d'Amandine Moulin. Vous la connaissez ? dis-je en présentant sa photo.

Elle la regarde à peine et me fixe dans les yeux avec un bel aplomb.

— Son nom me dit quelque chose, mais vous savez, je vois tellement de monde à la bibliothèque…

— Vous n'avez pas entendu parler de la disparition de cette mère de famille ? insiste Christian.

— Non, enfin si, je ne me souviens plus très bien, dit-elle en se troublant.

— Peut-être qu'en revanche vous connaissez mieux son mari ?

Je n'ai mis aucune ironie dans cette question de manière à ce qu'elle ne puisse supposer que l'on sait. Elle penche la tête vers ses mains pour éviter de me regarder.

— Non, pas du tout, je vous assure. Qu'est-ce qui se passe ?

— Pouvez-vous nous décrire votre emploi du temps, la journée du 5 septembre dernier ?

Elle se lève, son visage s'empourpre. J'ai la certitude que ses neurones moulinent à fond. Elle n'a visiblement jamais envisagé la déstabilisation que procure ce genre de questions.

— Mais enfin, pourquoi ? Qu'est-ce qu'on me reproche ? s'écrie-t-elle.

— Rien, pour le moment, ajoute Christian. Le problème, c'est seulement si vous ne vous rappelez pas ce que vous avez fait ce jour-là.

Elle se jette sur son agenda et tourne les pages compulsivement.

— Je… je travaillais.

— Nous allons vérifier auprès de la bibliothèque, vous le savez, annonce Christian de sa voix douce.

— Je me souviens maintenant, après le déjeuner, je suis rentrée chez moi. Je… je ne me sentais pas bien.

— À quelle heure avez-vous quitté vos collègues ?

— Je ne sais pas, il faudrait leur demander, je dirais vers 12 h 30, 13 heures.

— Est-ce que quelqu'un peut attester que vous étiez chez vous dans l'après-midi ?

— Bien sûr que non ! Je vis seule. J'étais malade et je me suis couchée, voilà tout.

Le visage de la jeune femme a viré au rouge pivoine. Elle n'est pas douée pour le mensonge.

— Vous êtes convoquée demain à cette adresse, dis-je en lui remettant ma carte. Nous prendrons votre déposition. En cas de mensonge, vos propos pourront être utilisés contre vous.

Magalie en a le souffle coupé. Lorsque nous nous apprêtons à sortir de chez elle, sa main tremble de nervosité. Un stress qu'elle essaie de camoufler en s'agrippant à la poignée de la porte.

— Je te parie dix euros qu'elle appelle Henry dans les trente secondes, me lance mon binôme alors que nous nous éloignons.

— Tenu. À mon avis, elle prend cinq minutes pour réfléchir à ce qu'elle va lui dire, puis elle lui téléphone.

— Donne le bifton, claironne Christian, une fois que nous sommes aux écoutes. Quinze secondes après notre départ. Elle est spontanée, la gamine !

Je sors un billet de dix en me traitant de naïf. Pourquoi est-ce que j'accepte encore de parier avec Christian ? J'enfile le casque de l'enregistreur.

— *Mais c'est quoi ce bordel, Henry ?*

— Elle est en colère, glousse mon binôme.
— Chut, dis-je en montant le son de l'appareil.

— *Qu'est-ce qui se passe, je t'ai demandé de ne pas m'appeler. Il y a quelque chose que tu ne comprends pas dans cette phrase ?*
— *J'en ai rien à foutre de tes sarcasmes. Tu crois que ça m'amuse de mentir aux flics ?*
— *Les flics, quels flics ?*
— *Deux types de la police judiciaire. Ils sortent de chez moi,* hurle-t-elle. *Tu m'avais promis que je ne serais jamais liée à vos histoires, tu m'avais dit que tu effaçais nos messages. Et maintenant, ils me suspectent…*

Elle s'effondre en larmes. Le professeur reprend la discussion avec un timbre plus doux mêlé de gravité. Visiblement, il fait un effort pour parler calmement.

— *Qu'est-ce qui te fait dire qu'ils te soupçonnent ?*
— *Ils m'ont demandé si je te connaissais et j'ai dit non. Ils voulaient savoir ce que je faisais le jour où ta femme a disparu et j'ai dit que j'étais seule chez moi. Je leur ai menti deux fois ! Et le pire, c'est que je dois les retrouver demain pour faire ma déposition.*

— Calme-toi, ma chérie. Tu n'as rien à te reprocher alors je ne comprends pas ce qui te met dans cet état-là.

— Je sais mais je ne veux pas d'ennuis et, si je mens, on pourra me condamner pour ça.

— Écoute-moi bien. Voilà ce que tu vas faire. Tu leur diras que tu leur as menti parce que tu as eu peur des ragots. Tu préciseras que nous sommes amants, ce n'est pas interdit par la loi, que je sache. Nous nous sommes retrouvés à 13 heures à ton appartement comme on le fait régulièrement et nous avons passé l'après-midi ensemble.

— Mais c'est faux, et tu le sais !

— Putain, Magalie, ferme-la. Je n'avais pas prévu de leur dire que nous sommes amants parce que ça me donne un mobile, tu comprends ça ! Je le fais pour te rassurer. Alors de ton côté, tu dis qu'on était ensemble tout l'après-midi à partir de 13 heures. Donnant, donnant. C'est clair ?

— *Oui*, renifle-t-elle.

— Et maintenant, si tu me rappelles encore une fois avant que je le décide, je te jure que c'est fini entre nous.

Henry Moulin raccroche brutalement.

— Là, on a du lourd. Il nous faut plus d'éléments mais le jour où on le confronte à cet enregistrement, ça va faire mal, lance Christian.

— On a plusieurs choses intéressantes. Les « ma chérie » et « mon amour » nous confirment qu'ils sont amants. C'est d'ailleurs ce qu'ils ont prévu de nous révéler demain. Elle dit qu'elle nous a menti en affirmant au départ qu'elle était seule l'après-midi du 5 septembre, ce qui laisse penser qu'Henry l'a, en réalité, rejointe. C'est ce qu'on supposait grâce au bornage téléphonique sans en avoir la preuve formelle. Nouveau mensonge, il lui demande de prétendre qu'ils sont restés ensemble tout l'après-midi et elle rétorque que c'est faux. Reste à savoir à quel moment précis il est avec elle et combien de temps ils restent ensemble. Si c'est à 13 heures, ça leur confère un alibi en béton puisqu'on sait qu'à cette heure-là Amandine est encore en vie, grâce au témoignage de la gardienne. C'est ce qu'ils vont affirmer, et on sait maintenant que c'est faux grâce à cet enregistrement. Si c'est après 13 h 40, tout est envisageable, et l'un et l'autre peuvent être suspectés.

Comme il est important de considérer toutes les hypothèses, je confie à Marc Honfleur la mission de trouver les coordonnées et l'adresse de Roland Beys, le collègue amoureux d'Amandine. Soudain, la porte s'ouvre et le commissaire entre dans le bureau. Il souhaite s'informer de l'état d'avancement de l'enquête.

— Je ne vois pas passer beaucoup de procès-verbaux, dit-il.

Je lui confie le casque en guise de réponse. Il écoute les deux enregistrements en fronçant les sourcils.

— C'est bien. Le mari, là, il ne faut plus le lâcher. Ce sont presque des aveux. Depuis le début, ce type dégage quelque chose de malsain. Je ne le sens pas du tout.

— C'est amusant que vous parliez de lui, parce qu'il a, lui aussi, parlé de vous.

— J'ai entendu, je ne suis pas sourd. Et en dehors des écoutes, vous avez autre chose ? C'est maigre…

— On poursuit les investigations. Ça n'avance pas aussi vite qu'on voudrait.

— Et la recherche de témoins, la famille, les collègues ? Où en êtes-vous, bon Dieu ?

— Je viens de vous le dire. On est dessus.

— Trouvez le mobile du mari, c'est pas compliqué. Vous avez vu s'il hérite de quelque chose en cas de décès ? Une assurance-vie ?

— Rien, elle n'avait pas un radis.

— Allez, Clivel, ne me décevez pas !

Pourquoi toutes les discussions avec Filipo s'achèvent-elles sur la culpabilité de Moulin ? Les champs d'investigation qu'il me propose seraient-ils aussi restreints s'il n'était pas impliqué sentimentalement ?

17

Amandine,
deux mois avant sa disparition

J'entre ma carte bleue dans le distributeur bancaire pour consulter mon solde. Henry et moi, nous n'avons pas de compte commun. Je déglutis en tapant mon code, espérant un miracle. Si quelques euros en plus pouvaient avoir été crédités, l'air de rien. On ne sait jamais. « Une erreur de la banque en votre faveur », comme au Monopoly, ce serait chouette. Je plisse les yeux en découvrant le montant, puis je les rouvre et je fixe la somme, incrédule. La situation est plus désespérée que ce que je craignais. Une fois de plus, je ne pourrai pas faire le plein d'essence. Je reprends ma carte et m'éloigne en cherchant l'ombre d'un platane. Qu'ai-je dépensé pour qu'il me reste si peu d'argent ? Ma paie est minuscule comparée aux revenus de mon mari et aux sommes que lui versent régulièrement ses parents. Je râle, mais ça aurait pu être pire. J'ai dû négocier âprement avec lui des années plus tôt pour ne payer qu'une partie de nos dépenses. Henry m'a demandé de prendre en charge tous les achats alimentaires, scolaires, la cantine ainsi que tout ce qui me concerne personnellement. Il finance le reste. Du coup, je compte chaque centime. Les déjeuners et les dîners en famille sont, la plupart du temps, problématiques. J'achète le strict nécessaire en faisant des calculs d'apothicaire. Cela me rend triste de constater que les filles ne connaissent l'abondance que lorsque nous dînons chez mes parents. Hier soir, j'ai cédé à l'envie d'un petit extra, un pack de six yaourts au chocolat liégeois. Henry est rentré, il n'avait pas dîné. Il n'a pas voulu du melon et de la saucisse-purée que j'avais préparés, il s'est jeté sur les yaourts et en a mangé trois d'affilée. J'attendais avec impatience le moment où j'allais planter ma cuillère dans la mousse au chocolat et la chantilly. C'est mon dessert préféré. Après qu'il s'est servi de la sorte, j'ai hésité. Si j'en prenais un, une des filles en aurait été privée. J'ai donc laissé les trois qui restaient pour mes enfants.

— Mangez bien, les filles, sinon vous deviendrez maigres, a-t-il dit.

Je me suis sentie visée.

— Tu aurais pu m'en laisser un, tu sais que j'adore ça, ai-je dit en appréhendant sa réaction.

— Y en a plus ? Si c'est que ça, je t'en rachèterai deux packs de six.

Il ne fait jamais les courses, il en a horreur, mais je n'ai pas fait de commentaire. Pour une fois qu'il n'est pas de mauvaise humeur. L'avant-veille, on a frisé le clash. J'avais fait des pâtes pour « inaugurer » une nouvelle bouteille de ketchup. Il a littéralement recouvert son assiette de sauce tomate, ça débordait comme s'il avait hâte de vider au plus vite la bouteille. Je l'ai regardé de manière insistante pour lui faire comprendre que je trouvais qu'il exagérait.

— Quoi ? a-t-il dit.

— Il ne va plus en rester, franchement, Henry…

Du coup, il a interdit aux petites d'en prendre plus d'une giclée en expliquant que je ne gagnais pas beaucoup d'argent et que je m'opposais à ce qu'elles gaspillent.

— Non, mais c'est pas ça…

— Écoute, Amandine. Il faut que tu sois logique avec toi-même. Sinon on a du mal à te suivre. C'est compliqué la vie avec toi, tu sais.

— C'est pas juste, s'est écriée Lola en pleurant. Moi aussi je veux plein de ketchup dans mes pâtes.

— Et voilà, tu crées des tensions alors qu'on était bien, en famille…

Il s'est levé et a quitté la table sans un mot. Je me remémore ces derniers événements en me demandant ce que j'aurais dû faire pour éviter cela. Je réalise qu'en dehors des rares fois où nous recevons des invités, nos repas respirent la précarité. Je dis nous, mais en général c'est lui qui invite. Des collègues de travail. Il a peu d'amis. Ces dîners-là, il cuisine et prépare tout. On se croirait à la table d'un pacha. Mais le reste du temps, quand il rentre, il veut du silence. Ça se respecte. Et puis il trouve mes amies nulles, donc sans intérêt, et il qualifie ma famille de compliquée. Je me sens un peu isolée. J'aimerais bien accueillir du monde plus souvent mais je m'en passe. Je l'envisagerai plus tard, quand il ira mieux.

Perdue dans mes souvenirs, je croise le regard d'une voisine qui me fait un petit signe de la main et s'approche de moi.

— C'est bientôt les soldes, si vous voulez on peut les faire ensemble, un samedi.

— Oui, pourquoi pas…

C'est pas demain la veille ! Elle cherche à m'être agréable parce que son aîné passe en première l'année prochaine et elle rêve que son fils ait Henry pour professeur. On n'a pas les mêmes moyens. Si elle savait que je compte l'argent à ce point. Je mets entre quinze et trente euros de côté par mois en chérissant le moment où j'aurai assez de liquidités pour m'acheter un nouveau pantalon ou des chaussures neuves. Parfois je craque sur un vernis ou une paire de boucles d'oreilles fantaisie. Lorsque des frais dentaires ou des médicaments non remboursés – comme celui que je prends lors de mes multiples extinctions de voix – absorbent mes maigres économies, cela me plonge dans une détresse infinie. En ce qui concerne les vêtements des enfants, je dois donc lui demander de l'argent. Je ne le fais jamais de gaieté de cœur car j'appréhende ses réactions. La manière dont il me le donne est souvent dégradante. Il marmonne entre ses dents que je gagne bien mal ma vie et que je me fais rouler dans la farine par le service comptable de la mairie.

— Pourquoi tu ne te fais pas respecter ? C'est insensé de se faire exploiter à ce point, ajoute-t-il. Cent euros, ça va ?

— Les filles n'ont plus de blouson ni de chaussures à leur taille…

— Il n'y a pas assez ?

— Ça va être juste…

— Eh bien, dis-le carrément. Si tu pouvais réfléchir un peu quand tu parles…

Je ne sais plus quoi dire.

— Et puis pourquoi t'attends le dernier moment ? Des fois je regarde la manière dont elles sont habillées et j'ai honte vis-à-vis de nos voisins.

Cent vingt euros divisés par trois, ça ne fait jamais que quarante euros pour habiller chacune. À croire qu'il ne connaît pas le prix de la vie. Mes souvenirs s'estompent lorsque je réalise que l'heure tourne. Je me décide pour trente euros de gazole et retire l'argent de mon compte. Arrivée à la station, j'interromps le compteur à vingt euros. J'ajouterai dix euros aux cent vingt d'Henry et je ferai un détour par la boulangerie pour payer à mes trois puces adorées des gâteaux individuels pour le dessert.

Au volant de ma voiture, arrêtée en attendant que le feu passe au vert, j'observe un couple enlacé langoureusement. Ils s'embrassent avec passion. La main de l'homme maintient sa partenaire au plus près de lui, les joues de la femme sont enflammées. Je suis bien incapable de savoir ce qu'elle ressent. Instantanément, je fais un transfert et je sens mon cœur se briser. Je suis seule au monde. Désespérée. Entre des parents qui me couvent un peu trop parce qu'ils m'estiment fragile, une sœur qui ne voit que la méchanceté de mon mari et passe son temps à me pousser dans les bras d'un autre et des collègues qui me considèrent comme hautaine et privilégiée… Personne ne sait ce que je vis réellement. Je me sens dans une impasse. Que faire, que faire, que faire ? Pourquoi suis-je dans l'impossibilité de prendre une décision ? Je me force à reprendre du poil de la bête et je me rends chez le marchand de légumes. Comme d'habitude, il sert les clients qui m'entourent, même ceux arrivés après moi, avant de me dévisager avec surprise. C'est comme si son regard glissait sur moi et qu'il ne me voyait pas. Je rentre à l'appartement avec les victuailles. Un coup d'œil à l'horloge, il me reste vingt minutes avant d'aller chercher les petites à leurs activités sportives du samedi. Je m'affale dans le canapé. Je sursaute en entendant la porte d'entrée s'ouvrir et je sens mes épaules se crisper. Mon sang ne fait qu'un tour et je manque de m'étouffer en mélangeant salive et respiration. Henry arrive devant moi et me tend délicatement une boîte de médicaments. Ses gestes sont doux, c'est inhabituel.

— Tu es au bout du rouleau, tiens, prends ça.

— Qu'est-ce que c'est ?

— Des médicaments, tu le vois bien.

Il hausse une épaule. Je reste sans voix.

— Ce sont des antidépresseurs, ajoute-t-il en souriant.

— Je ne suis pas dépressive.

— Regarde-toi, tu ne dors plus, tu es pâle à faire peur. Tu travailles trop et tu ne manges pas assez. C'est dû à ton anxiété. Ça va t'aider, vraiment, c'est pour ton bien. J'en ai parlé à un de mes amis médecin qui m'a donné cette prescription pour toi.

— Sans me rencontrer ?

— Tu en connais beaucoup des maris qui prennent soin de leur femme comme je suis en train de le faire ?

— Non, c'est juste que…

Henry me coupe la parole.

— Tu ne te rends pas compte mais tu ne vas pas bien. Sur le plan mental… (Il souffle.) C'est dur des fois. Et si tu tombes réellement malade ? Tu y as pensé ? Et tes filles… une fois qu'elles sauront que tu as refusé de te soigner… Elles vont te le reprocher. Et tu ne t'en remettras pas.

Je reste silencieuse et observe les comprimés. Il s'éloigne vers la cuisine, fait couler l'eau du robinet et revient. Il pose sa main sur mon épaule, et la serre affectueusement. Instantanément je songe au couple croisé dans la rue et ma tension se relâche d'un coup. J'aimerais qu'Henry me serre dans ses bras et qu'il me regarde comme l'inconnu regardait son amoureuse.

— Il faut que tu te remplumes, là tu ne ressembles à rien. Franchement… Faut pas que tu te laisses aller comme ça. Avale ça et vite avant de regretter de n'avoir rien fait.

Je me raidis, saisis le verre d'eau qu'il me présente et absorbe le comprimé. Puis il s'enferme dans son bureau et je ne le revois pas avant le dîner.

Lorsque tout est prêt et que nous passons à table, je l'appelle. Aucune réponse. Une deuxième fois. Toujours rien. Je me lève et chuchote derrière sa porte : « Henry, le dîner est servi. » Pas de réaction. Il a dû s'endormir. Je décide de l'attendre un peu pour éviter qu'il ne me le reproche plus tard. Les filles s'énervent, elles ont faim. Il arrive au bout d'un quart d'heure. J'ai bien fait de patienter, mais du coup, tout est froid. Je prends les plats et les réchauffe au micro-ondes.

— C'est pas prêt ? Je ne comprends pas. Je dormais et tu me réveilles pour rien ! En plus la viande cuite au micro-ondes, c'est immangeable. Franchement, toi et la cuisine, ça fait deux.

Il est dans un mauvais jour, je le sens. Durant le repas, je picore comme un oiseau apeuré. Je fais glisser des miettes, l'une après l'autre, dans ma bouche, et je lève la tête. Aux aguets. Henry a raison, je suis si maigre, je ne ressemble à rien. Je me nourris de petits bouts de pain pour me donner l'illusion de manger mais mon ventre n'avale que de l'air chargé d'anxiété. J'espère que les médicaments vont me faire du bien. Pas un mot n'est échangé, même les filles restent silencieuses.

— Eh bien, c'est gai, dans cette maison ! s'écrie-t-il en frappant la table de son poing.

La violence de son geste est telle que, surprise, je fais tomber la carafe d'eau qui se brise en éclats sur le sol.

— Qu'est-ce que tu es maladroite ! dit-il en se levant. Les filles, venez m'aider à ramasser les morceaux.

— Non, je vais le faire…

— Tu ne bouges pas. Tu es capable de te couper, alors on va arrêter les dégâts pour aujourd'hui. On s'en charge avec les filles. Ne t'en fais pas.

Une fois que les petites ont ramassé les bouts de verre, Henry les félicite. Je file dans la salle de bains, submergée par une envie de vomir. Je m'observe dans la glace. Je ne me suis pas rendu compte que mon dos était voûté à ce point. Je porte le fardeau de mes ennuis et ceux de mon mari. Ça fait beaucoup pour un seul corps. Il n'y a que mes yeux qui montrent de l'énergie. Cette énergie donne le change et c'est un leurre dangereux. Un peu comme lorsqu'on ajoute de l'engrais à une plante malade. Cet intrant consume les racines, et le végétal en meurt. Oui, ce surplus d'énergie me maintient dans l'illusion que je suis forte. Là où n'importe qui dirait stop, je crois que je peux encore tenir. Il faut que je sois vigilante, songé-je. Mais à quoi et pour faire quoi ? J'étire mes zygomatiques jusqu'à me forcer à rire. Un son guttural jaillit de ma bouche. Jade, ma fille cadette, entre dans la salle de bains sans frapper.

— Pourquoi tu pleures, maman ?

— Je ne pleure pas.

— Je t'ai entendue crier.
— Mais non, je riais.
— Je t'aime, maman.
— Moi aussi, sans toi et tes sœurs je ne suis rien, lui dis-je en la serrant fort dans mes bras.

18

À bientôt

Je quitte le bureau empli de doutes. Je suis embarrassé par les écoutes qui, certes, prouvent les mensonges d'Henry Moulin et de sa maîtresse, mais qui ne les désignent pas comme des criminels avérés. La pression latente mais pesante d'Hervé Filipo, commissaire et ex-compagnon d'Amandine, à l'encontre du mari me gêne également. Et si la vérité se cachait ailleurs ? Je dois impérativement rencontrer ce Roland Beys dont m'a parlé la patronne d'Amandine dès que Marc aura réussi à le contacter.

Sur le trottoir, j'hésite à rentrer chez moi. Je réfléchis à ce qu'il y a dans mon frigo – vide – et opte pour dîner à L'Isileko. Je bifurque à gauche lorsque quelqu'un me saisit le bras.

— Yoann, ça alors ! Je suis super contente de te voir.

Il s'agit de Clémence, une de mes nombreuses ex-petites amies. Je comprends à son immense sourire et à son œil pétillant qu'elle ne doit avoir personne en ce moment. La demoiselle a l'air de ne pas être opposée à des « retrouvailles ». Avant de connaître Alisha, j'ai acquis une solide réputation de coureur au sein de la brigade. Je n'y peux rien. La peau des femmes me rend fou. Un certain grain de peau. Au premier coup d'œil je sais si l'alchimie va opérer. Je pose mes doigts sur cette maille subtile et mon corps entier entre en résonance. Chaque frisson de la belle provoque une secousse en moi et je redouble d'énergie. D'où la réputation. Mais aucune n'est jamais arrivée à me garder bien longtemps. Et puis, j'ai rencontré Alisha et je lui suis resté fidèle. En dehors du jour où j'ai craqué pour la juge. Une parenthèse idiote que je continue à payer cher.

Clémence me fait du charme et je me souviens qu'elle a un petit grain de beauté sur une fesse, une exquise aspérité qui me transportait au septième ciel et qui décuplait mes forces. Je calcule la durée de mon abstinence. Un peu plus de cinq mois que je n'ai pas touché une fille.

— On pourrait dîner ensemble ? dit-elle.

— Je ne crois pas que ce soit une bonne idée.

— J'ai du temps, après… Je veux dire que… je suis libre.

— Je ne suis pas en train de te dire non parce que j'ai peur que tu refuses de coucher avec moi. En fait c'est le contraire. J'ai pas envie que tu me tentes.

— Je croyais que c'était fini avec…

— Oui, mais même. J'ai compris que je tiens à elle au point de lui rester fidèle même si nous sommes séparés.

— Si vous n'êtes plus ensemble, elle s'en fout de ce qui se passe dans ton lit. Tu as ta vie quand même.

— Tu sais, d'une certaine manière, on s'est jamais quittés, elle et moi.

Elle siffle et ajoute :

— Ça a l'air compliqué dans ta tête.

— Pas du tout, c'est très clair.

— Alors elle a de la chance.

— Oh non. Je suis un mec fragile. Les filles et moi, c'est pas facile.

— C'est ce qui te rend attachant, Yoann. Si tu changes d'avis ou qu'elle ne veut plus de toi – je ne te le souhaite pas – je suis là, OK ?

— Ne m'attends pas. J'ai jamais été aussi déterminé.

Elle me regarde en souriant, l'air de penser que je vais regretter cette partie de jambes en l'air. Soudain, je la trouve triste avec son envie de baise sans lendemain, avant de comprendre que c'est à moi que j'en veux personnellement. Elle me renvoie l'image que j'ai donnée à tous, jusque-là. Un tombeur. On reproche toujours aux autres ce que l'on n'aime pas chez soi.

Les chipirons à l'encre de Bixente ne réussissent pas à me rendre le sourire. Je rentre chez moi et il me semble que j'ouvre enfin les yeux sur l'homme que je suis devenu. La maison d'Ivry-sur-Seine héritée de mon défunt père est figée dans son jus depuis plus de cinq mois. Depuis ma rupture avec Alisha, je déambule dans ce lieu tel un fantôme. Je stagne et je perds mon temps. Et pourtant la vie doit être vécue pleinement, sans crainte d'agir, même pour des projets qui paraissent insurmontables. Revoir Alisha, tenter le tout pour le tout. Et tant pis si ça capote. La pendule de la cuisine indique 20 h 15. L'heure idéale pour franchir une nouvelle étape. Je saisis mes clefs, ferme la porte de la maison, jette mon blouson à l'arrière de la voiture et grimpe à l'intérieur. En partant maintenant, je serai chez Alisha dans quinze minutes.

Je frappe à la porte de la petite maison qui jouxte celle où habite son père et j'entends la voix fluette de son fils Nathan s'extasier : « Tu vois, je te l'avais dit. » Alisha ouvre et peine à masquer un sourire. Elle porte un jean et un pull blanc en cachemire qui fait ressortir le brun de ses très longs cheveux. Ses yeux dégagent une douceur et une profondeur inouïes et je réalise que ce calme est le socle de mon équilibre. Si je me laissais aller, je poserais un genou à terre et lui demanderais de m'épouser. C'est ce qu'elle voulait. Peut-être que ça lui plairait. Et puis, en une fraction de seconde, je me souviens que nous sommes séparés et que je ne dois pas brûler les étapes. « Ha, ha, ha », s'écrie Nathan en me sautant au cou. J'aime ce gamin. Il est habité par une intelligence du cœur et un amour pour la nature et les animaux qui me le rendent exceptionnel. Avant même que je lui parle, il est déjà reparti dans sa chambre, heureux de gagner – grâce à ma présence – un peu de temps avant l'heure du coucher. Je m'approche d'Alisha. L'embrasser sur la joue est un déchirement. Le contact de sa peau m'électrise et je sens mon pouls s'accélérer. Je suis surpris qu'elle garde le silence. Elle n'a visiblement pas envie de me faciliter la tâche. Je profite que nous soyons seuls pour lui ouvrir mon cœur. Je lui avoue tous mes états d'âme et le fruit de mes réflexions. Je l'ai trompée parce que j'avais peur de perdre ma liberté, parce que je reproduisais les erreurs de mon père et que je devais me confronter à mon passé pour couper les liens de souffrance et m'en détacher. Malgré la douleur que ça lui a procuré – et j'en suis réellement désolé – ça m'a permis de comprendre combien je tiens à elle. Ma vie n'a plus aucun sens depuis notre rupture. Je ne suis plus qu'une coquille vide et cela n'a rien à voir avec la crainte de la solitude. J'aime les moments où je suis seul mais j'apprécie encore plus ceux que nous partageons elle et moi.

— Ça fait cinq mois que je bosse non-stop en fermant les yeux sur ce que la vie peut m'offrir de merveilleux parce que j'ai pas envie de découvrir des choses sans toi. Je t'aime et je te demande pardon, Alisha.

Nous sommes debout, aussi émus l'un que l'autre. Ses yeux se veulent froids mais sa bouche se plisse légèrement et ses joues se creusent un peu. Mon espoir se loge dans cette fossette qui apparaît. Je voudrais sentir ses lèvres sur mes lèvres, ne plus respirer, happé par un baiser.

— Pourquoi tu ne réagis pas ? dis-je.

— Parce qu'une gifle te placerait en victime et surtout parce que je ne tiens pas à m'embarrasser d'une colère dont je ne saurais que faire. Si je réagis violemment, je vais te faciliter la tâche et ça, il n'en est pas question.

— Qu'est-ce que je dois comprendre ?

— Si ta question est « ressort-on ensemble ? » c'est non, mais je suis d'accord pour qu'on se revoie. Je suis sensible au fait que tu aies pris le temps de me parler et de t'excuser.

Je voudrais crier que je l'aime, que sa peau me manque, comme l'odeur de ses cheveux sur l'oreiller quand je me réveille à ses côtés, le goût de ses tartines de miel le matin… mais j'ai peur de la brusquer, alors j'ajoute seulement :

— J'ai changé, Alisha, je te promets que je suis différent.

— On ne change pas vraiment, Yoann, jamais.

— Tu as raison, mais j'ai mûri. Je suis comme un lézard qui contemple sa mue. Je viens d'abandonner ma vieille peau de célibataire égoïste.

Elle sourit en hochant la tête, puis jette un coup d'œil à sa montre.

— Il faut que je couche Nathan.

— Laisse-moi lui dire au revoir…

— D'accord.

Je longe le couloir et tandis que j'approche de la chambre de son fils, je sens un courant d'air glisser entre mes jambes. Au moment où j'ouvre la porte, le gamin ferme sa fenêtre et se retourne, l'air coupable.

— Qu'est-ce que tu fabriques ?

— Chut, tu dis rien à maman, elle veut pas que j'ouvre la fenêtre la nuit.

— Pourquoi tu le fais, alors, bonhomme ?

— Ben, c'est Viviane, faut bien que je lui dise bonne nuit, sinon elle fait des cauchemars.

Nathan donne des prénoms aux insectes et aux araignées. Viviane est une épeire diadème qui tisse sa toile dans une euphorbe plantée à l'angle de sa maison et de celle de son grand-père. Dès qu'elle meurt, une autre prend sa place dans le cœur de l'enfant. Elle récupère aussi le même prénom.

— Les araignées ne font pas de cauchemars.

— Qu'est-ce que t'en sais ? Elle te parle pas à toi.

— OK, alors c'est quoi ses cauchemars ?

— Ben, elle rêve que y a un enfant qui est pas moi qui arrive près d'elle pour voir sa toile et quand il s'approche, il l'écrase et c'est dégoûtant.

— Ah, c'est pas cool.

— Moi, je fais le même cauchemar des fois, c'est pour ça que je sais. Mais quand on dit les bonnes choses, tout va bien et il n'y a plus de problème.

Connaissant le gamin, je me demande s'il ne s'agit pas là d'une des phrases à double sens dont il a le secret. D'ailleurs, il m'observe de son regard énigmatique.

— Tu veux dire qu'on peut garder espoir ?

— Oui, tout est possible…

— Pas tout, Nathan.

— Si. Regarde, Jésus est mort, maintenant il est recyclé.

J'éclate de rire. Tandis que j'essuie le coin de mon œil droit qui s'est embué à cause de l'humour inconscient du petit et de l'espoir que sa phrase suscite en moi, l'enfant grimpe sur son lit, fait deux bonds et me saute sur le dos. Je le fais glisser devant moi et le repose à terre. Aussi immobile qu'une statue, il me chuchote : « À bientôt » comme s'il ne voulait pas que sa mère l'entende et me fait un clin d'œil avant de disparaître dans la salle de bains.

— Nathan, va te laver les dents, dit alors Alisha de la cuisine.

Un immense soulagement me submerge. Le gamin sait quelque chose. Je veux, plus que jamais, croire en ses dons de voyance. Je me dirige vers Alisha, le pas plus léger. Elle est en train de ranger la vaisselle et me tourne le dos. Sans y réfléchir, j'entoure ses épaules de mes bras et la serre contre moi. Je pose un baiser dans son cou, puis un autre derrière son oreille et je la sens frémir. Instantanément, mon corps se souvient et je n'arrive pas à réfréner l'énergie qui m'emporte. Elle a compris et sa main frôle mon entrejambe, comme pour vérifier qu'elle ne s'est pas trompée. Je respire fort pour ne pas me perdre, pour ne pas crier, pour ne pas la prendre, là, lentement et longuement. Mon sexe est comprimé, gonflé par le désir qui monte. Elle penche la tête en arrière et s'abandonne contre moi. Son parfum inimitable, un mélange de fleur de tiaré et de fleur d'oranger, se colle à ma peau. Je vais exploser. Elle tourne sur elle-même et me fait face. Sa poitrine se soulève au rythme de son cœur qui bat, vite. Ses pupilles sont dilatées, elle est brûlante et pourtant elle recule.

— Je suis désolée de te laisser dans cet état, dit-elle avec un sourire embarrassé, mais c'est encore trop tôt, pour moi. J'ai besoin d'oublier les images qui me hantent depuis que tu m'as trompée, celles de toi faisant l'amour avec une autre.

— Je t'aime, Alisha. Je serai patient, j'attendrai le temps qu'il faut.

Une étincelle luit dans ses yeux. Je repousse une mèche de ses cheveux et saisis son visage entre mes mains avant de l'embrasser doucement. Alisha se laisse faire et lâche un soupir qui me remplit de joie. Je suis en fusion.

— À bientôt, me confie-t-elle.

Je ne peux m'empêcher de réprimer un frisson en entendant ces deux mots, exactement ceux que Nathan a prononcés quelques minutes plus tôt.

19

L'art du contrôle

À l'aube de cette journée qui commence, je me sens plus déterminé que jamais. Mon objectif est de mettre Henry Moulin sur le gril et de confronter sa maîtresse à ses mensonges. J'ai l'idée de convoquer le mari pour une simple audition et de faire coïncider son départ du troisième DPJ avec l'arrivée de Magalie. Rien de tel pour créer suspicion et gamberge entre les deux. Le faire venir chez nous est, là encore, stratégique. Sans un mot, nous lui faisons passer le message qu'un étau se referme sur lui. Un peu avant qu'il n'arrive, je demande à Honfleur de faire une recherche sur la traçabilité du numéro de portable de notre patron, le commissaire Filipo, tous les jours de la semaine avant le 5 septembre, et celle d'après. Mon collègue rechigne mais je lui explique le contexte. Il est important de fermer toutes les hypothèses pour ne pas être perturbé par des suspicions inutiles. J'insiste en lui précisant que j'ai obtenu l'aval de la direction pour ne préserver personne.

Le professeur Henry Moulin nous rejoint empreint de son flegme habituel mais son visage est marqué de cernes profonds. Dans un premier temps, je lui demande de me décrire à nouveau la relation qui existait entre lui et sa femme. Il réitère ses propos et précise que tout allait bien entre eux. Il résume en qualifiant leur mariage de vieux couple respectueux. Puis, il semble se souvenir d'une chose et il prend le ton de la confidence pour nous annoncer voir de temps à autre une maîtresse. Il nous donne son nom en justifiant son précédent silence. Il s'agirait d'une relation peu sérieuse qui ne mériterait pas qu'on s'appesantisse dessus. « Hygiénique », ajoute-t-il assez fier de lui. La manière qu'il a de pencher la tête de côté en me regardant, l'air de dire « en tant qu'homme vous me comprenez », me donne l'impression qu'il me considère avec une certaine sympathie mais c'est l'alternance entre la froideur habituelle de ses propos et son amabilité soudaine qui suscite en moi ce trouble. Je reconnais instantanément cette technique de manipulation puisque nous l'utilisons régulièrement pour faire craquer nos suspects. Je l'interroge au sujet d'un éventuel divorce de sa part ou proposé par Amandine mais il s'insurge de nouveau, violemment. Ce n'est pas parce qu'il avait une maîtresse qu'il prévoyait de rompre avec Amandine. La mère de ses enfants restait la femme de sa vie, argumente-t-il. D'après lui, son épouse n'envisageait pas de rupture. Elle n'était pas au courant de ses écarts et puis c'était impensable. Elle l'aimait et n'était pas assez portée sur le sexe pour que cela motive une envie d'aller voir ailleurs.

— Pourquoi cherchiez-vous un nouvel appartement ?

— On… On voulait déménager, répond-il avec une inflexion des sourcils qui montre sa surprise.

Visiblement, il n'a évoqué cette recherche avec personne et il doit se demander qui a bien pu nous renseigner. Il ignore qu'Amandine s'était confiée à sa sœur Brigitte.

— Votre femme était donc partie prenante du projet.

— Bien entendu !

— Ce n'est pas ce que l'on nous a dit.

— Il y a donc quelqu'un qui ne vit pas chez nous et qui prétend savoir ce qu'il s'y passe. Et c'est ce genre de racontars que vous servez habituellement devant les tribunaux ?

— Nous notons les confidences d'Amandine à ses proches et nous ferons témoigner ces personnes si besoin.

— Eh bien, ce sera leur parole contre la mienne.

— Votre épouse est donc venue avec vous visiter les appartements que l'on vous a proposés.

— Non. Elle n'en avait ni le temps ni l'énergie. Je vous rappelle qu'elle était dépressive, et puis elle me faisait confiance pour ces choses-là.

— C'est étrange. Tous les professionnels de l'immobilier disent que c'est l'épouse qui choisit le lieu de vie pour le couple…

— Nous ne sommes pas comme tout le monde, voilà tout. Vous en avez encore pour longtemps avec ce genre de questions ?

— Quel a été votre emploi du temps précis le jour du 5 septembre ?

Le professeur se lève d'un bond.

— Je ne comprends pas, vous m'avez dit que j'étais auditionné comme simple témoin.

— C'est le cas.

— Ce que vous me demandez suppose que vous me prenez pour un suspect !

— Vous êtes libre d'aller et venir à votre guise…

Le professeur ne dit mot, enfile sa veste et s'apprête à quitter les lieux.

— … Mais ne pas nous répondre concernant votre emploi du temps peut vous placer dans une position embarrassante et nous pousser à envisager une audition libre.

Il lève la tête et me jauge, alors j'ajoute :

— Dans ce cas-là, je vous suggérerais de venir avec un avocat comme la loi le permet.

— Vous cherchez à m'impressionner !

— Je vous fais part de vos droits… Si vous refusez de répondre, nous allons penser que vous avez quelque chose à cacher. À force de creuser, on trouve toujours des choses gênantes. Après l'audition libre vient la garde à vue. Vous voyez, tout est entre vos mains.

— La raison pour laquelle je n'en vois pas l'intérêt est que j'ai déjà tout dit à ce sujet. Je travaillais à la permanence du lycée et quantité d'élèves peuvent l'attester.

Alors qu'il prononce cette phrase, Henry semble à nouveau perdu dans ses souvenirs. Se rappelle-t-il que sa maîtresse va nous révéler qu'elle se trouvait avec lui ?

— Quel jour vous m'avez dit ? demande-t-il en consultant l'agenda de son smartphone.

— Le jour où votre épouse a disparu. Vous avez oublié la date ?

Tout en faisant défiler les jours sur l'écran tactile, il monte une épaule vers le haut et peint sur son visage un air exaspéré.

— C'est bien ça, je me souviens maintenant, le 5 septembre nous nous sommes retrouvés Magalie et moi.

— À quelle heure ?

— 13 heures.

— Votre mémoire est revenue d'un coup, on dirait.

— C'est noté là, dit-il en levant son smartphone. J'ai une excellente mémoire en temps normal mais vous n'êtes pas sans savoir qu'une perturbation majeure comme la disparition d'une épouse peut avoir des conséquences sur les capacités cognitives.

— 13 heures, donc. Le hasard fait bien les choses. C'est le dernier moment où quelqu'un l'a vue vivante. La gardienne en l'occurrence. Chouette, un alibi ! dis-je en claquant des doigts.

— Il n'y a pas de hasard qui tienne, c'est la vérité seule. Rien ne vous empêche de consulter Magalie, comme ça, vous serez fixé.

Le téléphone de mon bureau sonne et Christian répond. Il s'agit de Lise, à l'accueil, qui nous prévient de l'arrivée de Mlle Sylvestre. Il raccroche sans commentaire mais je vois bien qu'il est troublé.

— Je vais pouvoir le vérifier tout de suite, elle est ici. Mais sachez que nous ne nous arrêterons pas à cette seule confirmation pour établir votre emploi du temps ce jour-là. Soyez-en sûr.

— Vos tentatives d'intimidation ne marchent pas. Je n'ai rien à me reprocher, et si vous faisiez un peu mieux votre travail, vous chercheriez ce qui est réellement arrivé à ma femme au lieu de m'agresser constamment.

Nous sortons dans le couloir discrètement pour voir comment ils réagissent en se voyant. Tandis qu'il croise sa maîtresse, le professeur force le pas sans lui adresser un regard, ce qui a l'air de perturber la jeune femme. Le temps qu'elle plie son imperméable sur la chaise, Christian se penche à mon oreille et me dit :

— Tu vois, elle est bizarre, cette fille. Là, elle était adorable avec moi, une voix douce, presque aguicheuse. Je ne la comprends pas.

— De qui tu parles ?

— Lise… au téléphone… à l'instant… pour annoncer…

Il tend son menton vers la rouquine.

Je n'y étais pas. Christian me fait perdre le fil avec ses amours contrariées. Je hoche la tête pour le rassurer et je me concentre à nouveau. Magalie Sylvestre s'assied devant nous, les mâchoires serrées. Sans surprise pour nous, grâce aux écoutes, elle nous confie être l'amante d'Henry Moulin. Ils se retrouvent deux fois par semaine, en général autour de 18 heures, ainsi il peut prétendre aller à la salle de sport. Le

5 septembre, elle ne se sentait pas bien et elle est rentrée chez elle. Inquiet, Henry Moulin l'a retrouvée à son appartement dès 13 heures, puis il est resté à ses côtés tout l'après-midi. Ils se sont beaucoup moins vus depuis qu'Amandine a disparu et plus du tout depuis une semaine. Une coïncidence de plus, c'est la date à laquelle nous avons repris l'enquête. Elle considère cette relation comme sérieuse et demeure persuadée qu'Henry partage ses sentiments. Je lui demande pourquoi sa version a évolué depuis hier. Plutôt maline, elle répond que même si, dans les faits, cela pourrait donner un mobile à Henry, elle souhaite rétablir la vérité puisque sa présence chez elle confère à son amant un alibi imparable.

— Comment connaissez-vous l'heure de la disparition d'Amandine ?

— Je ne la connais pas. Henry m'a dit que c'était l'après-midi du 5 septembre.

— Le croyez-vous capable d'avoir attenté aux jours de son épouse ?

— Jamais de la vie, s'insurge-t-elle. C'est un professeur, sur le plan de l'éducation, et à tout point de vue, c'est quelqu'un de terriblement droit et épris de justice. Vous ne pourrez jamais le prendre en défaut. Henry aime la vérité, il sait ce qui est bien et c'est l'image qu'il souhaite donner à tous et en particulier à ses filles.

En prononçant ces mots, elle esquisse un petit sourire, comme si une anecdote revenait à son esprit.

— Je vais même vous faire une confidence, Henry connaît toutes les réponses du Trivial Poursuit parce qu'il tient à ce que Lola, Zoé et Jade constatent l'étendue de son savoir.

— Il les a apprises par cœur ? demande Christian qui, jusque-là, s'est abstenu de tout commentaire.

— Oui. Six cents questions, il faut le faire ! Il a une mémoire phénoménale.

— Je ne vois pas ce que la vérité vient faire là-dedans. Apprendre les réponses à l'avance, c'est tricher, réplique Christian.

Je reconnais bien là mon binôme et sa passion du jeu. Mais passion ou pas, il a raison. La manipulation de la vérité par Henry Moulin nous saute aux yeux. Magalie garde le silence. Elle vient de comprendre que son argument accable son amant.

— Henry est incapable de faire du mal à quiconque, dit-elle pour tenter d'atténuer les dégâts. Il n'aimait plus sa femme mais il la respectait.

— Comment pouvez-vous l'affirmer ? Vous ne viviez pas avec eux.

— Je le sais parce qu'il m'en parlait souvent.

— Vous a-t-il dit pour quelle raison il ne l'aimait plus ?

— Amandine était odieuse, versatile, presque folle. Elle était perturbée, vraiment. Henry trouve chez moi tout ce qu'il ne reçoit pas d'elle.

— Ils ne s'entendaient plus ?

— Elle faisait tout pour l'énerver. Elle le ruinait littéralement par ses dépenses mais le plus grave est qu'elle montait ses enfants contre lui en les manipulant. Elle transformait chaque repas en calvaire, oubliait de lui préparer à manger, elle l'empêchait de se servir de ketchup, plein de petites choses qui minent le quotidien. Je ne sais pas comment il faisait pour la supporter.

— Il voulait divorcer ?

La jeune femme garde le silence. J'imagine qu'elle ignore ce qu'elle doit répondre et qu'elle a peur de commettre un nouvel impair.

— Le sujet venait de temps en temps mais il n'avait pas pris sa décision.

Magalie Sylvestre signe sa déposition et quitte le troisième DPJ. Nous nous concertons avec Christian Berckman et Marc Honfleur. Ce dernier a reçu le suivi du téléphone du commissaire Filipo durant les quinze jours qui entourent la disparition d'Amandine. À moins qu'il ne se soit déplacé sans son portable, notre patron a passé son temps entre nos bureaux du XIVe arrondissement et son appartement situé dans le Ier. Par ailleurs, le 5 septembre, il était en réunion au ministère de l'Intérieur de 13 à 16 heures. Son implication, même minime, est définitivement écartée. Reste le prof de français.

— On met Henry Moulin en garde à vue ? demande notre jeune collègue.

— Non, c'est trop tôt. Il faut qu'on ait plus de billes. Il ne soupçonne pas qu'il est sur écoute, c'est l'avantage.

— On a trois personnes qui disent qu'Amandine était persécutée et deux qui annoncent qu'elle était dérangée… Ce serait bien qu'on ait des certitudes sur ce point, rappelle Christian.

— L'état de santé d'Amandine est une chose, ce qu'a fait son mari en est une autre.

— C'est fou ce qu'elle a dit sur les questions du Trivial Poursuit, son sens de la perfection…, ajoute Marc.

— J'en ai rencontré des pauvres types qui font tout pour gagner à un simple jeu de société, mais là…, s'étonne Christian.

— C'est pathologique, affirme Marc. Il a un besoin viscéral de maîtriser son image et de contrôler ceux qui l'entourent. Imaginez qu'Amandine ait souhaité le quitter…

— Ce type ne supporte pas de perdre. Et une demande de divorce, c'est une perte.

— Le prof pète un plomb…

— Et on a un mobile de meurtre.

20

Amandine,
un mois avant sa disparition

Je sors de l'imposante mairie du XVe arrondissement et jette un œil à l'extérieur. Je cherche avec appréhension mon ami Roland Beys. Ses sentiments trop forts ont brisé mes envies d'amitié. Il projette son avenir à travers moi et cela m'étouffe. Nous ne pouvons plus avoir de discussion normale sans qu'il me déclare sa flamme et j'en ai assez. Il faudrait que je lui dise d'arrêter mais je n'en ai pas la force. Argumenter avec quiconque m'est devenu difficile. Je cherche mes mots et je perds le fil de mes pensées de plus en plus souvent. C'est nouveau, je ne comprends pas.

En principe je quitte le bureau à 17 heures tous les jours, pour être présente quinze minutes plus tard devant l'école lorsque mes filles sortent. Roland le sait parfaitement et il m'attend. Alors, depuis une semaine, je m'éclipse un peu plus tôt pour l'éviter. Je n'ai pas donné d'explications à Françoise, ma responsable. Elle n'a pas besoin de savoir, elle a toujours détesté Roland et risque de claironner qu'elle m'avait prévenue. J'en ai assez qu'on me dise que je fais tout de travers. Et puis, je reste dix minutes de plus avant ma pause déjeuner pour rattraper le temps perdu. Ça compense.

À droite et à gauche, personne, je peux filer. Je n'ai pas fait vingt mètres qu'il jaillit comme un diable de derrière un arbre.

— T'es fou, Roland, tu m'as fait peur !

— Amandine, enfin ! Je ne cessais de regarder ma montre et j'ai failli te manquer.

— Tu entends ce que je te dis, tu m'as effrayée.

— Mon Dieu, je suis désolé. J'étais impatient. Ça fait une semaine que je te rate, je ne comprends pas pourquoi, j'ai cru devenir fou. Tu m'as interdit de t'appeler à cause d'Henry, alors…

Il s'interrompt et semble vaciller.

— Tout va bien ? dis-je. Qu'est-ce que tu es pâle…

— Oui, enfin non. Je ne mange plus, je ne dors plus… Je peux t'accompagner ? Il faut que je te parle.

— Bien entendu. Tu es mon ami, tu n'as pas besoin de prendre tant de précautions pour une simple discussion.

— J'espère, Amandine, que nous sommes un peu plus que des amis.

Je réfléchis à la manière de lui dire les choses avec le plus de douceur possible. Mais il continue.

— J'ai pris une décision. Ça ne peut plus durer. Depuis un mois, je me réveille presque toutes les nuits à cause d'un horrible cauchemar dans lequel Henry nous élimine tous les deux en nous faisant ingurgiter du poison à notre insu. J'ai peur que ce soit prémonitoire.

— T'es complètement parano. Il ne te connaît pas ! Écoute-moi bien, Roland. Tu le sais, je ne suis pas au top de ma forme. Mais je t'avoue que de te voir comme ça, à moitié vacillant, presque plus faible que moi, c'est flippant. Je n'ai pas besoin d'un poids de plus à porter !

— Partons, toi et moi, loin d'ici et je te protégerai.

— Me protéger ? Tu es l'ombre de toi-même. Et puis j'ai mon travail, mes filles, mes parents… Je n'ai pas envie de partir. Et je suis désolée, mais si je prenais cette décision, ce serait sans toi. Je ne quitterais pas un homme pour un autre. Ça, non.

Il me prend la main et m'oblige à m'arrêter de marcher.

— Écoute, ne choisis pas maintenant, je vois bien que c'est trop tôt.

J'enlève ma main de la sienne et je le fixe droit dans les yeux.

— Nous ne sommes pas sur la même longueur d'onde, Roland.

À ce moment précis, un coup de klaxon retentit derrière nous. Brigitte, ma sœur, se trouve là, à bord de son cabriolet. Sa vitre est baissée et elle se penche vers moi.

— Amandine, c'est dingue ! Je passais par là, je t'emmène quelque part ?

— Euh, oui. Roland, excuse-moi, il faut que j'y aille, dis-je en lui faisant la bise.

— Mais tu ne vas pas pouvoir prendre tes enfants, oppose-t-il en montrant du doigt les deux seules places du cabriolet.

— Je suis désolée, Roland, à bientôt.

Je m'engouffre dans le coupé de ma sœur et claque la porte, puis je me tourne vers mon ex-collègue et lui fais un signe de la main. Avec ses bras ballants, il a l'air déconfit. Quand je pense que je le trouvais drôle et spirituel. Brigitte accélère pour le plaisir d'entendre rugir son moteur.

— Tu me sauves, tu n'imagines pas…

— Un prétendant ?

— Il m'aime… Je suis désespérée.

— Pourquoi ? C'est top ! Il a l'air gentil.

— Je ne suis pas amoureuse de lui et je te rappelle que je suis mariée à Henry.

— En attendant, je te confirme que celui-là est accroché à toi comme une moule sur un rocher. J'ai vu quand il te prenait la main. Franchement, j'étais sur le cul. Fais gaffe parce que s'il s'incruste, tu ne pourras pas le déloger.

— Jusque-là, c'était un bon copain, un ami qui comptait. J'aime lui parler. Pourquoi est-il tombé amoureux ?

— Attention de ne pas le maintenir en eaux troubles. Un homme qui se sent trahi peut être dangereux.

— Lui ? Tu plaisantes. Il n'y a pas plus doux que ce type-là. C'est un de mes rares soutiens, le seul homme qui me complimente. Le nombre de fois où je ne me suis pas écroulée grâce à lui…

— Et moi alors ?

— Je sais… heureusement que tu es là pour moi. Mais tu es très occupée et pas forcément disponible quand j'en ai besoin. C'est pas une critique. On est grandes et on a chacune notre vie, c'est tout.

— Tu me rassures…

— Et puis j'ai mon travail. Henry dit toujours que je me fais exploiter mais il se trompe. Je râle pour faire comme les autres, mais j'aime mon boulot plus que tout.

— C'est pas moi qui vais te contredire !

— Après mes enfants, c'est ma deuxième béquille. Le seul endroit où je me sens valorisée grâce à Françoise.

— Oui, tes filles sont formidables et elles t'aiment beaucoup.

En arrivant devant l'école, Brigitte allume la radio. Elle sait que les trois petites adorent que l'on mette la musique à fond et elle prépare le show. Elle sélectionne la station RMC et je change en cliquant sur Nostalgie.

— Je préfère celle-là, dis-je.

Les premières notes de « Vanina », une chanson de Dave, se font entendre. Nous échangeons un regard de connivence et Brigitte monte le son. Le niveau est très haut et nous chantons à tue-tête en riant. Quelques minutes plus tard, Lola, Zoé et Jade grimpent sur mes genoux et se calent tant bien que mal dans l'habitacle trop exigu du coupé. Brigitte nous dépose au pied de l'appartement.

Je dois admettre que les antidépresseurs m'apportent un léger mieux. Mes nuits semblent plus longues même si je n'ai pas la sensation de dormir. Je tombe dans une forme de léthargie qui me donne l'impression d'approcher du coma. Une perte totale de conscience. D'ailleurs, je ne rêve plus. En tous les cas, ce léger sentiment de mieux-être nourrit mes espoirs comme jamais. Je songe à mon mari et je me mets à espérer qu'il cesse de râler et de me critiquer sans arrêt. Cette manière d'en avoir après moi, constamment, cache un malaise. C'est évident. Mais comment le soigner de ce mal inconnu ? Je me raccroche aux six petits mois en dix-huit ans où il a été formidable. Six mois qui ont précédé le déferlement de sa mauvaise humeur. Une trêve avant la tempête. Pourquoi a-t-il changé à ce point ? Je n'y connais rien en psychologie. Et si son tempérament s'était modifié à cause de moi ? Toutes ses critiques vont dans ce sens. Je l'ai connu gentil, cela prouve qu'il peut le redevenir. Mon bonheur tient à ce passé. *Le vrai bonheur serait de se souvenir du présent*, me dis-je en songeant aux mots de l'écrivain Jules Renard.

Un verre d'eau dans une main, le cachet dans l'autre, je réfléchis. Ces médicaments donnés par mon mari présentent néanmoins quelques effets indésirables. Une forme de somnolence accompagne mes journées et ma mémoire s'est dramatiquement altérée. Henry m'a un peu effrayée en me faisant remarquer que c'était peut-être le début d'une maladie neurové-gétative. C'est possible. Je tremble tellement que cela devient inquiétant. Mais le plus désagréable relève de ces angoisses qui s'imposent chaque jour un peu plus. D'autant que cela évolue en sensations physiques. Une sorte de poids écrase mon plexus.

21

Un nouveau message

Une phrase me trotte dans la tête à la suite de l'interrogatoire d'Henry Moulin. Il a dit qu'il trompait Amandine parce qu'ils formaient un vieux couple. Et depuis lors, je m'interroge. Ai-je envie de m'installer dans une vie à deux et de vieillir auprès d'Alisha ? La réponse me surprend moi-même : en fait, oui. Découvrir la relation qui existe entre la disparue et son mari me conduit indirectement à poursuivre une introspection honnête de mes propres sentiments. Il est temps que je m'active. Je pourrais lui faire porter des fleurs, lui montrer ainsi que je pense à elle. Il faut que je l'accompagne d'un mot et je n'ai pas le droit de me tromper. Influencé par mes dernières pensées, je note : « J'ai envie de te voir vieillir. Dans un de mes nombreux rêves, nos mains ridées se serrent fort. »

Tandis que j'achève mon texte d'un : « Je t'aime, Alisha », Christian s'approche et, avec son sans-gêne habituel, lit mon brouillon. Je suis surpris, il trouve ça macabre. Sans me demander mon avis, il s'en saisit et file dans le bureau voisin pour le montrer à Marc Honfleur. Le jeune homme trouve l'idée intéressante – les femmes ont peur de vieillir, et montrer que l'on ne s'arrête pas au physique est malin –, mais il pense que la formule finale pourrait être plus audacieuse. Perplexe, je me résous à présenter le mot à Sam qui, aussitôt après l'avoir lu, se jette sur un bonbon. C'est sa manière de signaler qu'il est heureux. Sam est un jeune homme de vingt ans atteint d'autisme. Il ne parle pas et n'écrit qu'à de très rares occasions. Nous le faisons intervenir sur certaines affaires quelques heures par semaine en sollicitant sa mémoire visuelle prodigieuse. À cause de son handicap, il ignore que pour acquiescer il faut sourire, une attitude qui, si on y réfléchit, consiste à ouvrir la bouche en tendant les extrémités de ses lèvres vers le côté tout en montrant les dents. Le concept lui échappe complètement car il n'a pas d'intuition sociale. Voilà pourquoi Christian, qui a pris le jeune homme sous son aile, a établi avec lui des conventions : un résultat positif, une satisfaction, une affirmation, et Sam mange un bonbon. Dans le cas contraire, il ne bouge pas. Il va se gâter les dents mais il peut enfin communiquer à sa manière, et c'est tout ce qui importe. Il fait partie du groupe. La meilleure preuve, c'est le bien-être permanent du jeune homme qui insiste auprès de sa mère pour se rendre à la brigade, même les jours où nous n'avons rien à lui demander.

— Je suis désolé, les gars, mais vous vous plantez. Sam vient de lire mon texte et il le trouve parfait…, dis-je.

— Ah, si Sam approuve, répond Christian.

— Oui, si Sam valide, ajoute Honfleur.

Son ignorance des codes sociaux lui permet, bizarrement, de capter l'essentiel d'une situation. Comme si notre manière d'interagir n'était finalement qu'un leurre. Un peu comme ceux qui ont perdu la vue ou l'ouïe, le jeune homme a développé une aptitude extraordinaire, sans le vouloir ni même en avoir conscience. Il perçoit les personnalités les plus complexes et les motivations intimes de chacun. La part d'ombre et de lumière que nous dégageons tous à notre insu. J'ai d'ailleurs constaté que les animaux sont les seuls êtres qu'il arrive à fixer dans les yeux. J'ignore la manière dont Alisha va prendre ma missive, mais je décide de me fier à l'avis de Sam et dicte mon texte à la boutique d'envoi des fleurs par correspondance.

Je me rends chez les Lafayette, les parents d'Amandine, pour leur poser quelques questions sur l'éventuel projet de divorce de leur fille d'avec Henry, décision qui aurait pu inciter le mari à se débarrasser d'elle. Ils me reçoivent plus soucieux que la fois précédente. Le temps passe, cela les inquiète beaucoup. À mes questions, ils répondent sans aucune hésitation. Ils n'ont pas parlé avec leur fille la veille de sa disparition, et ils ignorent dans quel état d'esprit elle se trouvait. Je salue leur honnêteté. Ils pourraient aménager la réalité et en profiter pour incriminer l'époux. Instantanément, cela donne plus de valeur à leur témoignage. Le père précise qu'il a suggéré à sa fille de divorcer à maintes reprises, sa sœur lui avait même trouvé un contact aux HLM de Paris pour l'aider à envisager l'après, mais chaque fois qu'ils arrivaient à cette éventualité, Amandine se fermait et refusait tout en bloc. Elle revenait sur son argument de ne savoir où s'installer. Et puis comment obliger ses filles à vivre dans un petit studio – la seule surface qu'elle pouvait se permettre de louer – sans les perturber, elles qui avaient toujours bénéficié d'une chambre chacune ? Par ailleurs, elle n'en démordait pas : elle croyait toujours pouvoir inciter Henry à évoluer pour qu'il se sente mieux. Notre discussion s'achève sur la certitude des parents : Amandine n'était pas prête à divorcer.

— Si elle avait pris cette décision, nous n'étions pas au courant, affirme Francine.

— Je sais pourquoi vous nous posez cette question, continue le père. Parce qu'Henry n'aurait pas supporté qu'elle s'en aille et que ça lui donne un mobile. Vous avez demandé à Brigitte ? Elle est peut-être au courant de choses que nous ignorons.

Pour finir, je leur demande quelle était la situation financière d'Amandine. Je me souviens de ses chaussures lors de la recherche avec le chien pisteur, et leur état déplorable m'avait surpris. Ils m'expliquent qu'Henry est avare.

— Il a beau avoir une situation de professeur agrégé, confortable, il bénéficie en plus de sommes coquettes que ses parents lui donnent régulièrement. Rien de tout ça ne va à son épouse dont le salaire part chaque mois dans la cantine des filles, les repas de la famille, ses vêtements, l'essence et ses frais divers.

— Elle comptait le moindre centime, ajoute le père sans se rendre compte que, pour la première fois, il vient de parler de sa fille au passé.

Une fois sorti, j'appelle la sœur et un message automatique m'indique qu'elle est partie cinq jours au Japon pour organiser un salon. Une heure plus tard, alors que je suis rentré chez moi, je reçois un texto de Brigitte qui me propose une communication par Skype. Son sourire bienveillant et ses cheveux blonds apparaissent sur l'écran de mon ordinateur personnel.

— Elle a toujours été réfractaire à l'idée d'une séparation parce qu'elle croyait qu'Henry finirait par redevenir celui qu'elle avait connu à leurs débuts, dit-elle quand je lui pose la question.

Instantanément, je songe à Alisha et à mon envie d'évoluer. Tout est possible quand la personne impliquée est le moteur de sa propre motivation. Quand c'est l'autre qui souhaite que l'on se transforme, ça ne marche pas.

— Mais quelque temps avant sa disparition, je dirais deux ou trois semaines plus tôt, elle s'est mise à le considérer différemment. Jusqu'alors elle ne trouvait à Henry que des excuses et elle croyait être le motif unique de ses colères. Oui, il me semble que c'était à la mi-août, elle est devenue moins catégorique. Elle s'est mise à le critiquer ouvertement. Je m'en souviens très bien parce que c'était nouveau ! Je n'ai pas voulu en rajouter sur son pauvre type de mari parce qu'Amandine se serait de nouveau fermée sur elle-même, mais j'étais très heureuse de cette évolution.

— Vous croyez qu'elle lui tenait tête ?

— Je n'en sais rien mais je suppose que non. Affronter Henry est très difficile. Il a tout le temps raison. De son point de vue, bien entendu. Au début, vous essayez d'argumenter et puis, au bout d'un moment, vous comprenez que c'est une perte de temps. De la même manière qu'Amandine ne lui disait pas tout et qu'elle lui avait caché notre complicité, elle est capable d'avoir pris une décision, de tout préparer dans son dos et d'attendre le dernier moment pour le mettre devant le fait accompli.

— Un divorce ou une séparation…

— C'est ça.

Je remercie Brigitte Lafayette pour ce nouvel éclairage et je raccroche. L'hypothèse d'une demande de divorce par Amandine est donc envisageable. Que s'est-il passé quelques semaines avant sa disparition pour qu'elle considère son mari différemment ? A-t-elle rencontré quelqu'un ? Je me dirige vers le bureau d'Honfleur et lui demande s'il a réussi à joindre Roland Beys pour une première rencontre. L'homme est inconnu de nos services et n'a jamais fait parler de lui d'une manière ou d'une autre. Marc m'apprend avoir régulièrement composé ses numéros de téléphone, fixe et portable, sans succès. Je sais de quelle ingéniosité il est capable quand il veut découvrir la vérité et j'en viens à le soupçonner d'en faire le moins possible au sujet de cet homme. Marc souhaite que l'on concentre nos efforts sur Henry Moulin et le reste lui semble être une perte de temps. Ce n'est pas professionnel ! Je lui fais remarquer sa mollesse et la situation critique dans laquelle il nous place si le collègue d'Amandine est impliqué dans sa disparition. Il précise alors que Roland Beys n'a pas déménagé et qu'il habite non loin du pont Mirabeau.

— Tu te fous de ma gueule ?

Il ne répond pas et remonte ses lunettes sur le haut de son nez en baissant la tête.

— Tu peux m'expliquer pourquoi je suis obligé de te tirer les vers du nez pour obtenir une information de cette importance ? C'est précisément là où le chien pisteur a achevé sa traque… Et notre gugusse vit juste à côté !

Fou de rage, je demande à Marc de prendre un jour de repos et de réfléchir sérieusement aux conséquences de ses agissements. Puis je confie à Christian le soin d'appeler Roland Beys de nouveau. Pour une fois, mon binôme ne râle pas et n'essaie même pas de botter en touche. Malheureusement l'ancien employé de mairie ne répond pas. Le message de son répondeur ne donne aucune indication concernant la date d'un retour éventuel. Christian et moi, nous décidons de nous rendre chez lui.

Il vit au rez-de-chaussée d'un immeuble récent qui comporte un grand nombre d'étages. Le gardien connaît l'homme que nous cherchons. Roland Beys réside ici avec sa femme Catherine depuis six ans. Il a hérité de l'appartement de ses parents, morts lors d'un accident de voiture. Je lui demande s'il sait à quelle heure l'ex-collègue d'Amandine revient, et le vieil homme se contente de pousser un long sifflement. Dynamique et de petite taille, un corps sec toujours en mouvement, des yeux rieurs, il porte une épaisse moustache dont les poils vibrent dès qu'il parle.

— C'est-à-dire que j'en sais rien, dit-il en faisant rouler les « r ». Ça fait une paire de semaines que j'les ai pas vus ni l'un ni l'autre.

— Vous rappelez-vous la date précise où vous les avez croisés pour la dernière fois ?

— Ha ha ! Bien sûr. Allons jeter un coup d'œil à mes notes.

Le moustachu file dans sa guérite et saisit un cahier.

— Le 5 septembre dans la nuit, Catherine Beys est partie d'ici et ça avait tout l'air d'être définitif, mon gars.

Autour de 23 heures, une grande camionnette avait stationné devant l'immeuble et deux hommes avaient chargé mobilier et sacs de voyage. Il y avait eu une dispute entre Roland et un de ces hommes, et le gardien en avait déduit que le couple se séparait.

— La dispute… Vous voulez dire entre Roland et sa femme ?

— Pas du tout. Elle était très calme, comme d'habitude. C'est le grand type, son frère à elle, j'crois, qu'était en colère.

— Que disait-il ?

— Me rappelle pas bien. Il criait après Roland, le pauv' gars. Catherine, sa femme, voulait que son frère arrête de hurler. J'lui donnais pas tort. Moi aussi j'voulais que le boucan s'arrête. Elle défendait son mari. Elle répétait sans arrêt : « Laisse-moi gérer, laisse-moi gérer. »

Il dépose son cahier et continue.

— J'ai pris l'habitude de noter une ligne ou deux quand y s'passe quelque chose qui perturbe la sérénité de l'immeuble. Comme ça, voyez-vous, le lendemain ou le jour suivant si on m'demande le pourquoi du comment, j'ai *pu* qu'à lire le carnet. Et pour répondre à votre première question, j'l'ai pas r'vu, Roland. Depuis cette soirée, rien du tout.

Il nous décrit le tempérament de Roland Beys et nous apprend qu'il est très poli mais timide « comme un perdreau ». Il ne s'adresse qu'à ceux qu'il connaît. Il aurait perdu son emploi ou démissionné, c'est ce qui se disait dans l'immeuble. Il le voyait souvent traîner, sans rien faire, ça lui faisait de la peine, il l'avait connu tout jeune quand les parents avaient acheté l'appartement.

— Et depuis le 5 septembre, vous ne savez pas s'il se cache chez lui ou s'il est parti ailleurs ?

— M'étonn'rait qu'y soit chez lui…

— Ça lui arrive souvent de disparaître comme ça ?

— Bah, j'crois pas, non…

— Et avant ce jour, il avait un comportement bizarre ?

— Là, j'peux pas vous aider. L'est très discret, vous savez.

— Il a une maison en banlieue ou quelque part en province ?

Le vieil homme hoche la tête négativement, il ignore tout de sa situation. Il faut que nous trouvions un moyen de visiter cet appartement. J'échange un regard avec Christian. Je préférerais que ce soit lui qui demande, il saurait trouver les mots et ça passerait mieux.

— Vous avez les clefs de chez lui ? Il a peut-être fait un malaise…, demande mon collègue comme s'il lisait dans mes pensées.

— Hé ! Vous avez raison. Faut qu'on aille vérifier. Vous venez avec moi, hein, on n'sait jamais. Avec la police, au moins, j'risque rien, ajoute-t-il en faisant tressauter sa moustache.

L'appartement est un trois pièces dans son jus. Le style vieillot, l'éclairage très faible, les meubles en bois rustique… n'appartiennent pas à un homme de son âge. Sans doute a-t-il gardé la décoration choisie par ses parents. Il n'y a plus ni table ni chaise. Tout est propre et bien rangé, aucune trace de lutte. Le frigo est éteint, la porte entrouverte. Le départ ne s'est pas fait dans la précipitation. Je reviens dans l'entrée et ramasse le courrier que le gardien a glissé sous la porte au fur et à mesure qu'il arrivait et essaie de trouver la lettre dont la date est la plus ancienne. Il s'agit d'une publicité postée le 5 septembre. En comptant deux jours pour qu'elle arrive à son destinataire, Roland Beys a donc cessé d'habiter chez lui le 7 septembre au plus tard. Soit deux jours après la disparition d'Amandine. Mais rien n'empêche qu'il soit parti plus tôt. Une sonnette retentit non loin de là et notre moustachu s'excuse de devoir gérer un colis à distribuer à l'étage.

— On vous ramène la clef quand on s'en va, ne vous inquiétez pas, lance Christian.

Nous avons peu de temps et l'aubaine est exceptionnelle. Je referme la porte d'entrée. Mon binôme choisit le salon, je m'occupe des deux chambres. Le plus précautionneusement possible, nous inspectons chaque recoin. Rien à signaler. Ni ordinateur ni Internet, pas de télé, pas de factures, aucune trace de vie.

— Putain, le type est un fantôme ou quoi ? souffle Christian.

— Il s'est enfui, c'est tout.

— Au soleil avec Amandine ?

— Ou à l'ombre après l'avoir tuée…

— Et s'il l'aimait ?

— Peut-être qu'elle n'était pas réceptive. C'est pas parce que ce gars n'a pas d'antécédents qu'il n'est pas un fou dangereux.

— Donc ça y est, tu ne crois plus à l'implication du mari ?

— Tu plaisantes. Les deux sont au panthéon de mes soupçons.

— Ils auraient fait le coup ensemble ?

— Non. Chaque hypothèse tient, c'est tout. Je vais demander au juge de lancer un avis de recherche. L'attitude de ce Roland Beys est étrange. En attendant, puisqu'on est à côté, on va rendre une petite visite au prof.

— Il est tard…, s'insurge mon collègue.

— T'as un rencard ?

— Me parle plus de Lise, s'il te plaît.

— OK. Alors c'est le meilleur moment. Il ne faut pas le lâcher.

Henry Moulin est contrarié de nous découvrir sur son palier. Il ne cache pas sa colère et refuse de nous laisser entrer. Il explique qu'il est en train de s'occuper de ses filles et qu'il ne tient pas à ce que la présence de la police les inquiète, elles sont déjà assez troublées par la disparition de leur mère. En réalité, notre interrogatoire à la brigade ne passe pas et il veut montrer qui tient les rênes. Une odeur de pâte cuite et de fromage grillé s'échappe de la cuisine. À mon avis une quiche lorraine ou une autre tarte salée. On peut lui reprocher beaucoup de choses mais ce type sait s'occuper de ses enfants. Sans préambule, j'annonce la couleur.

— D'autres personnes nous ont confirmé qu'Amandine était très malheureuse, que vous la terrorisiez et qu'elle voulait vous quitter…

— Nous en avons déjà parlé, c'est ridicule ! Vous ne connaissiez pas Amandine. Elle était incapable de me quitter, elle se sentait perdue sans moi.

Mon téléphone sonne. Je regarde rapidement. Alisha ! Mon réflexe immédiat est de ne pas prendre l'appel mais… c'est Alisha. La première fois depuis plusieurs mois qu'elle daigne me contacter. J'hésite. Répondre à un coup de fil personnel pendant une enquête, la question ne s'est jamais posée. Jusqu'alors, rien ne passait avant le boulot mais la tentation est trop grande. Mon bonheur est désormais prioritaire. Je décroche en demandant au mari de m'excuser quelques secondes et je m'éloigne dans l'escalier. Je sens l'étonnement de Christian.

— Ça doit être la brigade, l'entends-je dire pour expliquer mon attitude.

— Oui, dis-je à Alisha.

— J'ai reçu tes fleurs, merci. Ça m'a beaucoup touchée.

— Ah, c'est bien, chuchoté-je.

— J'ai lu et relu ton mot, longtemps. C'est la plus belle déclaration d'amour que j'aie reçue. Je l'ai glissée dans mon carnet de rêves, j'espère qu'il deviendra prémonitoire.

— Tant mieux si ça t'a fait plaisir. Dis-moi… Je peux te rappeler ?

— Mince, je te dérange.

— Non, mais, un peu… je te rappelle.

— Oui, rappelle…

— À très vite…

Je raccroche et reviens près d'Henry Moulin avec la sensation d'avoir été pris en faute.

— Je vais en référer à vos supérieurs, réplique-t-il calmement. Vous me dérangez en pleine soirée, au moment où je suis avec mes filles. C'est inouï !

— Mais je vous en prie. Demandez Hervé Filipo, c'est le patron de la brigade. Il sera très heureux de vous recevoir. Il vous expliquera que nous faisons notre boulot.

Je le vois se fermer. Il doit se demander si nous savons qu'Amandine et le commissaire se sont connus. Christian prend la parole, je le sens qui s'impatiente. Lui aussi a faim, sans doute.

— Et donc votre épouse ne serait jamais partie parce qu'elle n'arrivait à rien sans vous…

— Il est indéniable que nous ne sommes pas faits du même bois. Les hommes et les femmes, je veux dire. Il leur faut un pilier auquel se raccrocher. Quelqu'un qui leur amène de la stabilité. Et, en même temps, elles veulent s'émanciper. Les femmes sont très complexes, insiste-t-il, il leur en faut toujours plus et ça ne va jamais. Mais Amandine pouvait compter sur moi pour la driver dans la bonne direction. Alors pour répondre à votre question, vous faites fausse route. C'est probablement ses parents qui vous ont dit des horreurs sur moi mais c'est du pur fantasme. La mère s'est toujours inquiétée, il lui faut un os à ronger. Elle veut un coupable, c'est tout.

— Le père dit la même chose qu'elle.

— Ce sont des gens aigris et malfaisants. Ils n'ont aucun recul. Depuis le début ils s'acharnent sur moi.

— Ils savent ce qu'Amandine leur disait, jour après jour depuis dix-huit ans. Quant à Brigitte, elle confirme le fait que vous terrifiez sa sœur alors que…

— Oh, celle-là. Vous écoutez une femme qui ne connaît rien aux hommes. Elle est incapable de garder un type plus de quelques mois et elle veut me donner des leçons de moralité !

— Vous avez réponse à tout.

— Vous êtes pareil ! Sinon, pourquoi n'acceptez-vous pas ma version ?

— Parce qu'ils sont trois à tenir le même discours et que vous êtes seul.

— Mais enfin, ouvrez les yeux. C'est une coalition, ils ne comptent pas, voyons. Avez-vous trouvé une seule personne en dehors de cette famille de malades qui ait dénigré mon attitude ?

Je ne réponds pas. Pourquoi est-il sûr de lui à ce point ? Se sent-il intouchable ? Les notables, tels qu'un professeur, un avocat ou un médecin, bénéficient toujours d'une aura de respect due à leur statut, mais je sais qu'il suffit d'un seul témoignage pour que les langues se délient. Il me faut trouver une personne courageuse qui accepte de se confier.

— Avez-vous entendu parler d'un dénommé Roland Beys ?

— Non. Qui est-ce ?

— Un ancien collègue de votre femme.

— Et alors ?

— Ils étaient… très proches.

— Qu'est-ce que vous sous-entendez ?

— Rien. Elle ne vous avait jamais parlé de lui ?

— Tout comme moi je ne lui parlais pas de mes contacts ! La meilleure preuve est qu'elle ignorait que j'avais une maîtresse. Ça ne fait pas de moi son ennemi. Vous enfilez des perles, Clivel.

Son assurance est incompréhensible. L'attitude de ce type me déstabilise et je sens la colère de mon impuissance monter dans ma gorge. J'ai alors une idée. Henry Moulin est constamment sur le qui-vive, en parfaite maîtrise de lui-même. Si l'on prétend orienter la piste sur un autre, il baissera peut-être la garde et, qui sait, commettra une erreur.

— On dirait que le sort de votre femme ne vous importe pas…

— Je ne vois pas ce qui vous permet de l'affirmer. Je me défends, c'est bien normal. Vous m'agressez sans arrêt, vous vous acharnez. Vous venez m'emmerder ici, à l'heure du dîner. Je connais ces méthodes, c'est du harcèlement. Vous feriez mieux de chercher ce qui lui est réellement arrivé plutôt que de concentrer vos efforts sur moi.

— Rassurez-vous. Nous avons d'autres pistes… très sérieuses. Nous les creusons toutes, tant qu'on n'a pas de certitudes absolues sur le déroulé des événements.

Ses épaules se relèvent très légèrement.

— Le… le type dont vous venez de parler ?

— Je suis désolé, mais on ne peut rien dire.

— Si vous avez une nouvelle piste, ça m'intéresse, dit-il soudain d'une voix plus douce. N'hésitez pas à me tenir au courant.

— Bien entendu. Nous reviendrons vous voir.

Nous tournons les talons et il ferme la porte. Je ne peux m'empêcher de sourire de la façon dont je l'ai piégé.

— C'est étrange, dis-je à Christian alors que nous nous dirigeons vers mon véhicule. Il y a quelque chose d'exaspérant en lui. En fait, on dirait qu'il fait exprès de nous pousser à bout.

— Comme s'il voulait qu'on le prenne en grippe ?

— Oui.

— Je suis d'accord avec toi.

— Ce type a quelque chose à se reprocher, mais quoi ?

— Tu lui fais croire que Roland Beys est notre cible principale ?

— Oui, la prochaine fois qu'on le voit, il faut s'arranger pour qu'il sache qu'on a lancé un avis de recherche. S'il sent qu'on s'éloigne de lui, il est possible qu'il commette une erreur.

Le soir venu, je rentre chez moi empli d'une sérénité retrouvée. L'enquête n'est pas plus avancée mais les fleurs et mon message ont fait leur effet auprès d'Alisha. J'engloutis trois rochers Suchard pour me sentir au top, puis je l'appelle. Nous décidons de nous revoir le lendemain, lors d'un dîner. Je me couche avec le sourire aux lèvres, songeant à nos retrouvailles comme une évidence, convaincu qu'elle va peupler mes songes. Est-ce le fait d'avoir débranché mon mental et évacué mes peurs de ne plus revoir Alisha ? Cette nuit, précisément, Amandine choisit de s'imposer à nouveau au cœur de mes rêves. Étrangement, elle est habillée d'une robe de mariée entièrement noire et porte une tresse sur le côté droit. Ses yeux sombres me fixent d'une manière pénétrante. Elle s'approche de moi et prononce quelques mots de façon très distincte. Je ne les ai jamais entendus aussi nettement : « Mais il ment », dit-elle. Ce n'est pas « médicament » comme je l'ai toujours cru. Je veux lui parler, lui poser des questions mais aucun son ne sort de ma bouche. Une fois qu'elle a compris que j'avais bien entendu, elle prononce une autre phrase et disparaît. Je me réveille en sursaut, surpris par ce que je viens de vivre et ce qu'elle m'a « confié ». Elle a prononcé ces mots calmement avec une détermination empreinte d'un certain désespoir. Voici ce qu'elle a ajouté avant de se faire happer par la réalité de la nuit : « Il faut continuer à chercher la vérité. Ne m'abandonnez pas. »

22

Amandine,
trois semaines avant sa disparition

La soirée est propice aux explications. Zoé et Jade sont parties en classe verte avec l'école. Lola est invitée chez sa meilleure amie, elles ne rentreront pas avant quatre jours. Je vais pouvoir parler à Henry sans craindre qu'il ne les prenne à témoin de nos discussions. J'ai préparé le dîner et fait un effort de maquillage. Un peu de rouge à lèvres, celui qu'il aimait tant à l'époque où nous nous sommes rencontrés et du blush pour rendre mes joues moins pâles. Je tiens à être irréprochable de manière à aborder les sujets de fond dans la sérénité.

Henry rentre à 20 h 45 et file sous la douche sans même me jeter un regard. Je fais réchauffer le poisson et le riz et dépose la salade de tomates sur la table de la salle à manger.

— Tu viens manger ? crié-je.

— Pas faim, journée de merde, me répond-il.

Instantanément, un poids invisible compresse mon plexus et mon stress monte d'un cran. Le moment ne s'avère pas si propice que ça. Non seulement il rentre tard mais il semble d'humeur exécrable. Tant pis. Il n'y aura pas de nouvelle sortie des enfants avant longtemps. C'est ce soir ou jamais. Il ne faut surtout pas qu'il découvre que je l'ai attendu pour dîner. Je me précipite dans la cuisine, me dépêche d'avaler ma part et je me brûle la langue. Pour gagner du temps, je décide de me passer de dessert et ouvre le frigo pour ranger sa part lorsque j'aperçois une ombre qui se déplace derrière moi. Je sursaute de surprise.

— Combien de fois je te l'ai dit ?!? Si je ne suis pas là tôt, c'est que je ne dîne pas avec toi.

— Tu es rentré très tard hier soir et tu m'as reproché de ne pas t'avoir attendu…

Il frappe du poing sur la table de la cuisine.

— Hier soir, c'était différent, j'allais au sport. Ne mélange pas tout.

— Je ne sais jamais à l'avance quand tu vas à la salle. Tu ne pourrais pas m'appeler pour me dire ce que tu décides, plutôt que de me laisser deviner constamment ?

— Tu as décidé de me pourrir la vie, ou quoi ? Mon boulot est crevant. Les filles ne sont pas là. Je peux enfin être tranquille. Mais non. J'arrive et tu m'agresses avec des conneries.

Henry me fixe d'un regard noir et je ne peux m'empêcher de fermer les yeux par saccades comme si je recevais des éclairs. Je rêvais d'une soirée apaisée où nous aurions pu échanger calmement autour d'un repas, mais comme d'habitude la tempête se lève. Alors, je ne sais pas ce qu'il me prend. Puisant dans mes forces, je cesse de réfléchir et j'ose l'affronter en lui exprimant la manière dont je vis ses remarques constamment désobligeantes.

— Je ne comprends pas pourquoi tu es si dur avec moi.

— Mais je rêve ! Qui a commencé à faire chier !

— C'est toi pour le repas qui…

— Menteuse ! T'es qu'une sale menteuse !

Il fait un pas vers moi et me gifle violemment.

— C'est la première fois que tu lèves la main sur moi, dis-je en me reculant.

Ma joue me brûle et je hoquette de stupeur.

— Tu n'as qu'à t'en prendre qu'à toi-même. La prochaine fois, tu réfléchiras avant de m'accuser à tort.

— Tu n'aurais pas dû faire ça. Un jour, je te quitterai, lâché-je dans un réflexe irrépressible.

Je me croyais incapable de prononcer ces mots qui jaillissent du plus profond de mes entrailles.

Il m'attrape par le bras et maintient son emprise en serrant de toutes ses forces. Son visage n'est plus qu'une grimace enlaidie par la fureur.

— Arrête, tu me fais mal, m'écrié-je, épouvantée par sa haine.

Il sourit et me lâche en me repoussant brutalement. Je m'écrase sur le carrelage et je m'impose de me relever aussitôt pour ne surtout pas rester à terre.

Il me semble que si je montre de nouveaux signes de faiblesse, il pourrait s'acharner. Je me frotte le coude tout en retenant les larmes qui m'assaillent. Henry fait à nouveau deux pas vers moi. Dans une position réflexe, je me recule et lève la main pour parer un coup éventuel. Il me parle en serrant les mâchoires.

— Ne t'avise jamais de partir, tu serais surprise de découvrir ce dont je suis capable.

Il tourne le dos et s'enferme dans son bureau où il a son lit. Cela fait des années que nous faisons chambre à part. Je tends le bras devant moi, ma main tremble comme jamais. Une longue quinte de toux me terrasse. J'ai l'impression que mon sang a quitté mes veines. Je m'assieds pour ne pas vaciller. Je ne revois pas Henry de la soirée. Je me couche après m'être enfermée à clef. Au réveil, je n'ai plus de voix.

Le lendemain, j'attends qu'il ait quitté l'appartement pour sortir de ma chambre et me préparer. Je ne veux pas le croiser. J'ai averti par texto Françoise que j'aurais un peu de retard. Je m'observe dans le miroir et mes épaules s'affaissent. Des cernes violacés entourent mes yeux. L'ombre des larmes, du stress, de la peur. Je n'ai pas fermé l'œil de la nuit à cause de mes muscles endoloris, tant je me suis contractée quand il me frappait. Les coups sont punis par la loi et l'idée de porter plainte est venue un moment, mais pour l'instant je n'en ai pas le courage.

Que vais-je bien pouvoir répondre aux gens quand ils vont s'empresser de me dire que j'ai mauvaise mine ? J'étale du fond de teint sous mes yeux, sur ma joue, partout où les stigmates de ma frayeur se sont imprimés. Ça ne suffit pas. En désespoir de cause, j'enfile des lunettes de soleil. Une fois dans la rue, je marche sans réfléchir, anesthésiée par la stupeur. Ce qu'il s'est passé est innommable et je refuse d'envisager tout ce que ça implique. Tel un automate, un pas devant l'autre, j'avance. Je ne vois pas qu'Henry m'attend dans un recoin du local à poubelles de la mairie. Je sursaute quand il me prend par le bras et me tire violemment vers lui. Ses doigts se referment précisément là où il a serré si fort hier soir et cela réactive la douleur.

— Qu'est-ce qu'il y a ? susurré-je d'une voix inaudible en baissant la tête pour éviter de rencontrer ses yeux.

— Pourquoi tu parles comme ça ?

J'ignore si sa question concerne le fait que je suis devenue aphone ou s'il fait référence à notre discussion d'hier. Je ne préfère pas demander d'explications.

— J'en sais rien.

Il arrache mes lunettes et regarde mon visage avec un air de dégoût. Puis il me reproche d'avoir perdu la voix pour faire mon intéressante et d'être malade sans arrêt. Il ajoute que je suis incapable de me montrer sous mon meilleur jour et que je pourrais faire un effort pour ne pas me donner en spectacle. Je ne comprends pas ce qu'il veut dire. L'échange – même si cela n'en est pas un, vu que seul Henry parle – s'achève sur une dernière sentence qu'il prononce sans colère sur un ton très dur :

— Ne t'avise pas de raconter des conneries.

Je comprends qu'il est venu pour ça. Il a peur de ce que je pourrais dire à mes collègues. Il poursuit :

— Si je te parle comme ça, c'est pour que tu te bouges. Regarde-toi. Tu as un boulot où on t'exploite, t'as pas d'amis, pas d'argent, sans moi t'es rien.

Tel un animal aux aguets, mes sens en alerte perçoivent un mouvement à ma droite. Catastrophe. Françoise est là. Elle sortait du parking qui est situé à côté du local à poubelles et a vraisemblablement surpris notre discussion. Elle s'est arrêtée pour écouter mais elle a compris que je l'ai vue et elle avance de nouveau en faisant mine de ne pas nous considérer. Elle est pâle et n'arrive pas à réprimer une sorte de haut-le-cœur en se dirigeant vers la mairie. Elle nous a vus et entendus, c'est absolument certain. Pourvu qu'elle n'intervienne pas, ce serait pire. Henry l'aperçoit également et me lâche le bras.

— À ce soir, lance-t-il joyeusement en s'éloignant.

Je fais mine de chercher quelque chose dans mon sac pour laisser le temps à ma responsable de gravir les marches et me permettre de reprendre mes esprits. Il existe peut-être une chance infime qu'elle n'ait pas compris ce que mon mari disait.

J'attends d'être devant mon ordinateur pour enlever mes lunettes de soleil. Je n'ai croisé personne, tout le monde est déjà à son poste. L'avantage d'arriver avec un peu de retard. Au bout de quinze minutes, ça ne loupe pas, Françoise m'appelle sur ma ligne directe et me demande de la rejoindre dans son bureau. Elle me serre dans ses bras un peu fort et bizarrement ce geste de compassion me hérisse le poil. Un peu comme si je m'étais forgé une sorte d'armure invisible et qu'elle me la plaquait contre le corps. J'ai besoin d'air et d'espace.

— Amandine. Je suis très surprise, je n'imaginais pas ton mari comme ça. En temps normal, il est gentil avec tout le monde et…

— Oui, je ne sais pas ce qu'il a…

— C'est monstrueux de parler comme ça à sa femme !

Elle m'avoue avoir assisté à toute la scène. Je rougis et ferme les yeux. Elle continue.

— C'était si violent, j'en ai eu des palpitations. J'ai vraiment hésité à t'en parler. Je n'aime pas me mêler de la vie des autres. Même si nous sommes proches. C'est tellement délicat.

Je hoche la tête. Je ne sais pas quoi dire. J'ai tellement honte. Ma responsable poursuit. On dirait qu'elle veut remplir le vide qui est à l'intérieur de moi depuis hier soir.

— Tu sais, je connais cette situation, c'est arrivé à une de mes amies. Je sais combien c'est effroyable à vivre. Tu ne peux pas continuer à te laisser malmener de cette façon. Je peux t'aider. C'est mon devoir ! Le hasard a permis que j'en sois témoin. Et comme le hasard ne fait rien au hasard, je suis convaincue que j'ai un rôle à jouer.

— Je suis désolée, chuchoté-je d'une voix presque éteinte. Je regrette tellement de t'avoir infligé ce spectacle.

— Tu n'y es pour rien, s'insurge Françoise. Je te laisse mais je t'assure qu'on va en reparler. Tu n'es plus seule, Amandine. Tu m'entends ? Je suis là.

Je ne réponds pas. Parler m'épuise. Je reviens à ma place, je prends un dossier, l'ouvre et commence à travailler. J'attends qu'elle ait fermé sa porte pour laisser l'émotion me submerger. Je file dans les toilettes pour cacher la peine et les larmes qui se déversent sans que je puisse les arrêter.

Je rentre chez moi avec des semelles de plomb. Henry est déjà là et je m'enferme dans ma chambre. Les heures passent. Je n'ai pas faim. Je l'entends qui cuisine. Des effluves de côtelettes de mouton arrivent jusqu'à moi. Ça doit faire des années que je n'en ai pas mangé. Beaucoup trop cher. Il n'a pas branché la hôte aspirante alors qu'en principe il ne supporte pas la moindre odeur de nourriture. Si ça se trouve, il ne sait pas comment elle marche. J'en viens à espérer qu'il m'appelle d'un air désolé et qu'il s'excuse. « Je t'ai préparé à manger, viens. » Mais, non, seul le silence est là, de nouveau. À 22 heures, je me résous à sortir. Il est dans le salon, je file dans la cuisine. Le plan de travail est constellé de nourriture, de plats sales, de couverts gluants de graisse et d'épluchures. Je n'ai pas le courage de cuisiner ni de ranger. J'ouvre le frigo, optant pour un yaourt ou une compote. Il n'y en a plus. Il en restait deux de chaque, j'en suis sûre. J'ouvre une boîte de thon que je mélange avec du maïs et je mange sur un coin de table, sans un mot. J'entends Henry qui se lève et se dirige vers moi. Mon dos se contracte malgré moi.

— Cette odeur de thon après un yaourt à la fraise, c'est juste insupportable !

Je ne sais pas ce qu'il me prend. Je réponds tout de go, sans réfléchir. Ça ne m'a pas réussi la veille, mais là je suis sur mes gardes, un couteau de cuisine en main, fièrement dressé vers le haut. Cela ne lui échappe pas et, pendant une fraction de seconde, ses yeux passent de mon visage au couteau, du couteau à mon visage.

— Françoise Junon, ma responsable, a surpris notre discussion de ce matin. Elle a été témoin de ta violence à mon égard, dis-je.

— J'en ai rien à foutre. C'est ta parole contre la mienne.

— Tu n'as pas compris. Il ne s'agit pas de moi mais d'elle. Elle t'a entendu et c'est tout ce qui compte. Je n'ai rien eu à dire.

Son regard se durcit. Et, comme de plus en plus souvent, il claque la porte et s'enferme dans son bureau. Étonnamment, il n'y a pas de surenchère. C'est si inhabituel que cela m'effraye un peu. Une heure plus tard, il frappe à la porte de ma chambre et me parle doucement.

— Je t'ai fait couler un bain.

— Je n'en ai pas envie, dis-je d'une voix rauque en craignant une avalanche de réactions désagréables. J'ai déjà pris une douche ce matin.

Un court instant, je l'imagine en train de me noyer dans la baignoire. Depuis la veille, ma peur a décuplé et je ne veux prendre aucun risque.

— Ça te fera du bien, insiste-t-il.

— Tu dis toujours que l'on va dépenser trop d'eau. Tu me l'interdis, et même aux filles.

— Oui, mais ce soir, j'y tiens. Pour m'excuser de ma maladresse.

Il entre dans ma chambre et je réalise avec effroi que j'ai oublié de donner un tour de clef. Je suis sur mon lit en train de lire. Il s'approche de moi et je me raidis. Il lève sa main et je ferme les yeux. Il me caresse la joue.

— Je suis trop dur avec toi, je vais faire attention, je te le promets. Pardonne-moi…

Ai-je bien entendu ? Entre mes souvenirs de la veille et ces quelques mots d'espoir, je suis perdue. Que va-t-il se passer ? Il me prend délicatement par le bras et m'emmène vers la salle de bains. Je me laisse faire. Une fois que je suis seule, je ferme tout doucement à clef le loquet et je me déshabille. Instantanément mon reflet dans le miroir m'agresse. J'ai l'impression de voir une étrangère. Je déteste ma maigreur et ma pâleur. Ce n'est pas moi. Je me force à sourire et mes pommettes se creusent. J'abandonne tout espoir de trouver un intérêt à mon image et je glisse dans l'eau savonneuse.

Le lendemain soir, Henry entre dans l'appartement sans faire de bruit et il interrompt mes pensées en me faisant, une fois de plus, sursauter. Je suis dans la cuisine, m'interrogeant sur le menu. Va-t-il dîner avec moi, oui ou non ? Je l'observe, surprise, parce que pour une fois il ne dit rien. Je n'en crois pas mes yeux. Il tient entre ses mains un bouquet de roses blanches. C'est si inattendu que, durant une fraction de seconde, je songe à ma mort. Je prends sur moi pour ne pas céder à la panique. Cette idée macabre s'impose à la vue des fleurs puis elle se mue en crainte à la perspective d'un peu de bonheur qui s'achève toujours en cataclysme. Contre toute attente, il reste gentil. Je me retiens de demander la raison d'un tel revirement car j'appréhende sa réaction. Quel motif peut bien justifier cette délicate attention ? Non. Surtout ne pas demander. Cela va rompre le charme. Je ne saurai pas et tant pis, ça m'est égal. Je ne vais pas tout faire capoter avec mes questions idiotes.

Ma vie est devenue un point d'interrogation permanent qui se termine, la plupart du temps, en cauchemar. Mais pas ce soir. Alors pourquoi mes larmes coulent-elles sans discontinuer ? Un soulagement ? Un peu de répit avant l'orage ?

Le jour suivant, je profite de mon trajet vers la mairie pour appeler ma sœur.

— Ça fait deux jours qu'Henry est formidable. Je n'en reviens pas. J'ai bien fait d'espérer. Du coup, moi aussi je vais mieux. Je me demande parfois si ce n'est pas moi qui vois le mal partout. Peut-être qu'Henry a raison, si ça se trouve, je suis en train de devenir barjo.

— Il est gentil comment ? demande Brigitte. Il dit plus que t'es nulle, que ton travail est débile et que ta famille est casse-pieds ?

— J'ai repris du poil de la bête et, tu sais, il a raison, je me fais exploiter par ma responsable. Je peux t'assurer qu'elle va m'entendre.

— Tu travailles énormément parce que c'est ton exutoire. Ton job est la seule activité qui te permet de tenir en temps normal. Et je t'assure que ta boss n'est pour rien dans tous tes malheurs.

— Oh toi, il faut toujours que tu excuses les patrons sous prétexte que tu en es une !

— Pas du tout. Tu m'as dit que le service de comptabilité est le seul endroit où on te valorise. Je ne l'ai pas inventé. Françoise en profite un peu, sans doute, mais c'est parce que tu la laisses faire. C'est à toi de dire stop.

— Oui, je vais lui dire ma façon de penser.

— Attention, Amandine, ne te trompe pas de cible. Ne te venge pas sur elle seulement parce que tu n'as pas peur d'elle. Cette femme te rend autonome. Ne déverse pas sur elle toute la colère que tu ne peux pas exprimer à Henry.

— Des fois, je me demande si elle ne me fait pas des confidences juste pour m'avoir à la bonne et me demander plus ? Pour créer une dépendance et me garder sous la main.

— Tu vois le mal là où il n'est pas et tu ne le vois pas là où il est !

— Je suis nulle, je connais la chanson.

— Amandine ! Je ne suis pas en train de dire que tu es nulle !

— Si ! Franchement, ce que tu viens de dire m'agresse à un point inimaginable. C'est une insulte à mon intelligence.

— C'est fou. Dès qu'Henry est agréable avec toi, tout le monde en prend pour son grade. Tu t'en rends compte ?

— Brigitte, je t'appelle pour te donner de bonnes nouvelles et regarde où on en est ? On se dispute… Je ne peux pas avoir un peu de répit ?

— OK. Tant mieux si Henry est sympa, je suis contente pour toi. J'espère que ça va durer plus de deux jours, c'est tout. Mais…

Brigitte hésite avant de continuer.

— … Mais ce n'est pas la première fois qu'il est cool pendant un laps de temps très court et qu'il te casse en mille morceaux juste après. Protège-toi, Amandine. Tu ne devrais pas lui faire confiance.

— Peut-être que tu as raison mais j'ai envie d'y croire cette fois.

— Pourquoi ?

— Les filles sont rentrées et il continue à être formidable. C'est comme s'il avait eu un déclic.

— Il te fait le coup chaque fois ! Fais gaffe…

— Brigitte, arrête de voir le mal partout. Je vais bien et je sens que tu es en train de me miner le moral.

— C'est normal ! Henry a cassé ton estime de toi. Du coup, dès qu'on te dit quelque chose, ça réactive cette blessure et ça te rend fragile. Ce type est un monstre !

Je souffle dans le combiné. Ma sœur m'exaspère !

— Tu as envie de m'aider, OK. Mais tu t'y prends très mal. Au sujet de mon mari, laisse-moi un peu d'espoir, s'il te plaît.

Et je raccroche.

Il faut toujours qu'elle accable Henry, même les jours où il est cool, me dis-je à moi-même.

Je rentre du supermarché lorsque je découvre mon époux dans la cuisine. Il coupe des champignons en lamelles tandis qu'une marmite laisse échapper un fumet de viande rôtie et d'oignons confits. Les bras chargés de victuailles pour le dîner, je reste sans voix en me demandant quelle sera sa réaction lorsqu'il verra que j'ai fait les courses.

— J'ai croisé ta patronne et je l'ai invitée à dîner ce soir, comme ça, tu ne pourras pas dire que je t'empêche de voir tes amies.

— …

— Tu n'es pas contente ?

— Si, si.

— Eh bien, sois un peu démonstrative. Quoi que je fasse, ça ne va jamais !

Françoise Junon se présente chez nous avec une excellente bouteille de cahors.

— Jolies fleurs, dit-elle en observant le bouquet de roses qu'a acheté Henry.

— Ce sont ses fleurs préférées, s'empresse de commenter Henry en se tournant vers moi.

Je souris tout en songeant que mon goût va plutôt aux bouquets de mimosa, si vifs, simples, et dont l'odeur reste inimitable. Je demeure pensive quelques instants en réalisant qu'Henry me connaît bien mal. En même temps, je ne vais pas me plaindre. Les roses sont magnifiques. Son commentaire est probablement une manière de mener la conversation. Henry apporte les biscuits apéritifs et s'adresse à Françoise.

— Ma femme se plaint sans arrêt d'avoir trop de travail, alors je me suis dit que pour éviter un clash entre vous, il était important que vous fassiez mieux connaissance. Les liens en dehors du boulot, ça compte beaucoup.

Je viens de prendre une cacahuète et, en entendant ces mots, je manque de m'étouffer. Françoise baisse le nez sur son verre de porto, extrêmement gênée. Je fais semblant de n'avoir pas saisi le message, Françoise de même. Heureusement, le reste du repas se déroule sans encombre. Les filles sont sages et Henry questionne notre invitée sur son travail à la mairie. Il concède être moyennement doué en comptabilité. Le rôti de bœuf est servi avec un confit d'oignons, et Françoise ne cesse d'en vanter le goût et la saveur.

— Au quotidien, c'est mon épouse qui s'occupe du repas mais lorsque c'est un peu élaboré, c'est moi qui m'en charge. Je peux passer des heures à cuisiner. Les plaisirs de la vie, c'est important.

Henry propose que nous restions à « papoter ensemble » pendant qu'il débarrasse la table.

— Prenez votre temps, j'ai prévu de faire une partie de Trivial Poursuit avec les petites.

— Il est tard…, suggéré-je timidement en regardant ma montre.

— Vous voyez, Françoise, je suis brimé dans mon couple. Les fleurs, le repas, les enfants… Je m'occupe de tout mais ça ne va jamais.

Ma responsable sourit mais, la connaissant bien, je perçois un malaise. Est-ce parce que son point de vue me concernant est en train de se modifier ? Je rougis de honte et baisse les yeux. Cela semble encourager Henry.

— Ne sois pas si rabat-joie, reprend-il en souriant. Elles récupéreront samedi, voilà tout.

Zoé, Jade et Lola hurlent leur enthousiasme et courent chercher la boîte de jeu. Je regarde mes filles et mon mari qui jouent ensemble et j'en crève. Je n'existe pas dans cette famille. Je suis la seule à me soucier d'eux au point de m'oublier. L'oubli. Une voix insidieuse me murmure chaque jour un peu plus fort qu'on va en effet finir par m'effacer de cette planète. Je n'appartiens pas à cette vie-là. Je suis comme ce frelon aperçu un jour d'été dans la vasque d'un halogène. Il venait de se brûler les ailes et se savait condamné, alors il expulsait des doses de venin de son dard et, recourbé sur lui-même, il amenait les gouttes de poison jusqu'à ses mandibules. Les insectes n'ont, paraît-il, pas de conscience, il ne s'agit donc pas d'un suicide. La mort comme un réflexe : les ailes brisées, on arrête de vivre. C'était devenu le seul moyen à sa portée de s'enfuir de sa prison.

23

Usurpation d'identité

« Il faut continuer à chercher la vérité. Ne m'abandonnez pas. » La phrase de mon rêve tourne et ne cesse de s'imposer. Au-delà de l'enquête, je me sens lié à cette femme. Est-elle morte ou pas ? Je veux savoir. Je reprends le dossier depuis le début, relis les notes des collègues, et un détail me saute aux yeux. Amandine prenait des antidépresseurs. Qui les lui a prescrits ? Si elle a consulté un médecin, peut-être s'est-elle confiée ? Je m'obstine à penser que nous devons trouver une personne de son entourage non impliquée familialement qui accepte de nous révéler quelle relation exacte liait ce couple.

Christian Berckman et moi nous filons chez le mari pour aborder cette question de médicaments. Pour éviter qu'il ne comprenne où se porte notre intérêt, je décide d'axer la discussion sur Amandine et ses trois filles.

— Veuillez m'excuser mais je dois m'occuper des petites, nous oppose-t-il de nouveau en nous découvrant devant la porte.

Et pourtant je perçois une légère hésitation dans l'inflexion de sa voix, comme si sa curiosité l'incitait à nous garder un peu.

— Nous n'en avons pas pour longtemps. Quelques questions et nous repartons, dit mon binôme en le forçant à reculer pour nous laisser entrer.

— Faites vite, alors.

— Comment ça se passait entre votre épouse et vos enfants ?

— Depuis qu'elle était en dépression, elle n'assumait plus son rôle de mère.

— C'est-à-dire ?

— Elle était à côté de ses pompes. Ailleurs, triste, un zombi, quoi.

— Mais elle était sous antidépresseurs. Est-ce que ça allait mieux depuis qu'elle en prenait ?

— Non, je dirais que c'était différent. Pertes de mémoire, irritabilité, elle s'emportait pour des riens. Ça fait deux mois qu'elle en prenait, c'était peut-être un peu tôt pour des résultats…

— Qui les lui a prescrits ?

— Mon père. Il est médecin et je le remercie sincèrement. C'était devenu vital.

— Pourquoi ?

— Il m'a toujours dit que ces médicaments ne représentaient pas une solution idéale et qu'il réfléchissait toujours à deux fois avant de les proposer.

Disons que c'était faute de mieux. Nous ne pouvions pas la laisser dans cet état. Elle trouvait la vie sans intérêt. Mettez-vous une seconde à sa place : elle se faisait exploiter à son travail, elle n'arrivait plus à gérer les filles, la vie était devenue insipide pour Amandine. Il fallait que je fasse quelque chose pour elle.

— Savez-vous si elle a consulté un thérapeute, un psychologue ?

— Amandine ? Jamais de la vie.

— Bon, nous allons vous laisser.

— Pour quelle raison vous vous intéressez aux médicaments que prenait mon épouse ?

Je réfléchis à toute vitesse et me tourne vers Christian comme si nous hésitions à lui confier la vérité. Et avec un aplomb digne de l'Actors Studio, je lui sers ce mensonge :

— Nous cherchons à savoir si, grâce aux antidépresseurs, elle avait acquis assez d'énergie et retrouvé suffisamment le moral pour éventuellement s'intéresser à un autre homme.

— Vous avez du nouveau concernant… vos autres pistes ?

— Nous avons émis un avis de recherche. C'est une affaire de jours, maintenant.

— Ah. Merci pour l'information.

— Le subterfuge a fonctionné. J'ai l'impression qu'il se ramollit.

— On peut dire ce qu'on veut, il a essayé de l'aider, me confie Christian alors que nous repartons.

— Oui, peut-être…

— Si ça se trouve, on se focalise sur le prof alors qu'il n'y est pour rien.

— Et qu'est-il arrivé à Amandine ?

— Quoi qu'il arrive, elle est morte, et je ne vois qu'un suicide pour tout expliquer…

Je m'abstiens de répondre. Il a raison. À cause du « message » onirique d'Amandine, et si je me fie à mon expérience, la jeune femme est probablement décédée. Mais à l'inverse de Christian, je ne crois pas au suicide et je suis convaincu que son mari est impliqué d'une manière ou d'une autre dans sa mort. Mon téléphone sonne. Il s'agit de Marc Honfleur qui a repris son travail. L'ironie du sort est qu'il m'appelle au sujet de Roland Beys. L'amoureux d'Amandine a appelé le gardien de son immeuble. En apprenant que la police le cherchait dans le cadre de la disparition de la mère de famille, il a pris la décision de se mettre à la disposition des autorités. Il roulait sur l'autoroute A10 en direction de Paris en se demandant à qui il allait s'adresser. Commissariat, gendarmerie, préfecture ? Il n'y connaissait rien. Au péage de Saint-Arnoult, le site faisait l'objet d'un contrôle radar aléatoire. Lorsque Roland Beys a vu les policiers, il est allé les trouver, et sans qu'ils s'y attendent le moins du monde il a décliné son identité et a demandé qu'on le mette en relation avec ceux qui menaient l'enquête concernant Amandine Moulin.

— Les collègues viennent d'appeler, ils seront ici avec Beys dans trente minutes.

Nous filons au troisième DPJ.

Légèrement dégarni, taille moyenne, l'homme présente un physique quelconque. Un costume bleu foncé, élimé aux coudes. Soit il n'est pas soigneux, soit il manque de moyens. Une sorte de fatalisme émane de lui. Nous l'informons que nous allons l'interroger au sujet de la disparition d'Amandine Moulin et nous lui proposons de se faire assister par un avocat de son choix ou un commis d'office. Il refuse d'emblée et précise n'avoir rien à cacher. D'ailleurs, nous n'avons pas besoin de beaucoup le solliciter, il s'épanche avec le soulagement de ceux qui n'ont personne à qui parler. L'homme n'a pas d'enfant, il est en train de divorcer et n'avait d'autre famille que ses parents décédés. Amandine était l'amour de sa vie. Il a fallu qu'elle disparaisse pour qu'il décide de passer à l'action.

Je note qu'il parle d'elle au passé.

— C'est-à-dire ?

— Divorcer de ma femme, Catherine.

— Comment avez-vous su que l'épouse d'Henry Moulin avait disparu ?

— Avant l'été, le 5 juin précisément, nous avons eu une discussion, Amandine et moi. Elle donnait trois mois à son mari pour changer et après elle prendrait les choses en main.

— De quoi se plaignait-elle ?

— Il la terrorisait. Rien n'allait jamais.

Ils sont désormais quatre à prétendre la même chose. Mais un tribunal pourrait reprocher à la famille d'être trop impliquée pour dire la vérité et à Roland Beys d'être un rival du professeur. Il nous faudrait recueillir le témoignage d'une personne qui n'a aucun intérêt quant à l'issue de l'affaire.

— Qu'est-ce qu'elle prévoyait de faire le 5 septembre, selon vous ?

— Je ne sais pas. Amandine avait un mal fou à se décider mais lorsqu'elle prenait une décision, elle s'y tenait. J'attendais cette date comme on attend le Messie.

Il nous relate les faits. À 14 heures, ce jour du 5 septembre, Roland Beys s'était rendu à la mairie sous un prétexte quelconque. Il voulait la voir et lui faire savoir, par sa présence, qu'il était à ses côtés, quoi qu'elle décide.

— Elle ne s'est pas rendue à son travail. Je suis rentré chez moi et j'ai attendu son appel. Rien. En début de soirée, j'ai supposé qu'Amandine souhaitait recevoir un signe de ma part, une sorte d'engagement. Je lui avais dit que dès qu'elle ferait le premier pas, je divorcerais de mon côté. Mais c'était faire preuve d'une grande lâcheté. J'ai pris ma décision et mon destin en main. Mon épouse Catherine est une femme intelligente, très respectueuse. Elle m'a dit : « Ce n'est pas parce que je te ferai vivre l'enfer et que je piquerai une grosse colère que tu me reviendras. Si tu ne m'aimes plus et que tu es sûr de toi, je m'en vais. » Elle a sollicité son frère, récupéré ses meubles, puis elle s'en est allée. J'ai laissé deux jours de plus à Amandine pour réagir ou m'appeler. Toujours rien. Je devais me rendre à l'évidence, elle était partie sans moi. Le 7 au matin, pour éviter de sombrer dans la dépression, j'ai entamé une retraite dans un monastère situé dans les Pyrénées. J'y suis resté cloîtré. Hier, j'ai appelé le gardien de l'immeuble où j'habite pour lui demander de m'envoyer mon courrier, et il m'a appris que la police me cherchait. C'est pourquoi je suis là.

— Avez-vous une idée de l'endroit où elle a pu aller ?

— Si je le savais, je m'y serais rendu.

— Une hypothèse concernant ce qu'il s'est passé ?

— Au bout d'un moment, j'ai réalisé qu'elle ne serait jamais partie sans ses filles. Amandine ne vit pas sous le soleil de Floride comme je l'ai cru au départ. À mon avis, son mari s'est débarrassé d'elle. C'est la seule chose que j'arrive à imaginer. J'ai tourné dans ma tête toutes les possibilités, j'en vois pas d'autres qui tiennent la route. Amandine n'est plus de ce monde. C'est pour ça aussi que je suis revenu à Paris. Il faut que je rattrape le temps perdu.

— C'est-à-dire ?

— La réaction de ma femme m'a ouvert les yeux, mon séjour auprès des moines aussi. Je crois que je fantasmais sur mon ancienne collègue alors qu'elle ne désirait que mon amitié. Si Catherine ne m'en veut pas trop, je vais essayer de la reconquérir.

Voilà pourquoi il a dit qu'Amandine « était l'amour de sa vie ». Il l'évoquait au passé parce qu'il abandonne l'idée d'une vie à ses côtés. Un coup de fil au monastère permet de confirmer ses dires. Roland Beys est arrivé le 7 septembre en fin de journée et n'a pas quitté les lieux une seconde. Durant les trois premiers jours, il est même resté alité, comme anéanti par une profonde torpeur. Les caméras du péage montrent qu'il était seul dans sa voiture aux dates indiquées.

En sortant de la salle d'interrogatoire, je remarque le commissaire Filipo derrière la vitre sans tain. Visiblement, il n'a pas perdu une seconde de nos échanges.

— Vous le relâchez mais vous le mettez sur écoute de manière à obtenir confirmation de ses allégations. Je crois ce qu'il dit mais comme ça on est tranquilles.

— C'est ce qu'on a prévu.

— Bien, en attendant on va se servir de la présence de ce gars et lui faire jouer la chèvre. Votre idée de faire croire à Moulin qu'on se focalise sur un autre que lui est excellente. Il faut franchir un nouveau cap.

— Vous pensez à quoi ?

— Demandez à un de nos gars de téléphoner à la rédaction de BFM et faites-leur savoir qu'un avis de recherche a permis d'arrêter un homme dans le cadre de la disparition d'Amandine Moulin.

— Ça va trop loin. Je ne cautionne pas ce genre de magouille avec les médias au détriment d'un pauvre type.

— Pour obtenir la vérité sur cette affaire ? Si, bien sûr que vous allez le faire.

— Et les parents Lafayette ?

— Je vais les prévenir, ne vous inquiétez pas.

— Et Roland Beys ?

— Ne citez pas son nom, voilà tout. Dictez un texte au journaliste. Nous avons appris par des sources proches de la police judiciaire… patati et patata. Et dans quelque temps on démentira. Allez, Clivel, je compte sur vous !

Filipo claque dans ses mains puis il se dirige vers le huitième étage. J'évite de lui opposer que les médias ne s'intéresseront pas à une disparition. Si on communiquait chaque fois que ça arrive, ça n'arrêterait pas. Mais il va encore me trouver mou. Après quelques pas, il se retourne vers moi.

— Ça fait dix jours que les plongeurs draguent la Seine, sans succès. Le juge voulait arrêter, je l'ai convaincu de continuer. Je vous le dis pour que vous soyez au courant. S'il vous demande un avis, vous allez dans ce sens. Merci, Clivel.

Je le savais. Une affaire dans laquelle le taulier s'implique est un cauchemar. Un coup d'œil à ma montre, 18 heures. Cent vingt minutes avant de revoir Alisha. Je n'ai pas l'envie ni l'énergie de dire à Filipo qu'il doit cesser d'intervenir ainsi dans mon enquête. J'ai d'autres priorités. J'avertis mes collègues que j'ai un rendez-vous important et les mandate sur cette mission délicate avec les journalistes.

— Désolé, les gars, mais ne comptez pas sur moi ce soir.

— Marie ? Sylvie ? Églantine ? lance Christian.

— Je ne touche plus aux filles de passage, réponds-je en riant.

— Hubert, José, Laurent ? suggère-t-il en se moquant.

— Ta gueule, Christian.

— J'ai un autre pronostic, propose Marc. Le petit mot approuvé par Sam a fait son effet et c'est Alisha qu'il voit.

— Voilà, dis-je en me tournant vers mon binôme et en montrant Marc du plat de la main. Ça, c'est un bon enquêteur.

— Oui, réplique notre jeune collègue. C'est pour ça que je savais que Roland Beys était innocent et qu'on perdait notre temps avec lui.

— S'il te plaît, Marc, ne reviens pas là-dessus. C'est facile de dire ça après les vérifs. En attendant, toutes les hypothèses doivent être envisagées. C'est la base, merde ! Je serai intraitable à ce sujet. Bon, foutez-moi la paix avec tout ça, faut pas que je loupe mon rendez-vous avec Alisha.

— Alishaaaaa ! soupire Christian en posant un genou à terre.

— Ouais, vous n'imaginez pas comme je suis heureux.

— Fonce, Yoann. Cette fille est faite pour toi, dit-il en me donnant un coup dans l'épaule.

— Je ne veux être dérangé sous aucun prétexte. C'est mon avenir sentimental qui se joue ce soir.

— Et si on retrouve Amandine ?

— Oui, là, vous m'appelez.

— Et pour des aveux ou une avancée significative de l'enquête ?

— Ça peut attendre demain.

Je donne rendez-vous à Alisha à L'Auberge du Boulevard, porte d'Auteuil. C'est ici que notre relation a commencé. Avec un peu de chance, c'est ici que tout renaîtra. Elle apparaît dans un chemisier qui met parfaitement en valeur sa poitrine généreuse. Des talons hauts, un jean qui moule son cul de déesse… pas de doute, elle cherche à me plaire. Elle s'approche et je me réjouis de voir un éclat dans ses yeux qui ressemble à de la joie. Je saisis sa main et le contact de sa peau me fait monter en température. Mon cœur s'emballe, le sang dans mes tempes marque le tempo, je me sens à l'étroit dans mon corps. Nous restons ainsi, debout à nous tenir la main, sans un mot pendant quelques secondes tandis que nos yeux se disent combien nous nous aimons. Je l'attire vers la salle du bas qui, parce qu'elle n'est pas ouverte au public, est dans le noir. Nous descendons les marches comme lors du tout premier soir, mes mains glissent le long de ses bras, montent à son visage et touchent ses lèvres. Elle pose un baiser sur l'arrondi de mes doigts. La sensation est si forte que l'émotion me submerge. Nous nous embrassons fougueusement.

— Alisha, je t'aime, je n'ai jamais cessé de t'aimer.

Une serveuse descend et allume la lumière. Nos yeux se ferment, éclaboussés par la luminosité froide de la pièce.

— Je suis désolée mais la salle des mariages est fermée. Vous n'avez pas le droit d'être ici.

— On faisait un repérage, dis-je spontanément.

— Ah, répond-elle, surprise.

Alisha fait mine de ne pas avoir entendu mais ses joues s'empourprent sur ce qui était, de ma part, un trait d'humour. Une sorte de réflexe pour faire un bon mot. Le sujet est critique et je m'en veux d'avoir fait le malin. Je passe très vite à autre chose. Nous revenons à une table du rez-de-chaussée en riant. Je me surprends à choisir les mets qu'elle préfère et à évoquer les sujets de la vie de tous les jours, comme si nous ne nous étions jamais quittés. Elle me raconte son quotidien, les gags que lui fait vivre Nathan, son travail à l'université de Paris-Sud. Nous en venons à l'enquête, et elle me supplie de lui en parler. Je lui expose les grandes lignes et lui précise que le mari ne montre ni inquiétude ni impatience, encore moins d'espoir de retrouver son épouse.

— Les seules fois où nous avons eu droit à une réaction digne de ce nom, c'est lorsque nous avons évoqué un éventuel divorce entre eux.

— C'est-à-dire ?

— Une grosse colère. Il s'est mis à hurler.

— La colère est une preuve de peur.

— Peur de quoi ?

— C'est ce que tu dois découvrir.

— Peur qu'elle revienne ? Peur qu'on sache qu'elle l'a quitté pour un autre homme ? Peur qu'on découvre qu'il l'a tuée ?

— J'en sais rien…

— Mon unique certitude est que le mari, plus que tout autre, me paraît impliqué dans ce qui est arrivé à sa femme.

À la fin du repas, Alisha m'invite chez elle. Je laisse mon véhicule au parking du restaurant et m'engouffre dans sa voiture. Elle met le contact et le son de la radio emplit l'habitacle. Un journaliste annonce la mise en examen d'un suspect dans le cadre de l'affaire Amandine Moulin. Je l'éteins aussitôt. Elle me lance un regard surpris.

— Je suis au courant, tout va bien.

Il fait chaud dans l'habitacle de la voiture et Alisha enlève sa veste. Son chemisier bâille légèrement entre chaque bouton, parce que sa poitrine tend l'étoffe. Elle ne porte pas de soutien-gorge et je devine le moelleux de sa peau et un endroit particulier sous le sein gauche, là où se cache un minuscule grain de beauté plus perceptible au touché que visible à l'œil. Je rêve de la voir prendre l'initiative, je l'imagine en train de baisser son pantalon et sa culotte, poser sa main sur mon entrejambe, ouvrir ma braguette et me libérer. J'imagine que j'entre en elle. La sensation est si forte que je crois jouir. Alors, tandis qu'elle s'arrête à un feu rouge, je glisse deux doigts dans l'ouverture de son chemisier. Le contact avec la peau de sa poitrine fait exploser mes sens. Nous poussons tous les deux un puissant soupir.

Le désir est là. Elle se gare très vite sur le bas-côté. Elle saisit ma main et la pose entre ses jambes, sur son jean. J'appuie plusieurs fois, à travers le tissu que je devine humide et elle pousse un autre soupir.

— Prends-moi, Yoann, maintenant.

Heureusement, il n'y a pas d'éclairage dans cette rue perpendiculaire aux boulevards des Maréchaux.

*

* *

Un peu plus tôt, Christian Berckman et Marc Honfleur, casque sur les oreilles, écoutent le nouvel enregistrement d'une conversation qui a eu lieu entre le professeur Moulin et sa maîtresse. C'est lui qui l'a appelée. Le timbre de sa voix n'a rien d'assuré ou d'autoritaire, il semble anéanti.

— *Je ne vaux rien, Magalie, je suis une merde.*

— *Pourquoi tu dis une chose pareille ?*

— *Je fais du mal à tous ceux qui m'entourent…*

— *Amandine ?*

— *Oui. Je n'ai pas réagi de la bonne manière lorsqu'elle… Tu sais, je ne me suis pas comporté… Enfin, je veux dire que je n'ai pas paniqué assez tôt…*

Il étouffe un sanglot.

— *Mais… tu n'y es pour rien, ils viennent d'arrêter quelqu'un. La radio…*

— Je sais. D'un côté je suis soulagé et d'un autre… je me sens toujours en défaut.

— Vis-à-vis de quelqu'un d'autre ?

— Oui. Mes parents…

— Tu m'as dit qu'ils étaient morts !

— Ce n'est pas tout à fait vrai.

La jeune femme se tait et attend qu'il reprenne.

— Je les ai placés en maison de retraite médicalisée. Tous les deux. Il y a six mois, mon père a fait un infarctus, puis un AVC. Il était médecin et travaillait trop. Depuis, il n'a plus toute sa tête. J'ai monté un dossier pour qu'il soit placé et j'ai obligé ma mère à le suivre. Elle ne s'est jamais occupée des comptes de leur couple et a préféré tout me confier. C'est moi qui gère leur argent. Elle doit sacrément le regretter…, dit-il avec un rire de gorge.

— C'est avec leurs économies que tu vas t'acheter l'appartement ?

— Oui. Mais ils ne peuvent rien dire, ils me le doivent en quelque sorte…

— C'est-à-dire ?

— Mes parents sont irresponsables. Je vais te confier un secret que très peu de personnes connaissent. Quand j'avais huit ans, ils m'ont placé dans un centre de vacances et l'un des dirigeants m'a fait des attouchements. Quand je leur ai dit, non seulement ils ne m'ont pas cru, mais en plus ils m'y ont remis chaque été. C'était un ami de la famille. J'ai été trahi deux fois,

par ce monstre et par mes parents qui ont refusé de voir la réalité. Ça m'a brisé.

— Alors tu as raison de te servir de leur argent. C'est le minimum après ce qu'ils t'ont fait ! Et puis tes parents n'en ont pas besoin là où ils sont.

— Tu es gentille, Magalie.

— Alors ça, c'est réglé, tu arrêtes de t'en faire pour tes parents. Et pour Amandine, raconte-moi ce qu'il s'est passé. Je sais que tu es un homme honnête, Henry. Je te connais mieux que toi-même…

— J'aurais dû agir différemment. Je m'en veux tellement.

Henry Moulin se mouche et semble sécher ses larmes.

— Je suis si malheureux, ma chérie.

— Vivre avec des regrets est inutile, il faut aller de l'avant ! Viens à la maison, je vais te réconforter…

Peu après cette phrase, la discussion s'achève entre les amants. Ils ont prévu de se retrouver le soir même, chez elle. Christian et Marc s'observent, stupéfaits.

— Pourquoi il a ce ton plaintif ? C'est la première fois qu'il évoque des remords. Qu'est-ce qui s'est passé ? demande Berckman.

— Tu sais, ce type est dans la maîtrise absolue. C'est peut-être un moyen de se faire plaindre… Pour qu'elle s'occupe de lui. C'est tout.

— Ou peut-être qu'il lâche la bride parce qu'il ne se sent plus en danger.

— Il y a quand même un truc qui m'échappe, ajoute Honfleur.

— Quoi ?

— Comment le père d'Henry Moulin a pu prescrire des antidépresseurs à Amandine il y a deux mois s'il est à ce point diminué et ne travaille plus depuis six mois ?

Christian siffle d'admiration.

— T'as raison ! Puisqu'on sait que Magalie et son Jules sont occupés, j'ai bien envie qu'on se rende dans la maison de retraite pour faire une petite visite aux parents d'Henry. Qu'en dis-tu ?

— Il est tard… C'est parce que Yoann n'est pas là que tu fais du zèle ?

— Pas du tout. Quand il faut bosser, je bosse.

Christian lui lance un clin d'œil. Marc éclate de rire.

— Je sais ce qui te motive. Tu vas pouvoir annoncer à Yoann que l'enquête a avancé alors qu'il se la coule douce. Pour toutes les fois où il t'a fait culpabiliser… Non ?

— Je n'y avais pas pensé, Marc, tu es un génie…

— Tu parles… Par contre, je suis désolé, mais tu vas devoir y aller seul. Ce soir je fête l'anniversaire de mon épouse et elle m'attend.

— J'oublie sans arrêt que tu es marié… à ton âge… C'est fou quand même. Bon vous roucoulez chacun de votre côté toi et Yoann pendant que je fais le job, quoi.

— Tu m'appelles quand tu en sors. Comme ça, s'il faut réagir tôt demain matin, je serai opérationnel.

Christian Berckman se rend à la maison de retraite située en banlieue ouest, dont il a trouvé les coordonnées dans le dossier monté par le commissariat de quartier. Une fois sur place, le chef enquêteur prend les choses en main. Comme à l'accoutumée, il réussit avec une facilité déconcertante à entrer dans le centre malgré l'heure tardive. Les époux Moulin se trouvent dans leur salon privatif et regardent la télévision. Le chef enquêteur se présente et leur demande l'autorisation de poser quelques questions en rapport avec Henry et Amandine.

— Mon mari ne vous répondra pas, il n'est plus en état de le faire. Quant à moi, je n'en ai pas envie.

Effectivement, le mari est affalé, l'air absent. Il regarde devant lui avec des yeux dans lesquels toute vie semble avoir disparu. Un regard défait, transparent, conséquence des dégâts de l'AVC sur son cerveau. Christian insiste auprès de la vieille dame.

— Pourquoi ne voulez-vous pas ?

Elle garde le silence quelques secondes, puis répond.

— Parfois, il vaut mieux ne rien dire pour éviter d'être ensevelie sous des torrents de boue.

— Au sujet de votre fils ?

— Je n'ai plus de fils.

Ses traits sont durs, ses mâchoires serrées, elle saisit la télécommande et monte le son. La messe est dite.

Christian relate l'entrevue à son jeune collègue. Ils décident de chercher la pharmacie où Henry a acheté les antidépresseurs afin de vérifier quel médecin a prescrit les médicaments. Ils se donnent rendez-vous le lendemain matin à 8 heures dans le XVe arrondissement. Après un pianotage rapide sur son smartphone, Marc dénombre sept officines à proximité immédiate de l'appartement des Moulin.

— Je m'occupe de ces quatre-là, tu prends les trois autres, propose Christian.

— OK, qu'est-ce qu'on demande ?

— Tu y vas avec beaucoup d'assurance parce qu'on n'a pas de requête spécifique du juge pour les solliciter officiellement. Tu précises qu'on travaille sur la disparition d'Amandine Moulin et qu'on cherche la pharmacie où elle se rendait habituellement. Tu ne parles pas d'Henry. Il est important qu'ils aient le sentiment d'aider à retrouver une femme et pas l'impression d'incriminer un voisin que tout le monde adore. Les pharmacies ont obligation d'entrer dans leur fichier le nom de la personne indiqué sur l'ordonnance, mais aussi celui du médecin prescripteur et les remèdes achetés. On va trouver, c'est obligé.

— Sauf s'il s'est rendu en dehors du XVe arrondissement…

— Ne commence pas à te mettre des idées pareilles en tête. Sois convaincu et ça va marcher.

La première pharmacie dans laquelle entre Marc est la bonne. Il s'agit de celle qui se trouve à deux cents mètres de l'appartement du couple. Henry Moulin n'a visiblement pas cherché à se cacher. L'officine s'est dotée d'un système informatique qui photocopie chaque ordonnance de manière à ne pas avoir à entrer manuellement toutes les informations requises. Marc observe les six derniers documents au nom d'Amandine Moulin et appelle Christian.

— Cherche plus, j'ai trouvé.

— Géant !

— À partir du mois de juillet, puis toutes les deux semaines, le docteur Victor Moulin, le père d'Henry, a prescrit des antidépresseurs à sa belle-fille.

— Alors que ça fait six mois qu'il est inerte dans son fauteuil avec une sonde dans le bras…

— Attends, le plus beau est à venir. Les médicaments ont été payés avec la carte Visa d'Henry.

— Le mec est tellement sûr de lui qu'il ne doute de rien.

— On a enfin quelque chose contre le mari. Usurpation d'identité, faux et usage de faux.

24

Amandine,
deux semaines avant sa disparition

Je déjeune avec Françoise Junon, ma responsable. Elle part se laver les mains et j'en profite pour réfléchir. J'ai cru aux changements inespérés d'Henry, mais il est redevenu l'homme que je crains. Son attitude prévenante dont je rêve depuis tant d'années n'a duré que quelques jours. Il est plus cyclothymique que jamais, la fréquence de ses sautes d'humeur augmente. C'est même pire qu'avant, comme si sa gentillesse avait amplifié la dureté de ses mots. Je m'en veux tellement... Du coup, j'en viens à douter de la sincérité de Françoise, une des seules personnes qui me témoigne une réelle amitié. Tant pis. Je vais me confier à elle. Au moins, j'en aurai le cœur net.

Nous avons choisi un restaurant coréen très abordable. Le menu est à onze euros et je peux me l'offrir sans avoir le sentiment de faire une folie. Je n'ai pas envie que l'on nous voie ensemble à la cantine de la mairie afin d'éviter les jalousies de nos collègues. Et puis j'ai besoin de lui parler sans prendre le risque que quiconque nous entende.

— Mon répit a duré cinq jours et une fois que le dîner avec toi a été terminé, il a recommencé à me stresser. Je ne sais pas ce qui me met le plus en colère. Le fait qu'il me fasse sans arrêt des reproches ou si c'est d'avoir eu la naïveté de croire qu'il avait changé.

— Je te plains vraiment. Quand je repense à la manière dont il te traitait derrière la mairie et les attentions dont il faisait preuve devant moi, c'est fou.

— Tu me jures de n'en parler à personne ?

— Pourquoi ? Il faut que ça se sache. Tout le monde pense que ton mari est parfait. Si tu ne dis rien, le jour où tu auras besoin de défendre tes droits, les gens croiront que tu es mytho. Ils diront que tu as tout inventé pour obtenir gain de cause. Tu sais, si je ne l'avais pas entendu derrière les poubelles et que je ne me fiais qu'aux échanges durant le repas, j'aurais pu jurer que c'était un type génial et que tu es une casse-pieds.

— Oui, tu m'aurais prise pour une affabulatrice.

— Exactement.

— Françoise, quand Henry dit que je râle contre toi au sujet du boulot, c'est vrai que parfois je trouve que tu m'en demandes un peu trop mais en réalité je suis très heureuse. Je me sens valorisée et très fière de bosser avec toi. Je ne te remercierai jamais assez pour le CDI.

— Oui, ne t'inquiète pas, je comprends.

Je garde le silence quelques secondes avant de reprendre.

— Est-ce qu'il n'a pas réussi, tout de même, à te faire douter à mon sujet ?

— Personne ne peut simuler la peur à ce point. Je t'ai toujours crue et je te crois encore. Et puis… il faut que je te fasse une confidence.

— Quoi ?

Je cesse de respirer et je me rends compte que j'envisage le pire dès que j'ignore ce que l'on va me dire. Est-ce normal d'être à ce point effrayée en toutes circonstances ?

— Cette violence que tu vis dans ton couple, je l'ai vécue moi aussi.

— Ah bon ?

— Je t'ai dit que je connaissais la situation par le biais d'une de mes amies, mais, en réalité, il s'agit de moi. Tu vois, ça fait longtemps déjà que je suis sortie de l'emprise de mon conjoint, de sa perversion. Mais en te parlant l'autre fois, j'ai réalisé que si je ne te l'avais pas dit, d'emblée, c'est que j'avais encore honte de m'être fait manipuler. En parler avec toi, ça me ramène à ce que j'ai vécu et c'est pas évident.

— Ça remonte à quand ?

— Il y a plus de dix ans. Alors, je sais ce que tu traverses. La peur, les doutes, l'avenir bouché, le sentiment de ne plus savoir quoi faire, d'être incapable d'agir, je connais, je t'assure.

— Et comment tu t'en es sortie ?

— J'ai réussi à le quitter avant qu'il ne soit trop tard. J'ai pris le peu de courage qu'il me restait et j'ai disparu, comme ça.

Elle claque des doigts.

— Je n'avais pas d'enfant, c'était plus facile. Et puis je me suis fait aider.

— La séparation est la seule solution ?

— Face à ce genre de personnes, on ne gagne jamais. Si on arrive à fuir, on apprend quelque chose sur soi-même de majeur : le fait de ne plus accepter ce qui est inacceptable pour soi. Une thérapeute me conseillait. Pour que je trouve la force de m'en aller, elle m'encourageait tous les soirs à me positionner devant une glace et je devais dire à voix haute : « Il n'est pas trop tard pour changer. Je refuse d'être sous son emprise et je vais déménager. Je ne laisserai plus personne s'adresser à moi de cette manière. Je suis quelqu'un de valeur et je veux que l'on me respecte. » Petit à petit, j'ai fini par y croire malgré les horreurs que mon concubin me disait.

— Je n'en reviens pas… alors toi aussi ?

— Mais pour être passée par là, je sais une chose : tu vas aller à ton rythme et personne ne doit prendre la décision à ta place. Tu peux compter sur moi pour t'aider mais je ne vais pas te harceler pour que tu le quittes. Ce serait créer une autre pression et ça suffit avec celles que tu vis déjà.

— Merci, Françoise, ça me touche beaucoup ce que tu dis. Mais si tu veux vraiment me prouver que tu es mon amie, tu ne diras jamais rien à personne concernant ce qu'il s'est passé l'autre fois. Tu m'entends ? Jamais.

— Je ne pense pas que ce soit une bonne idée mais je te le promets. Je comprends que tu restes sur cette position actuellement mais tu changeras d'avis, tu verras.

— En attendant, tu me le jures ?

— Oui, Amandine.

— Je le paierais encore plus cher.

— Le jour où tu seras prête à le quitter, sache que je pourrai t'accueillir. J'ai une chambre pour toi et une autre pour tes filles. Ce sera un peu le camping, mais tu cesseras de trembler comme ça.

Françoise m'observe en bougeant la tête de gauche à droite.

— C'est idiot ce que je viens de te dire. C'est trop tôt. Chaque chose en son temps. Il faut que tu te reconstruises, que tu reprennes des forces, et après on verra.

— C'est terrible parce que je sais qu'il faudrait que je parte. Au fond de moi je le sais mais je crois que j'ai plus peur encore de l'inconnu. Tu te rends compte que je préfère l'enfer avec lui, les nerfs constamment à vif… plutôt qu'une vie tranquille mais pleine d'incertitudes.

— Amandine…

— Est-ce que je vais gagner assez d'argent pour payer un loyer ? Est-ce que j'arriverai à faire vivre mes filles décemment ? Comment réagiront-elles si nous sommes en HLM alors qu'aujourd'hui nous avons un bel appartement ?

— Tu ne dois pas t'arrêter à ce qui est matériel !

— Tu es marrante ! C'est la vie concrète. Je ne suis pas autonome financièrement.

— Ça sera peut-être un peu galère au début, mais tu vas trouver des aides. Quand le moral va, tout va…

— Partir implique tellement de changements… C'est comme un saut dans le vide.

— C'est normal que tu réagisses comme ça. Il t'a tellement rabaissée, depuis tant d'années, que tu n'as plus la force de croire que tu peux y arriver seule. Le vrai problème est là.

Comme un aveu, j'enfouis mon visage sous mes mains pour cacher mon désespoir. Comment faire pour m'en sortir ? En suis-je seulement capable ? J'ai tellement honte de me sentir si démunie.

En fin de journée, Françoise dépose un document imprimé sur mon bureau. Il s'agit d'une conférence donnée demain soir boulevard Saint-Germain, à Paris. Le thème : « Perversité et harcèlement conjugal, apprendre à s'en sortir. » L'intervenante se nomme Charlotte Rougaud, psychiatre.

— Perversité et harcèlement conjugal… On n'en est pas là quand même.

— Si. Et le fait que tu ne t'en rendes pas compte est une preuve supplémentaire.

— Je veux bien croire qu'Henry n'est pas facile mais c'est pas un pervers.

— Alors tu sais quoi ? On va y aller ensemble et tu me donneras ton avis après. Ou bien tu te reconnais dans ce qu'elle va raconter… ou pas. Au pire, qu'est-ce qu'on perd ? Deux heures…

— Et Henry, qu'est-ce que je vais lui dire ?

— Il te prévient quand il va au sport ou ailleurs ?

— Non.

— Alors pourquoi tu te préoccupes de l'informer ?

— C'est vrai. Mais il va se poser des questions. Quand je quitte la mairie, je vais chercher les filles et je rentre à la maison. Si je ne lui dis rien, qui va s'occuper d'elles ?

Malgré mes interrogations légitimes, pour la première fois depuis des années, je sens une nouvelle force monter en moi. Pourquoi ne pourrais-je pas me faire plaisir après tout ? Avoir une sorte de jardin secret.

— Je vais demander à la gardienne d'aller les chercher, les petites seront ravies de rester chez elle, elle a un chat adorable et un lapin nain.

Surprise par cette audace, j'ajoute :

— Je dirai à Henry que j'ai un rendez-vous chez la gynécologue. Il ne me pose jamais de question à ce sujet.

— Extraordinaire ! s'écrie Françoise.

Le lendemain, nous nous retrouvons dans la rue, et marchons de concert vers la salle de conférences. Un porche en bois à l'intérieur d'un immeuble haussmannien s'ouvre sur un bel amphithéâtre. Je suis très étonnée, le lieu est bondé. Des femmes, majoritairement. Nous nous installons sur le côté et je sors un petit carnet acheté le matin pour prendre des notes. Charlotte Rougaud s'installe devant le pupitre. Elle dégage quelque chose de sympathique et de bienveillant qui m'aimante. Un visage ovale, des cheveux courts, bruns, des lunettes bleues sur un nez fin. Elle se présente, précise qu'elle est médecin psychiatre et psychothérapeute familiale spécialisée dans le harcèlement moral et la violence perverse. Une journaliste s'assied à ses côtés et commence à poser les questions.

— Pouvez-vous définir ce qu'est un pervers narcissique ?

— C'est un mot à la mode, généralement employé à la va-vite. Il y a beaucoup de confusions. Dès que quelqu'un fait du tort à un autre, on le traite de pervers narcissique. On ne peut pas qualifier tous les comportements déviants de cette manière parce que nous sommes tous un petit peu pervers. La différence entre un pervers narcissique et une personne dite normale est la fréquence à laquelle il use de la perversion. Je précise d'ailleurs qu'on l'observe aussi bien chez les hommes que chez les femmes. Les victimes des vrais pervers narcissiques subissent un harcèlement. Le harcèlement consiste à mettre l'autre sous emprise. Et cette emprise s'apparente à une stratégie en plusieurs étapes. La manipulation commence par des réactions déstabilisantes, des attitudes que la victime ne comprend pas, mêlées à des silences inconfortables qui la mettent sous tension. Le tout est répété sans arrêt, pour la plonger dans l'insécurité et provoquer un sentiment d'impuissance. Une fois qu'elle se sent perdue et qu'elle a peur de mal faire, la descente aux enfers commence. La deuxième étape vise à contrôler ses dépenses. L'argent présente un réel enjeu pour le conjoint pervers. Si sa compagne n'est plus autonome financièrement elle aura toutes les peines du monde à envisager une séparation. Pour éviter qu'elle ne demande de l'aide à autrui, la phase suivante consiste à l'isoler de ses proches en les dénigrant : « Ton frère est orgueilleux, ta mère est vénale, ta cousine raconte partout que tu es nulle, je n'aime pas tes amis. » Il peut trouver une « bonne raison » pour la priver de son téléphone portable. Quand il arrive à la dégoûter de son travail, un palier critique est atteint. Elle perd ainsi son dernier réseau social, l'estime d'elle-même et son autonomie financière. La violence des actes du pervers monte encore d'un cran lorsqu'il s'attaque à son sommeil et, par conséquent, à sa santé. Il fait du bruit en se couchant ou en se levant, lui parle pendant des heures quand elle cherche à se reposer, joue d'un instrument de musique au moment où elle va s'endormir. L'emprise fonctionne. Contrôlée, isolée, harcelée… l'autre s'affaiblit, entre en dépendance, et demeure incapable d'agir. Vient l'humiliation. Il la dénigre, critique son physique et ne répond à aucune demande affective. Il peut aller jusqu'à la menacer. En rabaissant l'autre, le manipulateur a le sentiment de s'élever et de redorer son image. Cette torture mentale, une véritable violence, est permanente et reproduite durant des mois ou des années. Un pervers sait jusqu'où il peut s'acharner. S'il constate qu'il est allé trop loin, il fait marche arrière. Il s'excuse, demande pardon, pleure, et minimise ses actes en évoquant son enfance malheureuse, une mère qui ne l'a jamais aimé, une situation compliquée ou un travail difficile. Il promet qu'il va consulter un psy. Le chantage au suicide est fréquent. Dans ces moments il peut se montrer sincère, attentif et même généreux. Ça ne dure pas. Un cran décisif est franchi dans la perversion lorsque l'homme rend l'autre responsable de tous leurs problèmes de couple et devient violent verbalement ou physiquement. La victime s'isole d'elle-même pour éviter la honte de montrer à ceux qui l'entourent comment on la traite. L'ennui, c'est qu'elle donne encore plus de pouvoir à son bourreau. Toutes ces phases de harcèlement sont stratégiques, l'objectif étant d'amener l'autre à s'autodétruire. Et ça marche. Trop souvent pour les victimes de perversion et d'emprise qui s'écroulent, ce qui apparaît comme des maladies, des attaques cérébrales ou des suicides sont en réalité des meurtres psychiques.

Elle marque une pause avant d'ajouter :

— Je pèse mes mots. Ces meurtres psychiques sont des armes parfaites qui ne laissent aucune trace ni preuve.

— C'est effrayant. Et peut-on reconnaître ces personnes… pour éviter de tomber dans leur piège ?

Un brouhaha fait suite à cette question, comme si l'assemblée l'espérait.

— Eh oui, tout le monde aimerait savoir, réplique la spécialiste en souriant. Malheureusement, ce n'est pas facile à déceler. Un pervers narcissique est un menteur et un manipulateur. Un stratège virtuose du chaud et froid au moment où l'on ne s'y attend pas. La violence qu'il fait subir est d'autant plus terrible qu'il peut dire des choses très dures sans crier ni s'énerver. C'est pour cette raison que je parlais de remarques insidieuses. Le danger, chez le pervers, vient de son aspect normal. Au premier abord, il peut paraître timide, agréable et même très doux. Ce n'est que plus tard que tout se gâte. Entre les mains de cette personne, nous nous sentons coupable et fautive. Nous sommes dépréciées à longueur de temps, nous perdons confiance en nous, nous nous sentons nulle et inutile. Les femmes qui viennent me voir me disent presque toutes la même chose : « Je me laisse aller et je suis moche, il a raison. » Le pervers se nourrit de l'emprise et de l'autodestruction qu'il provoque autour de lui dans un sentiment de toute-puissance. Quoi qu'il se passe, ce n'est jamais de sa faute.

— Est-ce qu'il arrive que les mots s'accompagnent d'agressions physiques ?

— Bien entendu. Mais le harcèlement est tout aussi violent s'il n'y a pas de brutalité corporelle. Pour la simple et bonne raison qu'un coup peut être constaté par un tiers ultérieurement, un mot, non. Il faut donc se justifier, raconter les faits, et on n'a rien de tangible à montrer pour qu'on nous croie. Médecins, policiers, proches… on nous accuse de mensonge. Cette violence est donc vécue comme une double injustice. Comme je l'ai déjà dit, le pervers harceleur est difficile à diagnostiquer parce qu'il n'est pas forcément quelqu'un qui crie tout le temps ou qui nous insulte devant autrui. Le plus souvent, cela se passe sans témoin. C'est quelqu'un qui détruit chacune de nos convictions et qui critique nos actes, quoi que l'on fasse, en donnant le sentiment de nous aider. Si je te dis ça, c'est pour ton bien. Cela donne lieu à ce que l'on appelle des injonctions paradoxales.

— C'est-à-dire ?

— Des reproches contradictoires. Du genre : « Tu travailles trop, si tu voyais ta tête. Et puis bouge-toi, qu'est-ce que tu es molle. » On est placé dans une situation où on ne sait plus quoi faire. S'activer ou ralentir le rythme ? On commence à mouliner dans sa tête, on se sent responsable de la crise, on se remet en question, mais on n'a pas la solution. D'ailleurs, elle n'existe pas. On n'a plus de répit et on finit par s'écrouler.

— Que peut-on envisager dans pareil cas ?

— Se faire aider. Il y a quantité de solutions. L'ennui, c'est que très peu de thérapeutes sont formés pour déceler la perversité et le harcèlement conjugal, et la plupart du temps on passe à côté. Cela vient du fait que les victimes parlent peu de leur conjoint lorsqu'elles consultent. Elles se plaignent d'une fatigue excessive, d'une perte de confiance en elle, ou d'un état dépressif. À cause de l'emprise, la personne n'arrive pas à exprimer sa douleur. Le premier moyen est de l'aider à formuler ses émotions en l'incitant à les verbaliser. Lui montrer comment elle a été manipulée et maltraitée.

— Est-ce que certaines personnes sont plus vulnérables que d'autres au point de devenir les souffre-douleurs d'un pervers narcissique ?

— On ne règle rien avec une étiquette. Mais plusieurs études ont montré une récurrence chez les victimes. On pense souvent que ce sont des personnes faibles, voire idiotes, c'est le contraire. En général ce sont des personnes au fort tempérament, ouvertes aux autres et qui font preuve d'empathie et de générosité. C'est tellement plus jouissif de faire tomber quelqu'un de cultivé, intelligent, sensible et altruiste. Les pervers utilisent cette sensibilité comme une faille. C'est ce qui rend leurs victimes vulnérables. Ils vont vers des individus qui ont une éthique et des valeurs. Ils ne vont pas chercher des personnes narcissiques, égoïstes ou stupides. Ils ont des antennes pour trouver leurs proies. Le travail de sape se renforce avec le temps. Dénigrement, méchancetés, silences culpabilisants, isolement, messages contradictoires, colère, violences verbales, la faute exclusive de l'autre… À terme, la cible confond amour et manipulation.

Je suis tétanisée. Abasourdie. Sous le choc. Françoise a compris, elle me tient la main. C'est tellement soudain. La réalité paraît si brutale que je ne sais pas ce qui est le plus douloureux : le fait qu'un voile se soit levé de mes yeux ou que je me sente coupable de n'avoir rien vu ? C'est trop horrible, je n'ai pas pu vivre comme ça ! Comme si Charlotte Rougaud lisait dans mes pensées, elle poursuit :

— J'insiste toujours sur un point fondamental. Face à un pervers, il est crucial de rassurer la victime. Elle a cherché pendant des années à donner du sens à ce qui n'en avait pas et son cerveau va continuer à résister en niant farouchement, avant d'admettre l'impossible. Il faut donc y aller doucement, user de patience. Il faut reconstruire tout ce qui a été déconstruit par l'autre : c'est-à-dire, en premier lieu, l'estime de soi. On ne peut pas laisser la personne seule, sans intervention, parce qu'il y a eu lavage de cerveau et qu'elle est absolument incapable de prendre des décisions importantes. Il faut donc l'accompagner, mais en douceur. Ne rien brusquer. Et surtout ne pas la juger. Si elle n'agit pas comme nous le ferions, c'est parce qu'on l'a privée de son autonomie et de sa capacité à penser par elle-même.

Un tonnerre d'applaudissements marque la fin de la conférence. Les gens se lèvent, parlent entre eux. Tout le monde semble connaître quelqu'un qui vit cela. Je n'arrive toujours pas à bouger de ma chaise. Françoise se penche vers moi et me demande si ça va. Je hoche la tête tandis que de grosses larmes coulent sur mes joues sans que je n'y puisse rien.

— Un lavage de cerveau…, répété-je.

— Je suis vraiment contente que tu sois venue. Tu en penses quoi ?

— Je me sens si mal, dis-je, le souffle coupé.

— Maintenant, il faut que tu trouves quelqu'un qui va t'écouter sans te juger, que tu puisses vider ton sac. Ce serait bien que tu prennes le temps de revisiter ton passé avec Henry, point par point, pour te réapproprier tes sensations, tes émotions, tes envies. Et à un moment donné, il y a une phase décisive, ça s'appelle le recouvrement d'âme.

— Qu'est-ce que c'est ?

— Un protocole que Charlotte Rougaud a mis en place et dont elle parle rarement en conférence. C'est quelque chose qu'elle réserve aux consultations privées, lorsque la personne est prête à récupérer les morceaux d'âme qu'elle a perdus.

— Qu'est-ce que tu racontes ?

— Tu n'as pas l'impression de te sentir vidée après les remarques d'Henry ? De n'être plus toi-même, d'avoir beaucoup moins d'énergie quand tu es auprès de lui ?

— Si, mais…

— Vois ça comme un protocole de guérison. Ne t'arrête pas sur le terme un peu New Age…

— Tu l'as fait ce truc ?

— Oui.

— Et ça a marché ?

— Oui. La force revient, c'est la fin d'une fatigue chronique, on se prend à sourire de nouveau. Le vide qu'on avait en soi est comblé, on cesse d'avoir peur.

— Comme je t'envie.

— Grâce à cette technique, j'ai réussi à partir et à me reconstruire.

Finalement, peu importe la méthode. Je veux m'en sortir. J'observe mon carnet. En dehors du nom de l'intervenante, je n'ai rien noté, trop absorbée par ce qu'elle disait. Je suis effarée par la béance du précipice que ses paroles ont créé en moi. Son nom sur ma page blanche agit comme une injonction. Je me lève et je cours vers la psychiatre. Une trentaine de personnes tournent autour d'elle, espérant un rendez-vous. Elle se désole de dire non, argumente qu'elle n'a plus de temps, raison pour laquelle elle donne ces conférences afin de toucher le plus grand nombre. J'attends. J'ignore pourquoi, mais j'attends. Une à une, elles s'en vont. Une fois seule, Charlotte Rougaud range quelques affaires dans son sac. Je m'approche d'elle.

— Excusez-moi de vous déranger. J'ai entendu que vous ne preniez plus de nouveaux patients.

— Oui, j'aimerais beaucoup mais il faut que je garde un peu de temps pour ma propre famille…

Sa voix est pleine de compassion. Je continue en lui présentant un papier sur lequel j'ai noté mon numéro de téléphone portable.

— S'il vous plaît, prenez mes coordonnées et donnez-les à votre assistante. Si par bonheur vous aviez un désistement, une place qui se libère, même dans six mois, vous m'appelez et j'accours.

— Entendu. Mais je ne vous laisse pas beaucoup d'espoir.

— C'est pas grave. Merci beaucoup.

Elle regarde le bout de papier que je lui ai donné puis elle me le tend.

— Vous avez oublié d'ajouter votre nom…

Panique. Si elle habite dans le XVe arrondissement et qu'elle connaît Henry, je n'aurai de cesse d'imaginer qu'elle lui répète tout. La seule idée qui me vienne à l'esprit est d'écrire le patronyme d'une amie d'enfance qui vit désormais dans le Sud-Ouest. Je note : Rosa Dutour.

*

* *

Charlotte Rougaud s'éloigne, entre dans sa voiture et, avant de mettre le contact, téléphone à son assistante.

— Annie, demain vous appellerez une certaine Rosa Dutour au numéro suivant. Vous lui direz que nous avons eu un désistement et vous lui donnerez le créneau qui suit ma dernière consultation. Vous n'oubliez pas de déplacer mon dîner avec le journaliste.

— Il ne va pas apprécier, on a déjà reporté.

— Tant pis. J'ai une très bonne raison. En trente ans de carrière, c'est seulement la deuxième fois que je rencontre une personne qui est si détruite psychologiquement qu'elle oublie de noter son nom à côté de ses coordonnées. La première, c'était il y a dix ans. Elle s'est suicidée cinq jours après avoir sollicité un rendez-vous que j'étais incapable de lui donner. Je sais ce que vous allez me dire : je ne suis pas responsable. Certes. Mais je sais désormais déceler l'urgence quand elle est réelle.

*
* *

Il est 11 heures le lendemain lorsqu'un numéro inconnu apparaît sur mon mobile. C'est l'assistante de Charlotte Rougaud. Un désistement de dernière minute me permet d'obtenir un rendez-vous pour le jour même. Une fée vient enfin de se pencher sur mon cas. Je réitère un mensonge à Henry et je file la voir. Elle consulte à Issy-les-Moulineaux, non loin de chez mes parents. Il y a peu de chance qu'elle connaisse mon mari, mais il est trop tard pour revenir en arrière. Pour elle, je resterai Rosa Dutour.

— C'est inespéré, je n'en reviens pas, dis-je à la psychiatre qui me sourit.

— Que puis-je faire pour vous ? ajoute-t-elle.

Je lui relate mon histoire, les débuts fantastiques avec Henry puis la suite, beaucoup moins drôle, et enfin mon espoir qu'il redevienne comme avant. Elle me coupe parfois pour me demander des précisions. Je déverse ma peine comme un long fleuve en crue. Mes crises de panique, mon stress permanent, le manque de confiance en moi, ma difficulté à me concentrer. J'achève mon récit en lui demandant s'il est possible que je sois… perturbée.

— En général j'évite de me prononcer sur une seule entrevue, mais là je peux vous assurer que votre santé mentale n'est pas à remettre en question. Concernant votre mari, est-ce que sa façon de vous traiter vous paraît normale ?

— Il est un peu dur, parfois.

— Comment le prendrait-il si vous agissiez de la même manière que lui ?

Je réfléchis à cette question.

— Il ne le supporterait pas.

— Pourquoi vous le supportez, alors ?

— Je n'en sais rien. D'une certaine manière, je pense que je suis plus forte que lui et que je peux l'aider à aller mieux.

— À force de se surestimer, on tombe. Vous n'avez pas à vous sentir responsable de son mal-être.

— Il ne faut pas que vous vous fiiez uniquement à ce que je vous ai dit. Henry est plus complexe que ça. J'ai aussi mes torts. Si ça se trouve, c'est moi qui le harcèle. C'est pour ça qu'il est si mal dans sa peau.

— Le fait même que vous vous remettiez en question prouve que vous n'êtes pas en cause.

Elle attend quelques secondes avant de continuer.

— J'aimerais vous poser une question à laquelle vous allez me répondre très honnêtement. Vous êtes venue à ma conférence…

— Oui.

— Est-ce que vous vous êtes reconnue dans le phénomène que j'ai décrit ?

Je hoche la tête ostensiblement. Mes yeux se noient sous les larmes qui montent. Je sais où elle veut en venir.

— Qu'est-ce que ça signifie, d'après vous ? me demande-t-elle.

— Que je subis un harcèlement conjugal et une emprise liées à de la perversion.

Elle me tend un mouchoir en papier.

— Et pourtant Henry peut être gentil, vous savez.

— Si la personne violente n'était qu'un monstre depuis le premier jour, personne ne tomberait dans le piège, chère madame. Mais il a été formidable au début. C'est donc qu'il a changé… à cause de vous… Il vous fait croire ça. Sous cette emprise, vous êtes convaincue que votre devoir est de le changer. Mais vous n'y pouvez rien, croyez-moi.

— Il ne me harcèle pas. Ce qui est le plus dur, pour moi, c'est que je ne sais jamais s'il rentre ou pas, s'il dîne avec nous ou pas. Il ne me dit rien.

— L'absence de communication est leur arme absolue. L'autre se trouve obligé d'attendre une réponse qui ne vient pas et de faire des suppositions. Forcément, elle va se tromper puisqu'il s'adapte à son attitude. Rien ne l'arrête et peu importe s'il doit mentir. Ses réactions et ses principes évoluent en fonction de ses interlocuteurs. Mentir, mépriser, provoquer, diviser, dominer, limiter les actions de l'autre et vampiriser sont les techniques qu'il emploie. Un pervers n'a ni scrupule ni remords, il ne lâche jamais sa proie. En alternant le chaud et le froid, il place la victime dans la confusion. La tension est maintenue avec une mise sous stress permanent. Ces individus ne peuvent exister qu'en brisant la volonté et l'estime de l'autre… Raison pour laquelle vous devez prendre soin de vous.

— Je prends des antidépresseurs.

— Qui vous les a prescrits ?

— Mon mari…

D'une certaine manière, un regain de fierté m'envahit en lui confiant cela. Henry s'est occupé de moi.

— Je ne comprends pas, vous m'avez dit qu'il était professeur dans un lycée…

— C'est un de ses amis médecin qui s'en est occupé suite à sa demande.

— Sans vous voir ?

— En effet.

— C'est grave. D'autant qu'il ne faut pas les prendre très longtemps. Les effets secondaires ne sont pas anodins. Vous avez le moyen de retrouver l'ordonnance en question ?

— Oui, je vais essayer. Sinon je vous apporterai la prochaine.

Je lorgne ma montre. 20 h 30. Cela fait une heure et demie que je parle !

— Je vous ai gardée très longtemps en effet et j'en suis la première surprise. Cela ne m'arrive jamais. Vous êtes ma dernière patiente de la journée et il semblerait que vous ayez bénéficié de toute mon attention.

Je me lève comme un ressort. Elle prend son agenda.

— Il faut bien que la chance soit un peu de votre côté. Êtes-vous d'accord pour que nous fixions un autre rendez-vous ?

— Bien sûr.

— Que pensez-vous de la semaine prochaine ?

— Quels sont vos tarifs ?

— Aujourd'hui, vous ne me devez rien, c'est une prise de contact. Et pour les suivantes, mes séances sont remboursées par la Sécurité sociale et votre mutuelle. Je suis conventionnée, me dit-elle.

Un remboursement m'oblige à lui donner mon vrai nom. Tant pis si je dois ponctionner les petites économies auxquelles je ne touche jamais.

— Je préfère vous payer en liquide.

Elle ne se formalise pas, mais je me sens obligée de me justifier.

— Je ne veux pas prendre le risque que mon mari sache que je viens vous voir. Et deux fois par semaine, ce serait possible ?

— Nous allons essayer de trouver.

En sortant de chez elle, la clarté du ciel m'éblouit. Je cesse de courir et mon regard se pose sur le bourgeon d'une rose qui tarde à s'épanouir. J'entre dans mon véhicule et je n'éprouve pas le besoin de brancher la radio. Je redresse les épaules et j'observe les nuages qui s'éloignent de ma route. Le soleil qui se couche ressemble à un ami venu m'apporter une couverture. Le ruban d'asphalte qui me ramène chez moi se transforme en vallée verdoyante et j'entends les oiseaux chanter à gorge déployée. Pour la première fois depuis une éternité, le temps cesse d'être un ennemi. Je viens de me confier comme je ne l'ai jamais fait. Je vois. J'arrive à penser. C'est une première étape.

25

Une amie trop dévouée

— Alors, ta soirée ? me demande Christian.

— Comme si on ne s'était jamais quittés.

— Et la nuit ?

— Il n'y a pas de mots, cinq mois que j'en rêvais.

— Je suis content pour toi, tu feras la bise à Alisha de ma part. Tu veux une autre raison d'être heureux ?

— L'info de la fausse mise en examen de Roland Beys a été relayée par les médias… Je sais, j'ai entendu. Bien joué.

— C'est pas ça. D'ailleurs elle n'a été diffusée que sur quelques radios. Une disparition, c'est pas vendeur.

— Alors quoi ?

— J'attends Marc pour te le dire.

— Putain, Christian, arrête les devinettes.

— On peut pas tout avoir, Yoann. Quand on fait relâche pendant que les collègues travaillent, il faut accepter les règles du jeu.

— Tu me fais marcher. En fait, y a rien et tu me mènes en bateau.

Avant qu'il ne réponde, Marc entre dans mon bureau avec le sourire aux lèvres et s'assied sur ma table avec la décontraction des grands jours. Il se tourne vers Christian qui lui tend la main, l'air de dire « à toi l'honneur ». Notre jeune collègue me résume les écoutes entre Henry et sa maîtresse : les regrets du professeur de n'avoir pas fait ce qu'il fallait concernant Amandine, le fait que cette confidence a eu lieu après l'annonce de la fausse mise en examen, mais aussi la visite de Christian à la maison de retraite, la rancœur de la mère envers son fils, le père, Victor Moulin, qui a perdu la tête il y a six mois, la pharmacie du XVe… et il achève en déposant devant moi les différentes ordonnances falsifiées au nom d'Amandine indiquant la posologie pour des antidépresseurs… Le tout, daté de deux mois plus tôt et payé par le mari.

— Il a profité que son père ne soit plus opérationnel pour lui voler ses documents et prescrire, en son nom, des médicaments à sa femme ?

— C'est ça. Usurpation d'identité, faux et usage de faux. Un bon début.

— OK, mais dans quel but il a fait ça ?

— Pour maîtriser les doses qu'il lui donnait et qu'elle en meure, propose Marc.

— Ça suppose une préméditation. Dans ce cas il n'aurait pas choisi la pharmacie la plus proche de chez eux ni impliqué son père avec ses ordonnances. Ou sinon, il est très con.

— Tant qu'on n'a pas retrouvé le corps, il est tranquille. On ne peut pas prouver l'empoisonnement et il n'a aucune raison de se cacher, argumente Marc.

— C'est vrai…

— Peut-être qu'il ne souhaitait pas qu'elle rencontre un médecin et qu'elle se confie, suggère Christian.

— C'est possible aussi. On a enfin quelque chose à se mettre sous la dent, c'est de l'excellent boulot, les gars.

Christian déambule dans mon bureau en roulant des mécaniques. Je souris en constatant qu'il a suffi que je m'absente pour qu'il prenne des initiatives. Une autre pensée me vient à l'esprit. Je lâche l'affaire pour me consacrer à ma situation amoureuse, et l'enquête avance. J'ai soudain envie de tout arrêter et de retrouver Alisha sous la couette.

— L'image hyper clean d'Henry Moulin est en train de s'effriter, reprend mon binôme. Pour le déstabiliser vraiment et l'obliger à nous avouer ce qu'il a réellement fait, il faudrait recueillir d'autres témoignages.

— À qui Amandine aurait pu se confier ?

— Françoise Junon, sa chef. Depuis le début j'ai l'impression qu'elle nous cache des choses.

— T'as raison, on la convoque.

— Je peux rester pendant son audition ? me demande Marc.

— Bien entendu.

Malgré un grand sourire, la quinquagénaire paraît crispée. Nous lui demandons de nous parler d'Amandine et de la relation de celle-ci avec son mari.

— Est-ce qu'on sait où elle est ? demande-t-elle.

— Pourquoi cette question ?

— Je veux dire, est-ce qu'on est sûrs qu'elle est encore vivante ?

— Qu'est-ce que ça change ?

— Pour garder espoir.

— Vous donnez l'impression que ce que vous dites dépend d'Amandine. Est-ce que votre discours évolue selon qu'elle est vivante ou morte ?

— Je m'inquiète pour elle…

— Vous nous avez dit que votre subordonnée se confiait à vous. Que disait-elle au sujet de son mari ?

— Elle travaillait avec la rage du désespoir. Celui de s'en sortir.

— Arrêtez de tourner autour du pot et répondez-nous.

— Il lui arrivait de penser qu'elle allait le quitter. Mais elle s'inquiétait beaucoup du niveau de vie qu'elle ne pourrait garantir à ses enfants s'ils se séparaient.

— Pourquoi voulait-elle le quitter ? Le couple ne s'entendait pas ?

Elle s'empourpre.

— Comme tout le monde, je pense qu'il y avait des hauts et des bas.

Je me tourne vers Christian et m'adresse à lui devant elle.

— On en a vu des personnes qui s'obstinent à cacher la vérité, mais à ce point, ça faisait longtemps.

— Je… je ne vois pas ce que vous voulez dire ?

— Je ne sais pas qui vous protégez mais vous faites une grossière erreur. Et c'est Amandine qui en paye le prix. Ça vous sera reproché un jour, croyez-le bien. Je vais signaler au juge d'instruction votre refus de coopérer.

Je me lève et je fais mine de sortir du bureau pour passer le coup de fil.

— Ne partez pas, s'écrie-t-elle.

La chef de service cherche ses mots, bafouille, comme si elle voulait dire quelque chose d'essentiel sans y parvenir.

— On va reprendre depuis le début, sans se presser, d'accord ?

En guise de réponse, elle passe une main dans ses cheveux et finit de se décoiffer complètement. Je lui propose un verre d'eau et elle s'apaise. Elle nous explique alors qu'elle avait fait la promesse à Amandine de garder le silence sur ce dont elle avait été témoin.

— Je lui avais donné ma parole. J'ai toujours pensé qu'elle était en vie quelque part et que je devais respecter notre pacte. Mais maintenant, avec le temps qui passe…

La voix de la responsable se brise. Son récit est entrecoupé de sanglots. Elle nous raconte qu'Amandine était détruite psychologiquement par son mari. Il la harcelait et la terrifiait. Une violence domestique quotidienne au sujet des repas, des enfants, de son attitude ou de ses réactions. Rien n'allait jamais. Deux semaines avant sa disparition, lors d'un dîner, elle avait assisté à une altercation entre les époux et à une tentative de manipulation à son encontre aux dépens d'Amandine. Son discours fait réagir Marc qui ne tient plus en place. Il a l'air d'avoir des chardons sous le cul et change de position toutes les dix secondes. J'espère qu'il va se calmer, j'ai peur qu'il perturbe Françoise dans sa déposition.

— Amandine vivait sous l'emprise d'Henry, et si vous jugez ma déposition utile, je suis prête à témoigner.

Combien de fois dans nos enquêtes nous avons pâti de personnes qui sont restées muettes, croyant bien faire, et qui ont ainsi refusé à leur proche une aide précieuse ! Le témoin non impliqué que nous cherchons depuis le début se trouve devant nous et s'exprime enfin, sans aucune limite.

— Il est temps que ces hommes qui harcèlent le payent ! s'écrie-t-elle en essuyant ses larmes.

À ce moment précis, Marc Honfleur, qui tenait sa tête entre ses mains, se redresse. Les sourcils froncés, il prend sa chaise et se rapproche d'elle.

— Ces hommes ? Que voulez-vous dire ? demande-t-il.

— J'ai vécu la même chose qu'elle, cette violence conjugale… Mon ex-conjoint me harcelait également.

Merde ! C'est pas bon, ça. Si ça se trouve, elle fait un transfert de son couple sur celui d'Amandine et son témoignage est bidon, pensé-je tandis qu'Honfleur poursuit.

— Votre collègue le savait ?

— Oui, je lui ai raconté. Comme je m'en suis sortie, je pensais qu'elle pourrait profiter de mon expérience et qu'elle quitterait son mari à son tour. Je m'en veux tellement de n'avoir pas réussi à la convaincre de partir à temps et pourtant j'ai insisté…

— Qu'avez-vous fait ?

— Mon ex était moins tordu que le mari d'Amandine. J'ai disparu du jour au lendemain. Il s'y attendait si peu qu'il n'a pas réagi. Il est tombé en dépression et, de mon côté, lentement, je me suis reconstruite. J'ai réussi à ne plus lui en vouloir même s'il n'a jamais reconnu ses torts. Au début, lui pardonner était inenvisageable mais j'y suis arrivée. La clef, c'est que je l'ai fait pour moi, pas pour lui. Il fallait que je sorte de ma position de victime.

Françoise Junon nous parle d'elle et semble revivre ses anciennes blessures. Elle oublie que ce qui nous importe, c'est la teneur des discussions qu'elle avait avec sa subordonnée. Je vais la remettre sur le chemin, sans la brusquer.

— Et vous lui avez proposé de faire quoi, à Amandine ?

Françoise reste songeuse quelques instants, semblant se remémorer ses souvenirs, puis elle ajoute :

— Je l'ai amenée à une conférence sur la perversité et le harcèlement conjugal. Elle devait ouvrir les yeux sur sa condition. Il y a un moment où il faut avoir la force d'appeler un chat, un chat. Henry Moulin est un pervers narcissique. C'est-à-dire un menteur et un manipulateur. Avant, Amandine n'était plus capable d'agir par elle-même. Grâce à ce qu'elle a entendu ce jour-là, elle a repris du poil de la bête et a commencé à considérer son mari différemment. Elle a cessé de tout lui pardonner et de croire qu'elle était la cause exclusive de leurs problèmes de couple.

Je me souviens des propos de Brigitte, sa sœur, qui avait fait le même constat quelques semaines avant le 5 septembre. Amandine n'acceptait plus de porter seule la culpabilité de l'échec de leur mariage. Cela me rassure et je me remets à considérer le témoignage de Françoise comme finalement exploitable.

— La veille de sa disparition, elle m'a confié vouloir demander le divorce et je lui ai de nouveau proposé de venir s'installer chez moi avec les filles. C'était crucial. On sait que les déferlements de violence interviennent au moment de la rupture.

Nous échangeons un regard avec Marc et Christian. Le scénario se confirme. Le mobile d'Henry Moulin paraît clair : il ne voulait pas que sa femme le quitte.

— Elle m'a dit qu'elle allait y réfléchir et qu'on en reparlerait le lendemain.

Françoise avale sa salive comme si elle se brûlait la gorge, puis elle achève avec ces mots :

— Je ne l'ai plus jamais revue.

Marc Honfleur, bouleversé, reconduit Mme Junon à l'entrée du troisième DPJ.

26

La découverte

Une odeur agréable de pain grillé, de café et de thé à la bergamote me réveille. Perdu quelques secondes, je réalise que je suis dans le lit d'Alisha. Je l'entends. Elle rit doucement avec son fils Nathan. Ils doivent prendre leur petit déjeuner dans la cuisine. Les vêtements d'Alisha sont tels que nous les avons jetés hier soir. Nous avons fait l'amour comme si nos corps n'en formaient qu'un. Je suis heureux. Un rayon de soleil entre dans la chambre à travers les vieux volets de bois et je songe aux plaisirs simples de la vie de couple. J'enfile mon pantalon et ma chemise froissée en regrettant de n'avoir pas prévu de rechange. Lorsque j'entre dans la cuisine, Nathan s'éclaire.

— Tu as beaucoup dormi ! lance-t-il.

— Il est tard, bonhomme ?

— Ben oui, il est presque 8 heures…

Nathan se lève à 7 heures pour aller à l'école et il a le sentiment que j'ai fait la grasse matinée.

— J'ai passé une très bonne nuit, dis-je en caressant les épaules d'Alisha.

Elle me sourit.

— Miel ou confiture d'abricot ?

— Je vais me faire une tartine de chaque.

Je finis mon café lorsque l'état-major m'appelle. Avant même de décrocher, je m'isole, assailli par un mauvais pressentiment. L'information tombe, brutale, avec ce petit quelque chose d'irréversible qui semble présager une autre nouvelle, bien pire. Les plongeurs viennent de trouver une chaussure dans la Seine. Un escarpin noir pointure 39 avec une grosse boucle carrée rouge. A priori, celui d'Amandine. L'ADN confirmera. Une chaussure, cela signifie en principe que la découverte du corps va suivre. Je suis comme anesthésié. Elle visitait mes rêves… de quoi expliquer cette sidération irrationnelle qui persiste en moi. Puis le vide se mue en colère. Depuis quand est-elle là, seule, abandonnée de tous dans l'eau du fleuve ? Aurais-je pu empêcher sa mort ? Je me ressaisis. On n'a pas de corps, je ne dois pas porter de conclusions hâtives. Après quelques instants, je contacte le capitaine qui supervise les recherches. Il m'apprend qu'ils ont déniché sa chaussure à Argenteuil, plus de vingt kilomètres en aval du pont Mirabeau, coincée sous un arbre déraciné, certainement portée par la dérive du courant.

Les analyses ADN tombent. Il s'agit bien de la chaussure d'Amandine. Mais alors, pourquoi un seul escarpin et pas l'autre ? Et où est le corps ? Très souvent, lors d'une enquête, tant que rien ne vient confirmer le décès, le réseau familial et professionnel reste dans une attitude prudente et circonspecte. Mais avec ce genre d'élément, les choses se précipitent. J'ai bon espoir que des remords incitent des témoins à s'épancher. Voilà pourquoi je file dans le XVe arrondissement et annonce au mari la découverte que vient de faire la fluviale. Henry Moulin s'assied sans un mot sur le premier fauteuil venu et se prend la tête entre les mains. Lui aussi a compris ce que ça signifie. Pour la première fois, il paraît réellement accablé. Nous verrons bien comment il réagit sur les écoutes. Je lui précise que je me charge de prévenir sa belle-famille. « Merci », me dit-il d'une voix éteinte. Je téléphone à Brigitte pour lui annoncer que j'ai des nouvelles pas très bonnes et je lui demande si elle préfère rester dans l'incertitude, tant qu'on n'a rien de définitif, ou si elle souhaite connaître chaque avancée même si cela peut provoquer des craintes injustifiées. Elle insiste sur l'intérêt d'être au courant de tout et m'invite à me rendre chez ses parents pour informer la famille au complet.

Paul semble très affecté. Il pose une main sur son cœur et, pendant quelques secondes, il n'arrive plus à respirer. Francine est livide, comme pétrifiée. Je la sens lointaine, comme si elle ne réalisait pas ce que ça implique. Un processus normal lorsqu'on est en état de choc. Brigitte la tient serrée contre elle. Le père s'éloigne dans le couloir et nous l'entendons pousser un cri d'animal blessé. Leur fille se lève et court vers lui pour le réconforter.

— J'irai jusqu'au bout pour que vérité soit faite, chuchote la mère d'une voix tremblante. Je veux savoir ce qui est arrivé à ma fille.

— Vous pouvez compter sur moi, je ne lâcherai pas.

Brigitte revient seule, envahie par la tristesse.

— Il est effondré, il n'arrête pas de pleurer, dit-elle.

Elle se tourne vers sa mère et tente de la rassurer :

— Tant qu'on n'a pas… il reste un espoir.

— Votre fille a raison.

Je les laisse à leur chagrin. Brigitte me raccompagne.

— Si je ne vois pas son corps de mes propres yeux, je douterai jusqu'à la fin de mes jours. Je ne pourrai pas m'empêcher de me demander si elle est vivante ou pas. À quel endroit ont-ils trouvé sa chaussure ?

Je lui propose de l'y amener au cas où le lieu ferait sens pour elle. Elle informe ses parents qu'elle les laisse seuls une heure avant de revenir et me suit. Nous faisons le voyage dans mon véhicule, sans un mot. Je sens son émotion s'intensifier au fur et à mesure que nous approchons. À un kilomètre du lieu, une petite route longe la Seine et nous l'empruntons. Un ruban jaune délimite le site et nous ne pouvons plus avancer. Je me gare près de la berge. Non loin de nous, trois canots de la fluviale et quantité de plongeurs sont à l'œuvre. Depuis la découverte de la chaussure, des renforts ont été mandatés. L'endroit ne lui évoque rien. À l'ombre d'un grand arbre et des regards, Brigitte s'agenouille et pose une main sur l'herbe.

— Je te demande pardon, Amandine. Pardon de n'avoir pas compris ce que tu vivais, pardon d'avoir cru qu'il te restait un peu de force pour fuir, pardon d'avoir pensé que c'était facile de quitter ce monstre, pardon de n'avoir pas mieux accepté ta détresse au point que la seule fin possible pour toi c'était ça. J'ignore ce qu'il s'est réellement passé mais peu importe. Je vais laisser faire l'univers. Ce flic-là, qui s'occupe de l'enquête, j'ai l'impression qu'il croit à l'implication de ton mari et j'ai envie de le laisser faire. Oui, l'univers décidera qui doit être puni et à quel moment. Je m'en remets à cet homme. Je t'aime, Amandine, et je te chérirai toujours.

Je suis touché par sa confiance. De retour dans la voiture en direction de Paris, je lui demande des précisions.

— Vous avez parlé à voix haute. Je suppose qu'il m'était donc permis d'entendre le message que vous avez adressé à votre sœur.

— Oui.

— Vous avez une idée de ce qu'il lui est arrivé ?

— Non mais, comme vous, je suis convaincue que son mari est responsable.

Elle a lu en moi. Mes certitudes à l'encontre d'Henry Moulin n'ont jamais été aussi fortes. Je la dépose chez ses parents et je repars. Un rayon de soleil m'éblouit et je pense à Amandine. Amandine qui se rattachait à la vie en chantant à tue-tête. Sans même y réfléchir, je branche la radio et choisis la fréquence de Nostalgie qu'elle affectionnait tant. Une chanson de Charles Aznavour emplit l'habitacle. « Emmenez-moi au bout de la terre, emmenez-moi au pays des merveilles… » Je songe à mes collègues qui se moqueraient de moi s'ils me voyaient et, un sourire triste aux lèvres, je fredonne le refrain en me rendant au troisième district de police judiciaire.

27

Amandine,
une semaine avant sa disparition

C'est la quatrième fois que je me rends au cabinet de la psychiatre Charlotte Rougaud et je trouve dans ces consultations un réconfort inespéré. Elle me rassure et me demande mon avis sur chacune des situations en m'encourageant à prendre du recul sur les événements. De cette manière, je n'ai pas l'impression qu'elle cherche à m'influencer.

— Vendredi, j'ai vécu une situation… assez effroyable. Je ne sais pas comment je l'aurais pris si je n'avais pas assisté à votre conférence. Peut-être que je n'aurais pas voulu y croire tellement c'était odieux. Vous allez me prendre pour quelqu'un de naïf, mais malgré toutes nos discussions je suis quand même tombée de haut. Je pense qu'il fallait que je vive cette situation pour réaliser…

Je n'arrive pas à achever ma phrase.

— Racontez-moi.

— J'étais en train de fouiller le bureau d'Henry pour chercher l'ordonnance de mes antidépresseurs quand il est entré dans l'appartement. Je n'ai pas réfléchi, je me suis cachée derrière les rideaux en priant pour qu'il ne les ouvre pas. Il croyait être seul et il s'est changé en téléphonant à quelqu'un. J'ignore si c'était un homme ou une femme…

— Peut-être que vous n'avez pas voulu savoir… mais en général on comprend assez vite si c'est un homme ou une femme à la façon dont la personne s'exprime avec l'autre, vous ne croyez pas ? dit la psychiatre.

— Vous avez raison. C'était une femme, mais je n'ai pas voulu y prêter attention sur le moment.

Je cache mon visage entre mes mains qui tremblent de nervosité ; mélange de peur, de honte et de colère.

— Il s'est mis à parler de moi. Je vais être honnête, je préfère ne pas me souvenir de ce qu'il a dit parce que c'était hideux. Je l'ai vu tel qu'il est, un être méchant, orgueilleux, menteur, et qui se gargarise de son pouvoir sur moi en prétendant que je le manipule.

— Qu'avez-vous fait ?

— J'aurais aimé lui enfoncer son stylo plume dans la bouche jusqu'à l'étouffer avec son propre sang. Mais j'ai attendu qu'il parte se doucher pour quitter l'appartement sans faire de bruit. Je me suis enfermée dans ma voiture et j'ai fait le tour du périphérique. J'ai mis la radio à fond et j'ai chanté à faire éclater mes cordes vocales. Puis j'ai fait semblant d'arriver. Comme d'habitude, il m'a ignorée.

— Vous aimez chanter ?

— Oui. Il n'y a que ça qui me permette de faire tomber la pression.

— C'est un très bon exutoire. Vous avez trouvé un moyen d'évacuer un trop-plein de colère. Chaque fois que votre mari vous agresse, pensez à une chanson que vous appréciez de manière à ne pas vous laisser encombrer par ses propos. N'hésitez pas à imaginer un miroir tourné vers lui pour qu'il se reflète et que ses mots et son énergie destructrice ne vous touchent pas. C'est une petite technique pour aider le mental à se protéger. Une solution de confort immédiate. Pour le reste, avez-vous songé au long terme, madame Dutour ?

Ah, c'est vrai ! Je lui ai donné un faux nom… Pour elle, je m'appelle Rosa Dutour. J'ai du mal à m'y faire. Maintenant que je la connais mieux, je trouve ce changement de patronyme puéril. Même si elle avait connu Henry, elle est médecin et sait faire la part des choses. C'est trop tard. Si je lui avoue que j'ai menti, elle risque de remettre en question tout le reste. Tant pis.

— Il faudrait que je le quitte mais je ne sais pas si j'en ai le courage.

— Si vous n'avez pas la force de le faire pour vous-même, faites-le pour vos filles.

— Vous pensez qu'il peut s'en prendre à mes enfants ?

— Pas directement. C'est plus insidieux. Il s'attaque à leur sens de la réalité, à leur moralité, à la place de la femme dans un couple, à la représentation même de la famille. Or, ce sont des enfants en construction, de futurs adultes. Quelle sera la normalité pour elles, plus tard ? Rappelez-vous ce que vous m'avez raconté lundi. Il a emmené les enfants en week-end à La Baule, sans vous y convier. Quel message donne-t-il à vos filles ? Qu'on est mieux sans maman… Que vous ne méritez pas de vacances ? Et puis lorsque votre fille aînée souhaite acheter un bol pour le petit déjeuner à l'effigie d'une jument parce qu'elle adore les chevaux, il le prend… pas pour elle… mais pour lui. C'est d'une perversité sans nom.

— Je sais bien. Mais si je le quitte… Je vais où avec mes trois filles ? Avec quel argent ?

— Il existe peut-être une solution auprès de vos proches.

— Et vous ne pensez pas que je pourrais lui parler ? Lui faire entendre raison… On repartirait de zéro.

— Un pervers garde le même objectif, quoi qu'il arrive. Il manipule la vie de l'ensemble de son entourage. Il est fier de ce qu'il est et de ce qu'il fait subir aux autres. Il ne ressent pas de culpabilité et quand il prétend s'en vouloir, c'est pour qu'on s'apitoie sur son sort. Tout est calculé. Il maîtrise tout, c'est ça qui compte pour lui. La manipulation de l'autre est jubilatoire pour lui. Il est capable de faire croire tout et son inverse, c'est sa manière de tester son pouvoir sur autrui. Et ça marche si bien que l'autre peut avoir l'impression qu'il est affectueux à son égard. C'est faux. Il en est incapable.

— Ce tableau est effrayant. Il n'y a donc aucun espoir qu'il change un jour ?

— Il l'aurait déjà fait. Objectivement, regardez. C'est lui qui a un problème de comportement et c'est vous qui prenez des médicaments. Vous allez voir un psy et pas lui… Au fait, vous avez apporté votre ordonnance ?

— Il a dû la cacher, je ne l'ai pas trouvée.

— Vous n'achetez pas vos médicaments vous-même ?

— C'est mon mari qui s'en occupe.

— Pourquoi ?

— Je n'en sais rien, je ne me suis pas posé la question. Il arrive avec les boîtes de cachets et je les prends. Le conflit est constamment présent dans ma vie… alors je ne vais pas chercher à créer des situations de stress supplémentaires pour des choses qui n'en valent pas la peine.

— Je comprends que vous n'ayez pas envie d'être à l'origine de nouvelles rivalités avec votre mari, mais vous pensez que votre santé est un sujet qui n'en vaut pas la peine ?

— Si, si…

— Ne lui en parlez pas, trouvez l'ordonnance et amenez-la à notre prochain rendez-vous.

— Oui.

— La semaine prochaine, nous aborderons une phase très importante qui va vous permettre de vous libérer de son emprise et de retrouver votre plein potentiel. Je vous expliquerai comment on fait, c'est une sorte de protocole et vous déciderez par vous-même le moment opportun de le mettre en pratique. Il n'y a que vous pour juger quand ce sera approprié. Vous et personne d'autre.

— Oui, une amie m'en a parlé. En quoi ça consiste ?

— Je vous expliquerai, c'est très simple.

— Merci, merci de m'aider. Je n'arrive pas à réaliser que je vais y arriver grâce à vous. L'espoir revient en moi, vous savez.

— Tant mieux. À très vite.

Terriblement surprise par la force qu'insuffle en moi cette nouvelle séance, je file chez mes parents en espérant leur donner un peu de réconfort. J'ai envie qu'ils me sentent différente, qu'ils comprennent que je suis en train d'évoluer et que ma vie va changer. Ils sont âgés, je me dois de les préparer. Durant dix-huit ans, j'ai défendu Henry malgré leurs mises en garde. Si je pars, vont-ils comprendre ? Sur la route, je m'interroge. Comment ai-je pu tomber amoureuse d'un homme aussi odieux ? Les propos de la psy me reviennent. Mensonges, manipulations. Il n'a jamais tort, j'ai été maintenue dans la confusion… C'est déconcertant.

Mon père est absent, il donne des cours de mathématiques à trois jeunes du quartier. Ma mère boit un thé en m'écoutant.

— Plus le temps passe et plus je me rends compte que l'attitude d'Henry à mon égard n'est pas normale.

— Je suis heureuse de te l'entendre dire.

— C'est quand même bizarre d'être à ce point maltraitée par son mari et de ne se rendre compte de rien. Je ne comprends pas pourquoi je me suis laissé faire comme ça.

— Il t'a rabaissée pendant si longtemps. Personne n'en sortirait indemne. Mais tu sais, il n'est jamais trop tard pour réagir, ma fille.

— Oui, j'en ai conscience.

— Il faut que tu fasses attention avec un homme comme Henry. Si tu fais un pas de travers, il t'attendra au tournant.

— Qu'est-ce que tu veux dire ?

— Ne prends pas de décision hâtive sans tout maîtriser. Pense à tes filles. Et n'hésite pas à nous solliciter. Tu n'es pas seule, Amandine. Ta sœur t'aidera aussi, si besoin.

— Ce que tu dis à propos d'Henry est atroce.

— Henry a la mâchoire d'un pitbull. Il ne lâchera rien.

28

Les confidences d'une algue

J'ai hâte de recevoir les résultats des analyses de la chaussure d'Amandine. Quantité d'informations peuvent éclairer l'enquête et nous aider à lever le voile sur certaines interrogations. À quel endroit est-elle tombée dans le fleuve ? Était-ce au pont Mirabeau comme semble l'avoir démontré Bestof, le chien pisteur ? À Argenteuil, là où l'escarpin a été trouvé ? À mi-chemin entre les deux ? Ou encore ailleurs ? S'est-on débarrassé de cette chaussure récemment ? Va-t-on y trouver des taches de sang ? Des empreintes ou les traces ADN d'une autre personne ?

Le lieu où cette chaussure a rejoint le fleuve revêt une réelle importance. En reprenant la chronologie des événements, nous savons qu'Amandine et son mari communiquent par téléphone à 13 heures et qu'ils se trouvent tous les deux dans le XVe arrondissement de Paris, dans la zone qui comprend le lycée et leur appartement. Le portable de la jeune femme cesse d'émettre à 13 h 40, probablement lorsqu'il tombe à l'eau puisqu'il a été retrouvé dans la Seine à côté du pont Mirabeau. La découverte de la chaussure semble indiquer qu'Amandine est décédée. Si on l'a assassinée, une des hypothèses est d'envisager qu'on s'est débarrassé de son corps dans le fleuve. Si cet événement s'est déroulé à Argenteuil, Henry Moulin ne peut être tenu pour responsable. Il retire de l'argent à 13 h 50 dans le quartier de Beaugrenelle près de l'endroit où habite sa maîtresse et il est impossible de couvrir cette distance en seulement dix minutes. Le plus rapide que l'on ait réussi à reconstituer est un trajet de quinze minutes en moto. Par contre, si c'est à Paris, Henry Moulin se trouvait à proximité immédiate et peut matériellement être impliqué.

Je regarde ma montre. Il est 11 heures. La journée va être longue. Hâte de quitter le boulot. Je me lève pour me préparer un café. Un coup d'œil à côté. Marc et Christian sont absents. Quel subterfuge mon binôme a-t-il élaboré pour manquer à l'appel ? Il est probablement en train d'échauffer ses pouces pour sa prochaine partie de poker, mais où est Honfleur ? Son retard est inhabituel. Je l'appelle, il ne répond pas. Je lui laisse un message : « Marc, je t'ai demandé de me dire où tu vas et ce que tu fais, merci de me rappeler. » Je m'assieds derrière mon bureau et la pluie se met à tomber en un fracas assourdissant derrière les fenêtres du troisième DPJ. Je touille mon Nescafé pendant cinq minutes sans me rendre compte que je regarde les gouttes sur la vitre, le cerveau vide. Je porte le breuvage tiède à mes lèvres et le pose brutalement sur la table au moment où Marc me téléphone.

— T'es où ? lancé-je d'un ton exaspéré.

— Chez moi, pourquoi ?

— Chez toi ?

— Ben oui. On a deux jours de récup, lance-t-il.

Je me frappe le front.

— Quel con !

— Eh, Yoann…

— Oui ?

— Je suis plus un bleu. Fais-moi un peu confiance, d'ac ?

— D'ac.

Je quitte le bureau en me maudissant. J'ai sermonné Marc sans raison et j'ai surtout raté une nuit et une grasse matinée en compagnie d'Alisha. Je file chez elle. Mais auparavant, pour éviter de reproduire l'erreur de l'autre fois, je glisse dans un sac de voyage deux chemises, un pantalon, des caleçons et deux paires de chaussettes. Coup de chance, on est mercredi et Alisha prend sa journée pour rester avec son fils.

— Est-ce que ça t'ennuie si j'occupe une petite partie de ton placard pour mettre quelques affaires ? lui demandé-je.

— Non, mais ça va te coûter cher…

— Quoi ? dis-je en la prenant dans mes bras.

— Devine…

— Un mariage ?

C'est sorti tout seul. Je ne sais pas ce qui m'a pris. Cette fois-ci ce n'est pas un trait d'humour. Depuis la reprise de notre relation, j'y pense à chaque instant. Je veux vivre avec elle, me réveiller auprès d'elle, découvrir des choses sur moi-même et prendre le temps de communiquer avec elle. Si je n'officialise pas notre amour, avec qui le ferai-je ?

— Tu es sérieux ?

— Oui. Je t'aime et je ne veux plus te perdre.

Nous nous serrons fort l'un contre l'autre. Je love ma tête dans son cou et je sens nos cœurs qui battent à l'unisson. Mes poumons se gonflent en même temps que les siens. C'est comme si nos corps accordaient le mélange subtil de nos énergies.

— Je n'ai jamais été aussi heureuse.

— Mes sentiments se sont exprimés tout seuls, mais si t'es d'accord, on va laisser mon cerveau de célibataire se faire à cette idée tranquillement…

— Tu veux dire qu'on va pas se marier demain ? s'exclame-t-elle en riant. T'inquiète pas, Yoann, on a le temps. Je ne suis pas pressée.

— Ne t'en fais pas non plus. Ce ne sont pas des mots en l'air, je te le promets. Je tiens à te faire une vraie demande, un événement que tu n'oublieras pas…

Elle glousse de bonheur et propose à Nathan de préparer un gâteau au chocolat… pour fêter ça, ajoute-t-elle en me faisant un clin d'œil. La voir rayonner ainsi conforte ma pensée. Il est temps que je mûrisse et que je tire un trait sur mes déboires amoureux.

— On fête quoi ? demande le fiston.

Alisha s'apprête à lui répondre, mais je lui coupe la parole.

— Le fait que je sois devenu un grand garçon…

— Ah, c'est ton anniversaire ?

— En quelque sorte…

— Et t'as quel âge alors ?

— L'âge d'arrêter de déconner.

Il pouffe en regardant sa mère et pose la main sur sa bouche.

— Il a dit un gros mot !

Elle lève les yeux au ciel en jouant le jeu, comme si elle était outrée. Le petit éclate de rire en voyant la mimique d'Alisha.

— Je peux vous aider à préparer le gâteau. Je suis un incroyable assistant, dis-je.

— Fais gaffe, Nathan. « Assistant », pour Yoann, ça signifie qu'il va lécher chaque plat en faisant semblant de les nettoyer.

L'enfant réfléchit quelques secondes.

— Moi, je suis déjà un bon assistant. Mais il peut y avoir deux assistants dans la vie. Comme ça, maman ira plus vite et on pourra le manger plus tôt.

Mon téléphone sonne. Ma pause aura été de courte durée. Il s'agit du commissaire Filipo. Je fronce les sourcils en m'éloignant dans le salon pour éviter qu'Alisha et Nathan n'entendent la conversation. J'ai peur qu'on m'annonce la découverte du corps d'Amandine.

— Vous feriez mieux de venir, la PTS vient de mettre en avant des résultats significatifs.

Je respire. Pas de corps, l'espoir est encore permis.

Connaissant le parti pris du commissaire, j'ai l'intuition que cette nouvelle accable Henry Moulin. J'embrasse Alisha et demande à Nathan de me mettre de côté une énorme part de gâteau au chocolat. Il acquiesce en plissant les yeux. Je pense qu'il est en train d'imaginer la taille de la part.

Les prélèvements sur la chaussure d'Amandine ont réussi à mettre en évidence la présence de quelques diatomées bien spécifiques. Cette algue appartient à une famille de phytoplanctons qui se développe dans tous les milieux aquatiques mais celle-ci possède la particularité de vivre dans les eaux froides, exclusivement. Les eaux de la Seine, assez chaudes, en sont exemptes. Or, à proximité du pont Mirabeau, le bateau *Crippen* présente un système de refroidissement industriel non utilisé en France qui impose de reverser de l'eau glacée à l'extérieur du bâtiment. Voilà pourquoi ces algues se développent seulement à cet endroit précis du fleuve. Cette constatation permet aux équipes scientifiques d'établir avec certitude le lieu où la chaussure est tombée dans la Seine : à Javel Haut, près du pont Mirabeau. Je prends le temps d'appeler Romain Lenoir pour lui signifier que son saint-hubert a fait de l'excellent boulot puisque c'est le lieu exact où son chien a achevé la piste d'Amandine. Hélas, les autres investigations demeurent stériles. Aucune goutte de sang, d'ADN étranger ou d'empreintes ne sont mis en évidence sur cet escarpin.

— On commence à engranger pas mal de matière, mais ça ne suffit pas, commente le commissaire Filipo. Il nous faut d'autres billes.

— On a le témoignage de Françoise Junon, la collègue d'Amandine. Elle dit qu'Henry la harcelait.

— Je veux une bombe ! Un truc qui lui explose à la gueule.

— OK, OK.

— Son alibi, là, ça tient toujours ?

— La bibliothécaire ? Sa maîtresse… Pourquoi elle changerait de discours ? Ils se sont revus dernièrement. Il y a peu de chances qu'elle l'incrimine alors qu'ils couchent ensemble.

— Vous mollissez, Clivel. Vous lui mettez devant les yeux le témoignage de la chef d'Amandine. Vous lui faites comprendre que la prochaine cible de ce pervers, c'est elle, et ça m'étonnerait qu'elle reste de marbre. Si elle ne change pas d'avis par solidarité féminine, je vous fiche mon billet que ça va réveiller des craintes qui sommeillent déjà en elle et qui ne demandent qu'à être stimulées. Rappelez-vous comment il s'est adressé à elle l'autre jour…

Il a raison. Ça peut marcher.

— Sauf si elle persiste à le défendre…, dis-je néanmoins.

— Bon Dieu, il va falloir vous secouer, mon pauvre Clivel. Depuis quand vous vous trouvez des excuses ? Allez ! achève-t-il en frappant dans ses mains.

Je ne supporte pas quand il joue les maîtres d'école. Par contre, j'ai un peu de mal à me reconnaître. Et si l'amour endormait mes réflexes d'enquêteur ?

Je convoque Magalie Sylvestre pour une audition libre et demande à Christian de me rejoindre au plus vite. Nous ne serons pas trop de deux pour la cuisiner.

Le revirement de situation est spectaculaire. Nous prenons soin de raconter à la jeune femme ce qu'Henry faisait vivre à Amandine en lui présentant une copie des témoignages de Françoise Junon et Roland Beys, sans préciser que ce dernier avait des vues sur la jeune femme. Dix minutes plus tard, elle revient sur ses affirmations. Magalie Sylvestre ne soutient plus son amant ! Je suis surpris d'une évolution si rapide. Peut-être n'est-elle pas suffisamment amoureuse pour prendre le risque de continuer à le couvrir ? La perversité d'Henry lui a-t-elle sauté aux yeux ? A-t-elle désormais peur de lui ? Quoi qu'il en soit, elle garde le silence en lisant et relisant les procès-verbaux, puis elle ouvre les vannes. Le 5 septembre, Henry la retrouve chez elle vers 14 heures et non pas à 13 heures comme elle l'a affirmé initialement. Il ne reste que trente minutes en sa compagnie durant lesquelles il ne prononce pas une seule fois le nom de son épouse. Elle s'en souvient parce que c'était vraiment inhabituel. Il ne ratait jamais une occasion de l'accabler. Parfois, elle avait l'impression qu'Amandine vivait avec eux tellement il parlait d'elle ! Elle acceptait tant bien que mal cette impression de ménage à trois parce qu'elle le croyait malheureux. Elle achève son récit en répétant que ce jour-là, il n'a pas dit un mot la concernant et qu'il a fait preuve d'un calme olympien.

— Il paraissait apaisé, conclut-elle d'une voix empreinte d'aménité.

La jeune femme semble agir sans colère ni vengeance et montre un vrai soulagement. Christian et moi nous sommes convaincus qu'elle vient de se libérer d'un fardeau qui lui pesait. Elle ajoute avoir menti parce qu'Henry le lui avait expressément demandé. Filipo, là encore, assiste à l'audition. Notre commissaire jubile. Il ne commente ni n'entreprend rien, mais il donne l'air de savourer la perspective de représailles tardives.

29

Détention provisoire

Tous nos soupçons se portent sur le mari. Nous avons un mobile, Amandine souhaitait le quitter, il s'y opposait. Une chaussure qui laisse à penser qu'elle a été tuée. Une algue qui prouve que ça s'est passé non loin de là où il était et qu'il a eu le temps de se débarrasser d'elle. Et le témoignage de Françoise Junon sur le fait qu'il la harcelait. Pour finir, Henry Moulin a menti à plusieurs reprises et n'a plus d'alibi. Vis-à-vis de la justice, il devient le principal suspect. En concertation avec Filipo et le juge, nous décidons de le mettre en garde à vue. Je note sur mon carnet les éléments incriminants en notre possession.

- Il ne s'est jamais inquiété du sort de sa femme.
- Depuis le 5 septembre, il n'a pas essayé de la joindre sur son numéro de téléphone pour vérifier si elle était vivante, comme s'il savait qu'elle ne pouvait répondre.

• Il nous a menti une première fois en prétendant être au lycée l'après-midi du 5 septembre à partir de 13 heures.

• Il a menti une deuxième fois en racontant qu'il était chez sa maîtresse. Or, il n'était à aucun de ces deux endroits à cette heure.

• Il a obligé Magalie Sylvestre à mentir pour lui assurer un alibi.

• Il a menti une troisième fois en prétendant qu'il était fidèle alors qu'il trompait son épouse.

• Il est physiquement dans la zone où la chaussure de son épouse tombe dans la Seine.

• Il a usurpé l'identité de son père médecin.

• Il a falsifié ses ordonnances pour administrer des antidépresseurs à son épouse.

• Il la violentait moralement et la manipulait.

• Amandine voulait divorcer, il y était catégoriquement opposé, ce qui lui confère un mobile pour se débarrasser d'elle.

• Et le plus tordu de l'affaire est qu'il souhaitait se barrer vu qu'il cherchait un nouvel appartement sans l'avoir mêlée au projet.

Je prends soin d'avertir les parents Lafayette que leur gendre va passer un peu de temps avec nous. Ils vont se rendre chez Henry pour récupérer les filles et s'en occuper. Nous allons lui faire cracher ce qu'il a dans le ventre et le mettre face à ses contradictions. Christian m'accompagne pour l'arrêter. C'est un de ces moments solennels où l'enquête prend un vrai tournant. Je mets le contact et la radio se met en marche, paramétrée sur la station Nostalgie. Herbert Léonard chante « Pour le plaisir », et Christian, d'abord surpris, s'esclaffe littéralement.

— Eh ben, si je m'attendais à une chose pareille… Tu vas t'acheter la compil de Nana Mouskouri pour Noël ?

La situation est cocasse et je ne suis pas surpris que Christian en rajoute.

— Attends, je t'explique. Tu sais, Amandine, là, elle vient dans mes rêves…

— Pas besoin de te justifier, mon gars. Elle ressemble à Alisha, c'est normal que tu aies eu envie de la sauter.

— Ne parle pas d'elle comme ça ! Je suis pas en train de te parler de fantasme mais d'un rêve bien réel. Comme un cauchemar, quoi. Un truc qui me prend la tête depuis des mois.

— Oh, c'est bon. Qu'est-ce qui te prend ? Je plaisante, c'est interdit ?

— C'est indécent, merde !

— Allez, ça y est, le Basque et le Breton sont en mode explosif. J'ai dit quoi, j'ai fait quoi, c'est quoi le problème ?

Je me pince l'arête du nez, ma colère monte. Je serre mon poing si fort que les jointures deviennent blanches. Mon binôme me connaît par cœur et décide de calmer le jeu.

— Excuse-moi, Yoann, j'ai cru que tu déconnais. C'est quoi ton rêve ?

Mes griefs retombent aussitôt.

— Non… mais… Je m'en veux en fait. J'ai le sentiment qu'elle a fait appel à moi pour que je l'aide et quand on voit le résultat…

— Elle a disparu le 5 septembre et tu ne la connaissais pas avant. Tu m'expliques comment tu pouvais intervenir ?

— Justement. J'arrive pas à comprendre la finalité de ces rêves.

— La finalité ?

— Ce qu'elle attend de moi.

— J'en ai aucune idée.

— Faut que je trouve le moyen de me connecter à elle. C'est pour ça…

— Quoi ?

— Radio Nostalgie. Elle écoutait cette station tout le temps. Son père, sa mère, sa sœur, tout le monde nous l'a dit.

— Ah. Tu cherches à entrer dans la peau du personnage, tu t'imprègnes d'elle…

Je tape dans le dos de Christian pour son effort de compréhension. Et tout en prenant un air très sérieux, il continue :

— Bon, le jour où tu décides de coucher avec Henry Moulin pour t'imprégner profondément, préviens-moi quand même… Que je fasse pas de nouvelle gaffe.

Je lève les yeux au ciel en souriant.

— T'es vraiment trop con.

Arrogant jusqu'à présent, Henry Moulin est désormais moins expansif. A-t-il eu connaissance des aveux de sa maîtresse concernant son faux alibi ? Une fois dans la salle d'interrogatoire, nous tranchons dans le bifteck.

— Nous avons recueilli plusieurs témoignages. Tous disent que vous harceliez votre épouse et qu'elle vivait l'enfer.

— Qui ça ?

— Vous le découvrirez lors de la procédure, dis-je.

— Si c'est son ami, là, c'est bidon, il était amoureux d'elle !

— Vous le découvrirez lors de la procédure, renchérit mon binôme avec autorité.

— Ce sera ma parole contre la leur, assène-t-il. Vos tentatives d'intimidation m'exaspèrent.

— Vous ne devriez pas le prendre sur ce ton.

Il lève les bras au ciel dans un geste d'impuissance. Je poursuis dans la foulée.

— Nous avons noté plusieurs mensonges dans vos déclarations. Vous avez d'ailleurs obligé votre maîtresse à mentir pour vous fournir un alibi.

Il garde le silence et se fige un instant avant de reprendre une posture inébranlable.

— Vous avez volé les ordonnances de votre père qui n'est plus en activité et vous vous êtes fait passer pour lui. Vous encourez une peine de dix ans de prison pour usurpation d'identité. Vous avez ensuite prescrit des antidépresseurs à votre épouse. Faux et usage de faux, c'est passible de trois ans. Si ces médicaments ont causé sa mort, on entre dans la préméditation, et un assassinat, c'est perpète.

Il ouvre la bouche mais aucun son n'en sort.

— Si vous étiez disposé à nous dire ce qu'il s'est réellement passé, vous allégeriez votre cas, dit Christian dans l'idée de lui lancer une perche.

— C'est du bla-bla tout ça. Non seulement les médocs ne l'ont pas tuée mais j'arriverai à prouver qu'ils l'ont maintenue en vie plus longtemps que prévu. Je l'ai aidée ! Elle était suicidaire et elle me doit tout, hurle-t-il soudain.

Je le croyais anéanti par nos arguments mais il n'en est rien.

— Chaque mensonge sera comptabilisé comme une preuve de votre culpabilité et vous le savez. Ça fera germer la graine du doute dans l'esprit des jurés. Alors réfléchissez bien à ce que vous allez dire. Reprenons depuis le début. Que s'est-il passé la journée du 5 septembre ?

— J'ai déjà tout dit.

— Votre mauvaise volonté joue contre vous…, ajoute Christian avec un air sincèrement désolé.

Henry Moulin a face à lui un bluffeur de premier ordre et j'ai peine à ne pas sourire. Les épaules du professeur s'affaissent. Il donne enfin un signe de lâcher-prise.

— J'étais au lycée et j'ai déjeuné sur place. Amandine m'a appelé, je ne sais plus pourquoi. Je ne l'ai pas revue. L'après-midi j'ai rejoint Magalie Sylvestre chez elle. Point final.

— Il y a un trou dans votre emploi du temps. Qu'avez-vous fait de 13 à 14 heures ?

— Je me suis rendu à pied chez ma maîtresse.

— Une heure pour faire un kilomètre, ça ne tient pas. Même ma grand-mère va plus vite. Je vais vous dire comment ça s'est passé, affirme mon binôme. À 13 heures, votre femme vous téléphone et vous donne rendez-vous. Le coup de fil dure dix secondes. Vous vous rejoignez au bord de la Seine. Elle vous annonce qu'elle veut divorcer. Vous ne supportez pas qu'elle veuille vous quitter. Alors vous la poussez, elle se cogne contre la berge en pierre et se noie. Vous n'avez plus qu'à confirmer les faits. Si vous jouez le jeu, on peut vous aider à présenter les choses sous leur meilleur angle. La dispute a mal tourné. Après, les choses s'enchaînent sans qu'on y réfléchisse. Un geste de trop… c'est presque un accident.

L'idée est de banaliser les événements pour l'inciter à avouer. Et une fois que tout est écrit noir sur blanc, la justice tranche.

— Ça ne s'est pas passé comme ça et vous ne m'aurez pas en essayant de m'amadouer.

— Aucun problème, on peut jouer les bourrins aussi, dis-je en suivant les rôles que nous nous sommes fixés, mon binôme et moi. Nous savons que vous n'avez pas impliqué Amandine dans la recherche de votre appartement. Vous aviez prévu d'y vivre sans elle… probablement après l'avoir tuée. Nous avons deux témoins qui sont prêts à l'affirmer au tribunal. En soignant la présentation, je suis convaincu que les jurés croiront à la préméditation. Vous préférez quelle méthode ?

Henry Moulin paraît sidéré.

— Je ne prononcerai plus un mot, achève-t-il. Et je veux mon avocat.

L'enquête est requalifiée. Le juge ouvre une information judiciaire contre « X » pour violences psychologiques et empoisonnement ayant conduit à la mort. C'est la première fois qu'un juge définit le harcèlement conjugal comme une violence. Par ailleurs, il a tenu à ce que les médicaments soient notifiés en empoisonnement pour une bonne raison : ce sont les seuls faits réellement tangibles en notre possession. Tout le reste repose sur des témoignages et peut donc être mis en défaut par une habile défense. En l'état, le juge considère que la disparition d'Amandine n'est pas volontaire. La piste criminelle devient notre unique option. Malgré un bon avocat et l'absence de preuves à charge, le professeur de français est maintenu en détention provisoire. Trop de points restent obscurs et en particulier son emploi du temps.

Cette absence d'alibi peut éveiller les suspicions mais est-ce que cela suffira pour le faire condamner ? Nous devons recueillir des preuves de sa culpabilité et nous n'en avons pas.

La journée a été longue et je suis harassé. Je rentre chez Alisha sur la pointe des pieds. Il est tard et tout le monde dort. Un mot m'attend sur la grande table en chêne de la cuisine : « Si tu n'as pas dîné, un morceau d'omelette aux champignons t'attend dans le garde-manger à côté du pain et du fromage. Ainsi qu'une part de gâteau XXL, découpée par Nathan. Bisous fort. » J'ouvre le placard grillagé et prends le tout. Le fils d'Alisha a déposé un papier sur l'assiette : « T'as vu, je suis sympa quand même. » Il m'a laissé les deux tiers du plat. Le fondant au chocolat me fait saliver et je ne résiste pas à croquer dedans. Tant pis, je finirai par l'omelette. Avant de tout engloutir, je coupe la moitié du gâteau et le remets dans le garde-manger. Je retourne le papier et je note à l'intention du garçon : « Moi aussi, non ? » Je m'apprête à ranger mes couverts dans le lave-vaisselle lorsque j'entends gratter à la porte. À tous les coups, c'est Derrone, le père d'Alisha. Le vieil homme dort très peu, il a vu de la lumière dans la cuisine de sa fille et il ne résiste pas à l'envie d'un brin de causette. J'aime beaucoup discuter avec lui parce que, même s'il est guérisseur et travaille en magnétisant, il considère avec bienveillance ceux qui ne croient pas aux phénomènes inexpliqués. Grâce au fait qu'il ne juge personne et à son côté non militant, il gagne en crédibilité. Je lui demande ce qu'il pense de la persistance de la présence d'Amandine dans mes rêves. Il sort une pipe et me propose que nous nous installions dans le salon.

— Tu te réveilles avec des souvenirs précis et des messages qui les accompagnent, une sensation étrange qui laisse l'impression d'avoir vécu quelque chose de réel, et six mois plus tard tu te les rappelles encore comme d'un événement qui compte…

— C'est exactement ça.

— Je te l'ai déjà dit, ce ne sont pas vraiment des rêves.

Il sourit en levant les épaules. Il a l'air amusé que je n'arrive pas à l'intégrer.

— Pendant le sommeil, le mental se débranche, et tout ce qui paraît inenvisageable à notre cerveau cartésien devient possible. Voler dans les airs, nous rendre à l'autre bout de la planète et même entrer en contact avec l'énergie de personnes défuntes ou vivantes. Une connexion que la science accepte de plus en plus en l'expliquant par la physique quantique. Mais peu importe. Ne sous-estime pas ces rêves. Il est indéniable que tu as un lien avec cette femme.

— Qu'est-ce que je dois en faire ?

— J'ai l'impression que tu restes sur le mode passif. Tu attends qu'elle prenne contact. Ça ne marche pas que dans un seul sens. Montre-lui que tu sais que c'est elle. Ce soir, juste avant de te coucher, tu lui parles à haute voix et tu lui demandes clairement de te mettre sur la voie. Le matin, tu n'oublies pas de la remercier, c'est important. Et tu répètes cette requête jusqu'à ce que tu te rappelles ton rêve et le message qui va avec.

— Vous croyez…

— Je ne crois pas, j'en suis sûr, Yoann. Cela fait si longtemps que nous nous sommes coupés de notre spiritualité que la nuit reste le seul moment où nous entrons en contact avec le mystérieux, malgré nous. Pendant notre inconscience. N'est-ce pas passionnant ?

— Bon. Je ne risque rien d'essayer.

— Et tu n'oublies pas de remercier, répète-t-il en se levant.

Je me glisse dans le lit aux côtés d'Alisha. Les yeux ouverts dans le noir, je m'adresse en chuchotant à Amandine, le plus sérieusement du monde.

— Toi et moi, nous sommes connectés par les rêves. Jusque-là je n'ai pas pu t'aider comme je le voulais. Donne-moi un message, fais-moi comprendre comment je peux favoriser l'émergence de la vérité. Je suis ton porte-parole, guide-moi. Merci, Amandine.

Je ne me souviens plus du moment où je m'endors. Il est 5 heures du matin lorsque je m'éveille en sursaut. La pâleur du jour s'infiltre par les persiennes. Dans les mouvements désordonnés de mon sommeil, je me suis enroulé dans la couette, tirant tout à moi et privant Alisha de sa chaleur. Elle dort sur le côté, dos à moi. Elle porte un petit boxer en dentelle qui lui rentre dans les fesses. Elle est magnifique. Je la recouvre délicatement et me cale contre mon oreiller. Mes pensées sont nettes. Je n'ai pas rêvé d'Amandine. J'étais au bord de la Seine et, sans que je puisse rien y faire, une force me soulevait de terre. On m'arrachait du sol, de plus en plus haut, jusqu'à ce que j'arrive en orbite, dans l'espace. Comme un satellite. Je continuais à voir ce qu'il se passait sur terre avec une précision déconcertante. Je suivais des yeux un bus rouge empli de touristes, une ambulance avançait rapidement, et c'est là que je me suis réveillé.

30

En orbite

Une idée s'impose depuis mon réveil. Prendre de la hauteur. Comment prendre plus de hauteur qu'en étant dans l'espace ? Des satellites sont-ils assez puissants pour offrir des photos de Paris sur lesquelles nous pourrions zoomer ? Si oui, combien de temps sont conservés ces documents ? Avec un peu de chance et l'aide de la technologie, nous pourrions consulter des photos datées du 5 septembre. Un moyen de lire le passé et de connaître les faits qui ont précédé la disparition d'Amandine. J'allume l'ordinateur d'Alisha et tape « Vision de la Terre par satellite ». Les premières occurrences présentent un organisme public, l'Agence spatiale européenne (ESA) dont le siège est à Paris. Apparemment, ils possèdent différents programmes d'observation qui capturent des images, de trois cents mètres à quelques dizaines de mètres au niveau du sol : des photographies susceptibles d'être utilisées pour observer les moindres recoins de la planète ainsi que l'impact des activités humaines. Mon pouls bat à deux cents à l'heure. Une joie indicible m'envahit. À la manière dont les idées s'imposent depuis hier soir, je crois aux résultats de cette piste.

Je me douche rapidement et fonce au bureau en me faisant la réflexion que c'est le deuxième jour de récupération que je grille. J'appelle Filipo sur son portable, ce qui nous est clairement déconseillé, sauf extrême urgence. L'appareil sonne trois fois avant qu'il ne réponde. Au ton de sa voix, je le réveille.

— Oui ? aboie-t-il.

— C'est Clivel. J'ai besoin de votre aide parce que je pense avoir trouvé le moyen de remonter le temps.

— Mais vous êtes fou, bon Dieu, de quoi parlez-vous, il est 6 du mat' !

Une goutte de transpiration s'écoule entre mes omoplates lorsque je réalise l'heure qu'il est. Je lui explique mon raisonnement. Si je passe par la voie administrative, on en a pour plusieurs semaines avant un accès aux images. Je poursuis :

— Il nous faut un passe-droit. Je n'ai aucun piston dans cette branche et vous avez le bras long. J'ai pensé que…

— OK, OK. Vous avez bien fait. Un de mes amis connaît un des astronautes qui a voyagé à bord de la navette spatiale *Discovery*, il a forcément des relations là-bas. On va faire une demande officielle mais on va doublonner par ce biais pour gagner du temps. Je vais insister sur l'urgence de notre démarche.

Filipo argumente en faveur de la recherche de la vérité lors d'une instruction judiciaire, et l'ESA, sans hésiter, nous prête main-forte au-delà de nos espérances. Ils nous mettent en relation avec le Centre national d'études spatiales et avec le ministère de la Défense qui ont, eux aussi, des systèmes de surveillance de notre territoire très performants. Nous sollicitons l'ensemble des organismes de manière à obtenir une combinaison des captures de tous les satellites disponibles : les *Earth Explorers*, les sentinelles du programme *Copernicus* de l'Union européenne qui offrent d'excellentes résolutions des sols et de l'urbanisme, mais aussi la série des satellites *Spot* et *Pléiades* du CNES et *Hélios* du ministère de la Défense. Tous leurs documents sont prévus pour être stockés et conservés sans limite de temps. Si chaque satellite a pris au moins une photo de la zone ce jour-là, on devrait pouvoir consulter une trentaine d'enregistrements à la date du 5 septembre. J'espère que la majorité des horaires des prises de vue concordera avec l'heure de la disparition d'Amandine. Le lendemain soir, nous récupérons, tous satellites confondus, quatorze photos prises le jour « J ». C'est moitié moins que ce que j'imaginais. J'appréhende de découvrir l'instant exact des clichés. Un, deux, trois, quatre, cinq, six, sept… Les premiers ont été pris avant midi, soit en dehors du créneau qui nous intéresse. Putain de merde. Je parcours rapidement l'heure indiquée sous chaque fichier. Les deux dernières photos ont été capturées autour de 17 heures.

Aucun intérêt. Restent cinq images satellites dans la tranche horaire comprise entre 13 et 14 heures. C'est inespéré et en même temps bien peu pour raconter soixante minutes d'un drame potentiel. Suffiront-elles à éclairer le passé ? J'angoisse de découvrir ce qu'elles montrent. Je clique dessus, elles vont nous parvenir en haute définition.

Le téléchargement des différents fichiers prend cinquante minutes et je ne sais plus comment occuper mon temps. Va-t-on connaître le déroulé des événements ? Henry et Amandine se sont-ils battus ? L'a-t-il poussée dans la Seine ? A-t-il demandé à un tiers de l'aider ? Était-elle vivante au moment de tomber dans le fleuve ? Christian et Marc sont présents. Le moment est grave à plus d'un titre. Et puis, nous allons découvrir si cette technique est exploitable et si c'est le cas, bon nombre d'affaires pourront solliciter ces scans providentiels de la Terre. Filipo en est conscient, il vient de nous rejoindre et ne me quitte plus d'une semelle. Il pourra s'enorgueillir de son service pionnier dans l'utilisation de cet outil pour les enquêtes. Un « ding » caractéristique de l'achèvement du téléchargement se fait entendre. Je cesse de respirer et je clique sur la première photo. Mes collègues se rapprochent et, coude à coude, se penchent sur l'ordinateur. Je zoome sur le XVe arrondissement en me focalisant sur le fleuve et le pont Mirabeau. La première image, celle de 13 h 10 n'offre rien d'intéressant. Je peste intérieurement. Plus que quatre photos. À 13 h 13, deux personnes se trouvent à droite du pont. D'un côté, un point en forme de huit sur l'écran. À l'ombre portée d'une jupe qui s'évase, il s'agit d'une femme. On dirait une fourmi d'une teinte bleu pâle. La photo la montre en compagnie d'une autre personne en rouge bordeaux. Les battements de mon cœur s'accélèrent lorsque je me rappelle qu'Henry possède une veste de cette couleur. En revenant sur le premier cliché, nous constatons que la femme était assise sur un muret non loin de là, et en repérant la tache rouge nous établissons avec certitude le point de départ de l'autre personne dans la rue Auguste-Vitu, là où est situé le lycée où travaille le mari.

— Yes, s'écrie Marc en levant le poing.

— Henry a rejoint Amandine, ajoute Filipo avec un peu plus de retenue.

Nous continuons. Le cliché de 13 h 29 présente ces deux mêmes personnes, toujours face à face. Leur échange dure depuis seize minutes. Plus que deux photos. J'ai peur que l'expérience ne nous permette pas d'aboutir à une conclusion. Je clique sur l'avant-dernière avec une certaine appréhension. L'image de 13 h 31 est plus nette que toutes les autres. Une définition dix fois supérieure. L'homme s'est éloigné. Mon pouls s'accélère : la femme est à terre.

— Ahhhh, s'écrie Marc comme si on le touchait au cœur.

Je me tourne vers lui et l'interroge du regard. Il est d'une pâleur extrême. Il cligne des yeux pour signifier qu'il va bien mais des gouttes de sueur perlent sur son front. Je fixe la photo. La femme n'est pas allongée comme si elle était blessée. Elle est assise au sol, les jambes allongées, elle semble se maintenir d'un bras, comme terrassée par un choc. Elle est au bord de la Seine, son visage tourné vers l'eau noire. Seule. Il n'y a presque plus d'ombre autour d'elle, elle est écrasée par le soleil. Sur le quai, à ses pieds, précisément là ou le saint-hubert a fini son pistage, se trouve un petit objet marron. Probablement son sac à main. Je déglutis. J'ai peur de comprendre. L'excitation de toute l'équipe retombe dans une ambiance glaciale. Filipo ne s'en rend pas compte, mais il grince des dents et fait régulièrement craquer les jointures de ses doigts. Sur la dernière photo sélectionnée, celle de 13 h 48, mon regard se porte d'abord sur l'homme. Il est plus loin encore et donne l'impression de se rapprocher de l'appartement de Magalie Sylvestre, la maîtresse. Si c'est le cas, ce sera un moyen imparable de confirmer son identité. Puis je regarde au bord de la Seine avec une certaine réticence. Le corps de la femme a disparu. Probablement englouti par le fleuve. L'objet sombre aussi. Le SDF a largement eu le temps de récupérer son sac. Sur le quai, il ne reste rien. Pas même une trace de sang. Il s'est écoulé dix-sept minutes entre le moment où elle s'est écroulée et cette photo. Par acquit de conscience nous consultons les deux dernières de la journée mais elles ne présentent aucun intérêt.

Henry Moulin n'est pour rien dans la mort d'Amandine. Il ne l'a pas physiquement agressée, la jeune femme semble s'être suicidée en se jetant dans la

Seine ! Il faut bien admettre que nous n'avions pas imaginé ça. Filipo s'assied lourdement dans un fauteuil, les bras ballants. Il est sous le choc. Je réalise qu'il vient de voir l'amour de sa vie mettre fin à ses jours.

— Merde, s'écrie Marc Honfleur en tapant du poing sur la table.

En croyant donner un coup de booster à l'enquête et définitivement incriminer Henry Moulin, nous venons de faire un immense pas en arrière en le déresponsabilisant pénalement. Il n'y a jamais eu de crime, pas de préméditation. Pourquoi cette enquête, pourquoi ces messages d'Amandine ? Quel sens donner à tout ça ? Je suis anéanti. Le commissaire sort du bureau sans un mot.

— Faut qu'on libère Henry Moulin, dit Christian.

— M'agresse pas avec des phrases comme ça, implore Marc en secouant la tête.

— Tu me fais rigoler. Si le type n'a rien fait, il est innocent. Point. Pourquoi ça te met en rogne ?

— Innocent ? Avec ce qu'il lui a fait endurer ? Le harcèlement et toute sa perversité, tu trouves que ça ne compte pas ? Elle s'est suicidée pour quoi, à ton avis ? réplique Honfleur.

— OK. Mais il ne l'a pas tuée.

— Elle s'est suicidée à cause de lui !

— Tu peux le prouver ?

— Ils se sont clairement disputés…

— Et alors ? D'un point de vue juridique, ce n'est pas condamnable. Le prof va être libéré. D'ailleurs il faut avertir le juge, ajoute Christian avec son pragmatisme habituel.

— Si tu fais ça, je démissionne, s'exclame Honfleur. Puisqu'il va sortir indemne autant qu'il dorme une nuit de plus à l'ombre. Il l'a pas volé, ce salopard.

— Marc…, dis-je.

Il ne m'écoute pas.

— Je déconne pas, Christian. Si j'apprends qu'il est sorti ce soir, c'est fini. Je remets plus les pieds ici.

— T'en fais une affaire personnelle…

— Exactement ! dit-il en s'éloignant.

Malgré la réalité des faits, nous décidons de rentrer chez nous sans informer quiconque de ces résultats. Une fois dans le parking, je reste assis dans mon véhicule quelques minutes en essayant d'y voir clair. Amandine m'a dirigé dans cette direction, alors pourquoi ai-je le sentiment d'être passé à côté de quelque chose d'important ? Je mets le contact et la musique de radio Nostalgie emplit à nouveau l'habitacle. Je reconnais la voix grave et chaleureuse de Serge Gainsbourg. J'écoute les paroles en me laissant gagner par la mélodie. Soudain, une sueur glace mon front. Les mots qui suivent le refrain éclatent en moi comme une évidence.

Je n'ai ni remords ni regrets
Sorry angel, sorry so
Sorry angel, sorry so
C'est moi qui t'ai suicidé, mon amour…

Je coupe la musique. Lequel de mes deux collègues vais-je appeler ? En songeant au parti pris et à la rage de Marc Honfleur, je compose son numéro. Il décroche aussitôt.

— Je sais ce qu'il s'est passé ! m'exclamé-je.

— Raconte.

Sa voix est atone. Il semble abattu.

— La mort était la seule option pour elle !

— C'est-à-dire ?

— Tout le monde affirme qu'elle ne serait jamais partie sans ses enfants. Pourquoi elle se suicide alors ?

— J'en sais rien, un ras-le-bol général ?

— Non. Si on considère que la seule chose qui la maintient en vie ce sont ses enfants. Pour quelle raison elle met fin à ses jours ?

— Parce qu'elle perdait ses enfants…

— Voilà. Et pour quel motif elle ne les aurait plus ?

— Parce que le père les garde.

— Dans quel cas le père garde les enfants ?

— Putain… dans le cas d'un divorce et lorsqu'il est établi que la mère n'est pas apte à s'en occuper.

— Exactement. Voilà pourquoi il l'a mise sous antidépresseur ! Pour s'en servir plus tard. Je te décris comment je vois les choses : le 5 septembre, Amandine a pris une décision. Elle décide de quitter Henry et va le lui annoncer. À 13 h 00, elle l'appelle et lui donne rendez-vous. Un peu après 13 h 10, ils se retrouvent devant le pont Mirabeau. Elle lui balance au visage son souhait de divorcer. Elle est déterminée, c'est la fin de leur couple. Ils se disputent… alors il lui fait du chantage. Si elle le quitte, il obtiendra la garde des filles. Il expliquera au juge des familles qu'elle est instable, dépressive et hystérique, qu'elle prend des médicaments et qu'elle est incapable de s'en occuper. Bref, elle n'a aucune chance de les récupérer. Si elle part, c'est seule. Elle ne supporte pas l'idée, la vie sans ses filles est au-dessus de ses forces.

— Mais oui ! Il lui a ôté tout espoir. Elle est dans un cul-de-sac. Ses perspectives d'avenir n'existent plus. C'est le choc. Terrible. Elle s'écroule et met fin à ses jours. Une incitation au suicide…

— On est d'accord. C'est lui qui l'a suicidée ! Il y a perversité et harcèlement conjugal ayant poussé au suicide.

— Tu sais si c'est condamnable ?

— J'en sais rien, il faut que je me renseigne.

— Amandine vient de montrer à ses dépens qu'on peut mourir à la suite d'un harcèlement ! Comme mon frère lorsqu'il a mis fin à ses jours parce que des jeunes se moquaient de son poids.

— Oui, elle n'est pas la seule. Si ça se trouve, ils sont des centaines dans ce cas.

— Tu as raison. Je suis sûr que la perversité se décline à l'infini et que les femmes sont tout aussi représentées que les hommes. Tant que la société continuera à nier la douleur de ces victimes, on perdra des êtres que l'on accuse de faiblesse alors qu'ils sont harcelés, humiliés et réduits à néant. Ce n'est pas tolérable ! s'écrie Honfleur avec une rage que je ne lui connais pas.

31

Marc

Christian me rejoint dans le parking. Je lui raconte le déroulement des faits.

— Ça me dézingue de savoir ce que cette femme vivait et qu'elle n'a pas eu le choix, dit mon binôme en montant sur sa grosse Blackbird Honda. Je n'arrête pas de penser à ce moment où, avec un courage incroyable, Amandine a cru se libérer de son emprise, et quelques secondes plus tard, elle comprend qu'il l'a piégée. Il l'a poussée au suicide !

Il sort ses gants en cuir d'une poche de son blouson et poursuit :

— Il est très malin… Il refuse de dire où est le corps alors qu'il sait qu'elle s'est écroulée dans la Seine après avoir compris qu'elle n'aurait plus ses filles. Il ne donne pas d'explications concernant le trou dans son emploi du temps et il mise sur le doute. J'ai l'air de m'en foutre, mais tu sais, cette injustice m'épuise et me mine à un point…

— Je suis vidé, moi aussi.

— Tu voudrais pas qu'on se fasse un bon gueuleton à L'Isileko pour se remonter ? propose-t-il.

— Excellente idée. J'appelle Honfleur et les copains pour qu'ils nous rejoignent et je préviens Bixente, qu'il sorte l'artillerie lourde.

Et soudain, je pense à ma compagne. Cinq mois de célibat ont laissé des traces dans mes habitudes.

— Dis, ça t'ennuie si je demande à Alisha de venir ?

— Tu rigoles. Ça me ferait super plaisir de la revoir.

— T'as qu'à dire à la nouvelle de l'accueil de venir.

— Lise ? Oh, j'y crois pas.

— Essaye, qu'est-ce que tu risques ?

J'appelle Alisha et je lui explique où nous en sommes. Nous avons besoin de nous changer les idées et j'aimerais qu'elle soit présente.

Je suis en train d'engloutir des tapas au poulpe lorsque je l'aperçois dans l'entrebâillement de la porte d'entrée. Une robe jaune et des sandalettes, ses longs cheveux noirs détachés, elle me sourit. Il irradie de cette femme une intelligence de la vie qui me fascine. Tout semble si facile en sa compagnie. Elle est accueillie par l'équipe en princesse. Tortillas à la pomme de terre, chipirons à l'encre, jambon sec, pintxos à la truite, olives, crabe farci et fromage au lait de brebis, le patron de L'Isileko a prévu large. On a appelé des collègues en renfort et tout le monde carbure à la sangria, spécialité de Bixente. Christian fait le service, ça lui donne un alibi pour s'en mettre plein le gosier. Lise est venue vingt minutes, le temps de draguer un autre type puis de repartir avec lui. Depuis, mon binôme noie sa frustration dans la boisson. Ses joues sont rouges comme des tranches de chorizo et il parle un peu fort. De mon côté, je reste au sagarno, un cidre local. C'est le seul alcool qui ne me rende pas malade à crever. Sacrée génétique ! Je suis sûr que c'est à cause de mon Breton de père. Alors que j'adorerais savourer un whisky de temps en temps, le cidre est la seule boisson « alcoolisée » que mon organisme arrive à supporter. Je me dirige vers le maître des lieux et entoure ses épaules de mon bras. Il est en train de déposer sur les tables des coupelles de gros sel au piment d'Espelette.

— Et pour les choses sérieuses, qu'est-ce que tu as prévu ?

— T'inquiète pas, le sucré est en préparation.

Je me dirige vers la porte de la cuisine lorsqu'il reprend la parole avec autorité.

— Tu déranges pas Laureana en pleine pâtisserie, Yoann.

À ce moment-là, un couple entre dans le restaurant, attiré par l'ambiance festive et les lumières tamisées.

— Soirée privée, hurle-t-il dans leur direction sans prendre la peine de mettre les formes.

Les touristes déguerpissent sans demander leur reste.

Les discussions vont bon train. Matchs de foot, politique et même les enquêtes en cours. Lorsqu'on revient sur la manière dont Amandine a été persécutée par son mari, Marc Honfleur pète un câble.

— Mon frère est mort d'avoir été harcelé parce qu'il était obèse. Il s'est suicidé à cause de gamins immatures. On n'imagine pas la souffrance que peuvent générer les mots. Je vais dézinguer ce type.

Je ne l'ai jamais vu ainsi, apparemment, l'alcool le désinhibe. Christian entend les propos de Marc et ça le dégrise d'un coup.

— Calme-toi. C'est dans les mains de la justice maintenant, dit-il.

— Je veux que tu me présentes les parents d'Henry Moulin, souffle notre jeune collègue en me regardant.

— Pourquoi ?

— Pour comprendre ce qu'il a vécu. Peut-être que ça m'aidera à relativiser…

— Je ne suis pas sûr que ce soit une bonne idée. Tu mélanges tout, Marc.

— Je vais pas leur dire pour moi et mon frère. Je vais les questionner, c'est tout.

Notre collègue n'attend pas de réponse. Il se lève et file aux toilettes. Je me rapproche de Christian.

— Honfleur me fait peur.

— Parce qu'il veut rencontrer les parents Moulin ?

— Oui, ça va mettre de l'huile sur le feu, c'est tout ce que ça va faire. Je ne sais pas ce qu'il cherche. Il est bouleversé.

— Il va se calmer. Y a pas plus cool que lui.

— Il s'implique trop. Il met plus de distance entre…

— Il est un peu excessif parce qu'il a bu un coup de trop, c'est tout. Marc est le plus sage d'entre nous.

— Oui, mais là… le fait de savoir ce qu'Amandine a subi… ça lui a rouvert sa blessure.

— Je vois bien…

— Imagine qu'il fasse un transfert et qu'il ait envie de faire payer Henry. En se vengeant de ce type, c'est comme s'il punissait ceux qui ont poussé son frère au suicide.

— Exagère pas ! On parle de Marc… C'est pas un psychopathe !

— Je sais pas. Ça fait bizarre de le voir comme ça.

Honfleur revient. Ses cheveux sont mouillés, comme s'il avait cherché à se rafraîchir les idées. D'ailleurs, sa détermination semble intacte.

— Écoute, Yoann, je vais t'aider à boucler l'enquête. Faut que je rencontre les parents d'Henry. Je veux la vérité. Il faut qu'on sache pourquoi leur fils a fait ça.

— Arrête, Marc, t'as trop bu. Ça te monte à la tête.

— J'ai jamais été aussi clair !

Je hausse les épaules. Marc est ivre. Son délire aura probablement cessé demain matin, remplacé par une sévère gueule de bois.

— Tu n'as pas le choix, Yoann, insiste-t-il. Et puis tu sais bien que ça servira à l'instruction.

— Justement, c'est dans les mains du juge.

— Je t'ai jamais rien demandé…

— Marc, tu es saoul. On en reparle tranquillement demain… OK ?

Il ne répond pas et sort de L'Isileko.

— Marc…

32

Des envies de représailles

J'observe la statue qui repose sur un des piliers du pont Mirabeau. Une grosse corde sculptée traîne autour des chevilles de la madone. Amandine s'est jetée là, sous son regard de pierre. La mère de famille a probablement observé cette corde, symbole du lien qui la maintenait en enfer et dont elle s'est débarrassée en mourant.

Depuis le début, le mari a raison. Il s'agit d'un suicide. Et s'il le sait si bien, c'est parce qu'il l'a poussée à bout avec cet argument affreux – la perte de la garde de ses enfants – qui lui a ôté toute envie de continuer à vivre. Henry Moulin a terrassé sa femme et il est loin de l'ignorer. Il a dû la voir tomber. Voilà pourquoi il garde le silence même si ça le met en difficulté. Il l'a poussée au bout de ses limites et a atteint son objectif : amener Amandine à s'autodétruire. À force de subir tant d'attaques perverses, sa femme a estimé qu'elle serait incapable de gagner une bataille juridique contre lui. Quelle triste fin.

Arrivé au troisième DPJ, je monte au huitième étage pour rendre compte au commissaire de nos dernières discussions de la veille. Sa secrétaire m'indique qu'il n'est là pour personne, officiellement parce qu'il croule sous le travail. Elle me lance un clin d'œil explicite. J'imagine qu'il rechigne à montrer son trouble aux gars de sa brigade. Je m'apprête à redescendre lorsque je l'entends qui m'appelle.

— Clivel, entrez.

Il est debout et me tend la main. Son front creusé de larges rides exprime sa peine. Je ne l'ai jamais vu aussi accablé. Je lui relate nos conclusions et il m'écoute en marchant de long en large dans son bureau. Amandine ne s'est pas suicidée parce qu'elle en avait assez de sa vie. C'est Henry qui l'a incitée au suicide après un chantage odieux concernant la garde de ses filles. Il reste silencieux. Au bout de quelques secondes, il se tourne vers moi.

— Je m'en veux terriblement. Je n'ai pas compris qu'elle me demandait de l'aide…

— Quand ?

— Il y a huit ans, au moment du baptême de leur premier enfant. Elle avait besoin de moi et je ne m'en suis pas douté une seconde. C'est pour ça que son mari m'a foutu dehors. Il savait que je l'aimais. Ce type de prédateur sent quand un danger approche. Il m'a éloigné d'elle avant qu'elle ne me fasse des confidences.

— Vous ne pouviez pas deviner… Après tout ce temps.

— Si j'avais été moins fier, moins égoïste, Amandine n'aurait pas vécu tous ces traumatismes et nous serions peut-être ensemble à l'heure qu'il est.

Il n'y a pas eu crime, mais suicide. Toutes nos suppositions à l'encontre du professeur Moulin peuvent désormais être considérées comme de simples allégations par la défense. Nous n'avons aucune preuve tangible de la violence conjugale perverse du mari, et un juge ne peut prendre la décision d'aller au procès sans éléments. Henry Moulin est donc libre. Il n'a pas tardé à réagir en faisant peser sur la brigade la menace d'une plainte pour harcèlement. Un harceleur qui porte plainte pour harcèlement… un grand classique ! Le type n'a peur de rien, pas même d'afficher sa perversité au grand jour. Honfleur souhaite le raccompagner chez lui et me demande de le suivre et de prendre le volant. Je suis ravi de ne pas le laisser seul en compagnie de cet homme qu'il n'hésite pas à détester ouvertement. Sa colère est palpable. Le jeune serre les mâchoires à se faire péter les dents. Au deuxième feu, le professeur s'apprête à parler : « Je suis heureux que… », mais mon collègue ne lui laisse pas l'opportunité de placer un mot de plus. Il saisit le deux-tons et le branche. Bien entendu, le bruit est assourdissant et je décide d'accompagner son geste par la conduite ad hoc. Nous filons à toute allure entre les voitures et chaque virage fait grincer les pneus. Nous rejoignons le XVe arrondissement en sept minutes chrono. Un record. Quand Moulin sort de la voiture, il est blanc. Nous repartons à trente kilomètres à l'heure en éclatant de rire. Un pâle réconfort au regard de sa victoire. Marc baisse sa vitre et prend la parole.

— Je me suis renseigné auprès d'un ami avocat. La famille Lafayette n'aura aucun recours. C'est cuit.

— T'es sûr ? T'as précisé qu'il s'agit d'un harcèlement ayant conduit à un suicide ?

— Oui. Le harcèlement au sein du couple n'est pas reconnu par le droit français. La perversion et la mise sous emprise non plus. Il n'a rien à craindre.

— On a quand même l'usurpation d'identité et le faux et usage de faux des ordonnances.

— S'il avait commis un crime, oui, ça compterait. Mais là, ils vont se pencher sur la finalité de l'action. Ça reste un suicide. Et les médicaments, c'était pour faire du fric ? Non. Pour créer des dommages à un tiers ? On peut pas le prouver. Qui va porter plainte ? Amandine ?

— Ses parents ou sa sœur…

— Il a un bon avocat et il y a fort à parier qu'il expliquera qu'il a fait ça pour le bien de sa femme, alors que c'est le moyen qu'il a utilisé pour la coincer. Dans le pire des cas, il va s'en tirer avec une amende…

— Et si on arrive à démontrer qu'il est malade ? Un fou… On les interne bien les fous, dans le cas d'un crime.

Mon collègue hausse les épaules d'un air désabusé.

Tandis que nous arrivons au troisième DPJ, Marc réaffirme son envie d'en connaître plus sur le mari. Il me prévient qu'il a pris rendez-vous avec les parents d'Henry Moulin. Ça me désole qu'il ne lâche pas le morceau mais je vois que rien ne le fera changer d'avis. Je lui conseille de solliciter Christian pour réussir à communiquer avec le couple. Je prétexte le talent de communication de mon binôme pour qu'Honfleur ne se rende pas seul auprès d'eux. La manière dont il se focalise sur cette affaire achevée continue de m'inquiéter.

Honfleur ne prend pas le temps de s'asseoir à son bureau pour consulter les messages de son ordinateur, il s'approche de mon binôme sans ôter son blouson.

— Dis, tu es doué pour obtenir des confidences, tu ne voudrais pas venir avec moi interroger les parents d'Henry ?

Il s'y prend bien. La flatterie fonctionne assez bien avec Christian Berckman.

— Dans quel but ? L'enquête est terminée.

Aïe. Mon binôme et son goût immodéré pour l'oisiveté…

— Pour comprendre. Ça me tue de pas savoir pourquoi il a poussé la mère de ses enfants au suicide.

— Non. Je t'accompagne pas. Je m'y suis mal pris la première fois, la mère n'a rien voulu me dire. C'est cramé pour moi.

— Tu pourrais faire un effort, merde !

Je n'en reviens pas. Marc qui s'énerve ?

— Je dis pas ça pour me dégonfler. Je te promets que si j'y croyais, même qu'à cinquante pour cent, je viendrais. Mais là, t'y arriveras mieux sans moi.

— OK. Tu as une idée de la manière dont je pourrais les inciter à me parler ?

— Tu n'obtiendras rien du père, il n'a plus sa tête. La mère enrage d'être cloîtrée dans un hospice pour vieux en compagnie d'un légume. Si je ne me trompe pas, elle en veut terriblement à Henry. Je te conseille de dénigrer son fils. Tout simplement. Raconte ce qu'il s'est passé pour Amandine et enfonce le bouchon. Il est possible que ça marche.

— C'est sa mère, quand même…

— Si elle crache pas le morceau comme ça, je vois pas. Mais t'as tes chances. Elle a la haine et je ne suis pas sûr que le pardon soit une habitude chez les Moulin.

J'observe notre jeune collègue. Il s'éloigne, la tête haute et les épaules droites, comme missionné. Je lui envoie un texto. « Fais-moi un compte rendu quand tu reviens. Ça m'intéresse. »

Les heures passent sans que je reçoive de message de Marc. J'essaie de le joindre mais il ne répond pas. J'hésite à téléphoner à l'hospice pour savoir s'il s'y trouve encore mais, s'il l'apprend, il risque de me le reprocher. Je lui donne jusqu'à 19 h 30. Sans nouvelles, je me rendrai chez Henry Moulin pour vérifier qu'il n'y est pas et l'empêcher de faire une connerie.

Cinq minutes avant l'échéance, mon portable sonne. C'est lui. Sa voix paraît sereine.

— Je n'ai pas eu besoin d'inventer quoi que ce soit. Mon âge a joué en ma faveur. Mme Moulin est nostalgique du passé et, en me voyant, elle a fait un transfert. En me parlant, elle avait l'impression de régler ses comptes avec son fils.

— Tant mieux.

Je respire. J'ai l'impression que tout s'est bien passé.

— Au début, elle m'a raconté des choses récentes sans intérêt, mais ça l'a mise en confiance. Après on a abordé les années où Henry était petit. Elle a confirmé qu'il avait été violé par un directeur de colonies de vacances. D'après elle, son agressivité vient de là. À l'époque, ces choses étaient taboues. On n'en parlait pas. Elle pensait le protéger en évitant d'aborder le sujet et espérait que sa souffrance s'en irait. À cause du silence, il a considéré qu'il avait été trahi. Depuis, il en veut à la terre entière et plus particulièrement à sa mère, parce qu'en restant muette elle a nié sa douleur. Face à Amandine, sa fureur s'est décuplée. Elle n'y était pour rien mais il se vengeait de la gent féminine. Pourquoi il n'en voulait pas plus que ça à son père, mystère. Je crois que les hommes cherchent à plaire à leur paternel toute leur vie, et plus particulièrement lorsqu'ils ont été ignorés ou violentés par un homme durant leur enfance. Une espèce de paradoxe invraisemblable.

— Les parents savaient ce qu'Amandine vivait ?

— Oui. La mère m'a dit que c'est ce qui avait détruit son époux, Victor Moulin. Elle est convaincue que sa crise cardiaque est née de ses remords. En tant que médecin, il s'en voulait d'avoir engendré de tels ressentiments chez son fils et de ne pas avoir pu aider sa belle-fille.

— Bon. C'est bien. Tu as obtenu… de bonnes infos.

Je ne sais pas comment en venir au fait qu'il est temps d'arrêter les investigations. Mais il est lancé, presque exalté.

— Tu sais ce qu'elle m'a dit avant que je parte ?

— Non.

— Mon fils a poussé sa femme au suicide et provoqué chez son père une maladie grave…

Ça n'a pas dû calmer mon collègue.

— OK, mais les parents sont un peu responsables d'avoir gardé le silence aussi, dis-je.

— Tous ceux qui ont vécu ce genre de choses ne sont pas devenus des harceleurs pour autant, Yoann. Ensuite je suis allé voir Magalie Sylvestre.

Je m'emporte.

— Pourquoi ? Mais t'es dingue !

— Une femme est morte à cause des mots et des manipulations d'un homme. Je peux essayer d'y voir clair ?

— Non. Ça va trop loin.

— De toutes les manières, c'est fait…

Je souffle, exaspéré par son attitude.

— Raconte.

— Elle m'a confié que les témoignages des collègues d'Amandine avaient agi en elle comme un lever de rideau. Toute la perversité d'Henry lui a sauté au visage. Il y a un truc qu'elle ne comprend pas. Pourquoi son épouse n'est pas partie au lieu de se suicider ? Elle y est bien arrivée, elle. J'ai eu beau lui expliquer qu'Amandine avait des enfants, qu'elle se trouvait nulle et n'avait plus de volonté propre à cause de ce que lui faisait vivre son mari… elle n'a rien voulu entendre. D'après elle, les torts sont partagés à 50/50 et on ne peut pas tout reprocher à Henry. Elle a juste oublié que le lavage de cerveau durait depuis dix-huit ans !

— Et alors ?

— Rien. Enfin, si. Ça m'a foutu en rogne. T'imagines même pas dans quel état j'étais en sortant.

— Bon. Maintenant t'arrête de déconner ! Un mec comme Henry Moulin est un malade. C'est pathologique. On ne peut que le plaindre.

— Amandine s'est suicidée à cause de lui parce qu'il la harcelait en lui faisant un chantage sur la garde de ses filles. Elle ne serait pas morte sans son comportement. Et ce type va rester impuni. J'ai envie de le dézinguer, martèle-t-il.

— Calme-toi. Moi aussi ça me fait enrager qu'il s'en tire sans une égratignure. Mais tu sais, un jour, ses filles ouvriront les yeux et, pour lui, ce sera pire que la mort.

— J'espère vraiment.

— Évidemment. J'aimerais pas être à sa place. Il va devoir composer avec son ombre. Sa culpabilité va s'accrocher à lui comme une sangsue. Crois-moi, la mauvaise conscience pèse plus lourd qu'une condamnation au tribunal.

— Mmmh, pas sûr. Dans quelques mois, il aura complètement oublié l'existence de sa femme et ses responsabilités dans son décès.

J'hésite à aborder un point crucial. Marc vient d'évoquer son envie de le « dézinguer » pour la deuxième fois en quarante-huit heures. LE mot fatidique. Je ne peux pas prendre le risque de l'ignorer. Tant pis s'il se moque.

— Et puis le tuer, c'est faire de lui une victime. Ce serait trop facile. La personne qui ferait ça lui rendrait service.

Il reste silencieux quelques secondes.

— Tu as raison. J'espère qu'il paiera et qu'il aura des angoisses et des cauchemars chaque jour que Dieu fait jusqu'à la fin de sa vie.

Je suis rassuré. Honfleur, malgré la blessure rouverte sur son passé, s'est enfin calmé.

*
* *

Il fait nuit. Marc Honfleur raccroche et le temps de ranger son téléphone dans la poche intérieure de son blouson, le halo d'un lampadaire éclabousse de lumière son visage durci par le ressentiment. Il enfile ses gants et se dirige vers le 2, rue Auguste-Vitu. Il compose le code, prend les escaliers sans croiser personne, monte lentement au troisième étage et fixe l'étiquette sur la sonnette qui indique l'appartement d'Henry Moulin. Il répète en lui-même les phrases qu'il va prononcer. La colère lui monte à la gorge. Et si le mari le pousse à bout, gardera-t-il son calme ? Il saisit la crosse de son arme de service, sort le Sig-Sauer de l'étui et l'observe, l'air de peser le pour et le contre. Il joue avec la sécurité de l'automatique, puis il frappe à la porte.

33

Point final

Marc Honfleur se tient, l'arme au poing, devant Henry Moulin, pâle de stupeur.

— Je n'ai pas d'argent, mais je peux vous donner les bijoux de ma femme. Prenez tout et partez.

— Pitoyable, jusqu'au bout, dit Honfleur, le front rougi par le stress.

— Mais je vous reconnais. C'est vous qui m'avez ramené l'autre jour, dans la voiture avec le gyrophare.

Rassuré, le mari lui tourne le dos tout en continuant à parler.

— Vous m'avez fait peur, j'ai cru que vous me menaciez. Il y a un danger quelque part ? Vous êtes là pour quoi ?

Honfleur ferme la porte derrière lui, entre dans le salon et prend le temps de jauger son interlocuteur. Il a les deux bras le long du corps et tient désormais son pistolet dirigé vers le sol.

— Je suis là pour vous parler.

Ses mots ont du mal à sortir entre ses dents serrées. Honfleur a conscience d'être pratiquement inaudible.

— Ah… Que voulez-vous ? Il est très tard…

Le mari affiche un regard neutre. S'il est décontenancé, il le masque bien. Honfleur respire un grand coup et fait un effort pour articuler.

— Vous allez m'écouter parce que je ne le dirai pas deux fois, dit-il d'une voix qui s'enfle dans les aigus, prouvant une grande tension en lui.

— Vous n'êtes pas dans votre assiette, jeune homme. Ce n'est pas…

Marc lève lentement son arme et la dirige vers Henry qui s'interrompt.

— Fermez-la. C'est la dernière fois que je le répète. Vous êtes un putain de pervers. Nous savons comment ça s'est passé avec votre femme. Elle était sous votre emprise. Vous l'avez mise sous antidépresseur pour lui faire croire que vous obtiendriez la garde exclusive des filles le jour où elle voudrait vous quitter. Raison pour laquelle elle s'est suicidée. Vous l'avez harcelée parce que vous avez eu la lâcheté de ne jamais vous remettre en question ni d'affronter vos problèmes personnels.

Henry Moulin est stupéfait. Ses yeux sont écarquillés et sa bouche entrouverte. Il émet un bruit de glotte comme s'il déglutissait difficilement.

— Mais vous êtes fou ! Elle a mis fin à ses jours, je n'y suis pour rien, s'écrie-t-il.

— Parce que vous l'avez poussée à bout. Elle n'avait plus la force de réagir face à vos manipulations.

Et puisque aucun tribunal ne vous fera payer la responsabilité d'avoir été le bourreau de votre femme, je vais prononcer le verdict. Vous avez poussé Amandine au suicide et vous avez privé vos filles d'une mère. J'espère que chaque fois que vous croiserez leur regard, vous réaliserez que leur maman leur manque. Et je vous fais un serment. Si vous vous en prenez à quelqu'un d'autre…

Juste à ce moment, précisément, la porte du couloir s'ouvre lentement en grinçant sur ses gonds. La plus petite des filles tient la poignée dans sa main et observe son père et l'inconnu, sans réaliser ce qu'il se passe. Elle est pieds nus et porte une chemise de nuit à fleurs roses. Ses cheveux emmêlés forment une couronne autour de sa tête. Les commissures de sa bouche s'étirent vers le bas et sa voix s'éraille lorsqu'elle parvient à s'exprimer d'un air triste.

— J'ai fait un cauchemar, papa.

Le père se tourne vers sa fille et a soudain l'air inquiet. Il ne simule pas. Il se précipite vers Lola et la prend dans ses bras. Quelques secondes plus tard, il s'assied sur une chaise et l'installe sur ses genoux.

— Qu'est-ce qu'il y a, ma puce ? Raconte-moi, il ne faut pas que tu gardes ça pour toi. Le silence, ça ronge. On peut devenir fou et être très malheureux. Après, il est trop tard. Dis-moi…

Honfleur range son arme dans son holster. Il a compris qu'Henry parle de sa propre enfance. Il essaie d'amadouer Honfleur en choisissant les mots pour réconforter sa fille. Bien entendu Marc aurait préféré des excuses mais cet homme en est-il seulement capable ? Il vient de réaliser qu'en menaçant Henry il va se rendre coupable de manipulation – chantage, peur, destruction – et maintenir ainsi le cycle des violences. Il n'est pas question qu'il ressemble à ce type.

— J'espère que vos enfants vous aideront à devenir meilleur, dit-il en se dirigeant vers la porte d'entrée.

Marc quitte l'appartement. « C'est la haine qui a tué Amandine et mon frère. Je n'ai pas envie de passer ma vie en me nourrissant de colère. Au fond, si je le menace, je deviens comme lui et ça ne résout rien. C'est comme si je rentrais dans le jeu de sa violence et que je m'enfermais dans la prison de ma rancune. Mon frère ne voudrait pas que je devienne comme ça et ce salaud d'Henry Moulin ne mérite pas que je soulage sa culpabilité en le transformant en victime. »

Il s'éloigne dans la rue faiblement éclairée, soulagé d'avoir pris cette décision. En passant sous un lampadaire, une sensation étrange l'oblige à se retourner et à lever la tête. Une sorte de brouillard semble s'échapper de l'asphalte pour monter vers le ciel. L'espace d'un instant, à cause d'un arbre dont les branches se meuvent dans la lumière, il croit deviner les traits de son jeune frère décédé qui sourit. Il frissonne. Est-ce les vapeurs de la nuit qui jouent avec son imagination, une illusion… autre chose ? Peu importe. Pour la première fois depuis des années, il se sent plus léger. Il redresse les épaules et reprend sa marche.

34

Un appel inespéré

Comment rendre hommage à Amandine et faire en sorte que son calvaire serve à d'autres victimes de pervers ? Une idée finit par s'imposer. En dehors de quelques radios, aucune télé, aucun journal n'a relayé l'information de ce drame. La disparition d'un adulte offre peu d'intérêt médiatique ; quant au suicide d'une inconnue, c'est bien trop banal. Mais l'histoire tragique d'une jolie femme sous emprise… J'ai peut-être le moyen de sensibiliser un rédacteur en chef. J'appelle un journaliste du quotidien *Le Parisien* que je connais et lui explique la situation dans les moindres détails. Je lui confie une photo d'Amandine et en dehors du nom de la disparue, je lui recommande de rester discret sur le patronyme et les qualités des autres protagonistes de cette affaire.

Son article est remarquable. Il évoque nos vingt-quatre jours d'enquête depuis le 5 septembre, date où Amandine Moulin a disparu. Des parents aimants, trois filles resplendissantes. Il omet volontairement de parler du mari, de l'entourage et de son travail. Il précise qu'Amandine Moulin s'est suicidée, prisonnière de menaces concernant son avenir avec ses enfants. Même pour ceux qui connaissent la famille, les faits énoncés sont suffisamment flous pour semer le doute. Qui est incriminé ? Ce n'est pas précisé. Il achève son papier en écrivant que la perversion et le harcèlement peuvent détruire des vies et qu'il serait temps que la justice prenne en considération ce fléau invisible de notre société. Si Henry se sent visé en lisant le journal, alors que pas une ligne ne fait référence à son implication dans les faits reprochés, c'est comme s'il admettait qu'il était l'auteur de ce meurtre psychique. Une forme d'aveu. Il n'est pas bête et ne bougera pas le petit doigt. L'article est publié.

Il y a des coups de fil qui changent une vie et pourtant, ce matin-là, le téléphone fixe de mon bureau sonne et j'hésite à répondre. Qu'ils laissent un message ! Je n'ai pas le moral. La satisfaction générée par la parution de l'article est retombée. J'aime quand la justice rectifie les torts et j'ai le sentiment d'avoir échoué dans ma mission à plus d'un titre. Le corps d'Amandine n'a pas été retrouvé. Son mari ne sera pas inquiété. Nous ne connaîtrons jamais la chronologie exacte de ce drame. Comme cela arrive de temps à autre, il n'y a pas de morale dans cette histoire. Au dernier moment, je décroche. Il s'agit d'une femme.

Elle est psychiatre à Issy-les-Moulineaux et elle vient de lire un article du *Parisien* qui relate le suicide d'une mère de famille de trois enfants, Amandine Moulin, poussée à bout par harcèlement. Elle a réagi en voyant la photo de la jeune femme.

— J'ai demandé à vous parler. Vous êtes bien le responsable de l'enquête concernant cette personne ?

— Oui.

— Il est dit que cette Amandine Moulin s'est suicidée. Ce qui est étrange, c'est que je connais une autre personne, mère de trois enfants également, qui lui ressemble comme deux gouttes d'eau, victime elle aussi d'emprise, mais qui s'appelle Rosa Dutour.

— Et ?

— En fait, je ne comprends pas. Si j'occulte la différence des noms de famille, nous avons deux personnes qui ont exactement le même physique, la même composition familiale, et qui vivent le même harcèlement, mais qui sont présentes dans deux endroits différents. Morte d'un côté, vivante de l'autre…

— Vivante ?

— Oui. Elle est sortie du coma, hier.

Je me lève avec le combiné dans la main et je marche, tant bien que mal, pour évacuer un trop-plein d'énergie qui m'assaille. C'est invraisemblable !

— Où est cette femme dont vous parlez ?

— À l'hôpital de la Pitié-Salpêtrière dans le XIIIe.

— On arrive !

— Attendez, je ne travaille pas là-bas. Mon cabinet est à Issy-les-Moulineaux.

— Je ne comprends pas ?

— Retrouvez-moi à mon cabinet, je vous expliquerai, et on ira à la Salpêtrière ensemble.

Je note son adresse puis préviens Christian et Marc qui se joignent à moi. Une explication se cache quelque part, mais laquelle ? Je ne cesse d'y réfléchir. Les hôpitaux de toute la région ont été consultés par le commissariat de quartier. Je suis certain de l'avoir lu dans le rapport. Si Amandine était dans le coma, comment a-t-elle pu modifier son nom ? Dans quel intérêt ? J'essaie de rester calme. Une autre femme, sans lien avec Amandine, nous attend certainement en soins intensifs. La psy a dû confondre. Il est évident qu'il s'agit de deux personnes qui se ressemblent. Mes collègues sont muets. Eux non plus n'osent y croire. Nous filons dans la banlieue sud, toutes sirènes hurlantes.

La psychiatre Charlotte Rougaud nous fait patienter cinq minutes, le temps de donner des consignes à son assistante puis elle grimpe dans mon véhicule. Elle nous relate les faits dont elle a connaissance. Le mari de sa patiente s'appelle Henry, ses trois filles se nomment Jade, Zoé et Lola. Une telle coïncidence est impossible. Même si elle n'a pas le même nom, il s'agit d'Amandine. J'y crois de toutes mes forces. Mon pouls s'accélère et je roule de plus en plus vite comme si cela me permettait d'inverser la courbe du temps. Elle continue. Le 5 septembre, un jeune architecte déjeune d'un sandwich au bord de la Seine, à l'ombre du pont Mirabeau, en attendant son entretien d'embauche. Il voit une femme arriver, bientôt rejointe par un homme. Le couple se dispute. Lui reste discret. Personne ne l'a vu. Ce ne sont pas ses affaires. Il comprend que l'épouse souhaite divorcer mais au bout d'un moment le mari la menace de privation de garde de leurs enfants. Il évoque son manque d'équilibre et ses antidépresseurs. L'épouse est sous le choc, comme statufiée. L'architecte est surpris de voir l'homme s'éloigner sans un regard pour sa femme tandis qu'elle s'écroule brutalement. À ce moment-là, un SDF surgit en titubant, il s'approche de la femme et lui prend son sac. Il le fouille, jette le portable dans le fleuve et part avec le reste. Le tout dure quelques secondes. L'architecte accourt tandis que le vagabond s'échappe. Sans hésiter, il porte secours à la femme qui, dans sa confusion, s'est dramatiquement approchée des berges de la Seine. Elle a perdu connaissance et une de ses chaussures est tombée à l'eau. Il appelle le SAMU et c'est ce qui la sauve. Ils viennent d'achever une intervention à six cents mètres de là et cinq minutes plus tard, ils la prennent en charge.

Je me souviens qu'entre la photo prise par les satellites au moment où Amandine est à terre et celle où il n'y a plus personne, dix-sept minutes se sont écoulées. Probablement deux fois plus de temps qu'il n'en fallait aux urgentistes pour l'installer sur un brancard et l'embarquer dans l'ambulance. La psychiatre confirme.

— Ils ont fait extrêmement vite. Elle est victime d'une crise cardiaque et le temps est compté. Direction les urgences de la Salpêtrière. Elle n'a plus ni sac ni papiers d'identité. Ils ignorent qui elle est. Comme l'architecte est le seul témoin, ils lui proposent de les accompagner afin qu'il explique aux autorités les circonstances de son malaise. Bouleversé, il acquiesce. Assez vite, ils trouvent ma carte de visite dans une des poches du trench-coat de la mère de famille. C'est ainsi que j'ai été contactée. J'ai accouru, je l'ai reconnue et donné son identité. Je l'ai inscrite sous le nom que je lui connaissais : Rosa Dutour... parce qu'elle est ma patiente et qu'elle s'est présentée à moi sous ce patronyme.

— Elle a modifié son nom ! s'exclame Marc.

— Je l'ignorais. J'ai demandé au circuit administratif de chercher les coordonnées de la famille Dutour et je ne m'en suis plus occupée. Comme on n'avait ni carte de Sécurité sociale ni mutuelle, je me suis portée garante pour elle. Elle avait toujours payé ses consultations. Sur le plan médical, les médecins gardaient espoir. À cause de l'arrêt cardiaque, son cerveau n'a pas été irrigué pendant quelques secondes et, même si elle était dans le coma, il n'y avait qu'une infime zone atteinte. D'ailleurs, personne ne comprenait pourquoi elle ne se réveillait pas. En attendant qu'elle en sorte, je lui rendais une visite quotidienne. Comme j'arrivais ici après mes consultations, j'ignorais que ses parents n'étaient pas au courant et ne venaient pas. Je suis en train de comprendre que la famille Dutour n'existe pas et que les services n'ont réussi à contacter personne. On aurait dû m'alerter sur cet état de fait. Je vais essayer de comprendre pourquoi la situation est restée ainsi sans qu'on s'en rende compte, mais je ne serais pas surprise d'apprendre que l'administratif pensait que je m'en occupais et vice versa.

— Comment va-t-elle ? demandé-je.

— Elle est très faible et dort beaucoup. Elle a prononcé ses premiers mots hier. Elle demandait où étaient ses filles. Mais lorsque les médecins ont voulu vérifier ses capacités cognitives, ils lui ont demandé son nom. Comme elle en donnait un autre que celui que nous avions, nous croyions à un état de confusion. Aujourd'hui, je comprends notre méprise. Nous saurons dans les jours prochains comment elle va évoluer, mais ses premières réactions sont assez encourageantes.

Nous arrivons boulevard de l'Hôpital et je m'apprête à tourner à droite pour entrer dans l'immense centre hospitalier de la Salpêtrière. C'est ma voiture personnelle et rien n'indique que nous sommes de la police judiciaire. Charlotte Rougaud brandit son caducée devant le nez du gardien qui lève aussitôt la barrière de sécurité. La psychiatre me montre où me garer. Nous longeons un couloir interminable, montons deux étages, tournons à droite, passons à côté de blocs opératoires, franchissons un sas et nous retrouvons dans une pièce où je découvre une femme aux traits étonnamment familiers. Ses cheveux bruns, que j'ai si souvent vus coiffés en une tresse, sont détachés autour d'elle. Une chemise de nuit d'hôpital remplace la robe de mariée qu'elle porte habituellement dans mes rêves. Une immense fragilité émane de son visage. L'émotion m'envahit et agit en moi comme une révélation. Malgré ses yeux fermés, je n'ai aucun doute, c'est Amandine. J'ai l'impression de retrouver un être cher. C'est très étrange. J'aimerais la prendre dans mes bras et la réconforter, mais il faut que je me rende à l'évidence : en dehors de mes songes, je n'ai jamais vu cette personne. Je suis très gêné que nous soyons tout un groupe, mes collègues, la psychiatre et moi, à la regarder comme s'il s'agissait d'un animal de laboratoire.

— C'est elle ? chuchote Charlotte Rougaud.

— Elle ressemble aux photos qu'on a vues d'elle, répond doucement Christian. Il faut que la famille confirme.

— Préviens sa sœur Brigitte, dis-je.

Je ne tiens pas à ce que les parents soient les premiers arrivés au cas où ce serait une erreur. Le personnel médical entre et sort pour entamer des soins et nous gênons. Il nous est demandé de revenir ultérieurement. Marc est en retrait, les yeux humides, empli d'émotion. Je lui saisis le bras et le tire hors de la chambre. Nous prenons place dans une salle d'attente.

— Elle vous consultait. Comment expliquez-vous ce qu'il s'est passé le 5 septembre ?

— Nous devions nous retrouver ce jour-là, précisément, mais je ne l'ai pas revue consciente. Je n'ai pas été surprise lorsque l'hôpital m'a contactée parce que, depuis le début, avec cette patiente, j'avais un mauvais pressentiment, insiste-t-elle.

— Pourquoi dites-vous ça ? demande Christian.

— Elle était à bout, physiquement et psychiquement. J'avais commencé à la préparer à quitter son mari, pour que le chemin se fasse en elle, mais tout est allé trop vite. Elle n'avait pas encore les outils pour mener cette démarche dans la sérénité. C'est ce que nous devions aborder ensemble ce jour-là. On ne choisit pas toujours le meilleur moment pour agir. C'est ainsi. Elle n'a sans doute pas eu le choix.

— Que savez-vous sur la relation entre les époux ?

— Je travaille à partir de ce que me dit mon patient, c'est-à-dire sa vérité. Là, vous me demandez un avis sur une situation qui implique une autre personne. Le mari. Cela suppose des éléments objectifs que je n'ai pas. Cette précaution de langage étant faite, et grâce à l'expérience clinique que j'ai acquise depuis trente ans sur le harcèlement conjugal, je peux vous assurer qu'elle subissait des pressions psychologiques de type perverses.

— Une possibilité qu'elle ait fait semblant ?

— Une forme de mythomanie ou de schizophrénie ? Pour attirer l'attention et passer pour une victime ?

— Exactement.

— Impossible. Je la voyais deux fois par semaine. On a fait un vrai travail en profondeur et je peux vous garantir que sa détresse et sa fragilité étaient réelles. Et puis, dans notre profession, on distingue une expérience traumatisante… de faits inventés, grâce aux syndromes post-traumatiques. Ce sont des démonstrations physiques qu'il est impossible de simuler. La peur crée un choc, puis une onde qui se répercute dans tout le corps. On bafouille, on cligne des yeux, le pouls s'emballe, les lèvres se serrent, le souffle s'accélère, des sensations deviennent oppressantes… En d'autres termes, tant qu'il s'agit de bla-bla, on peut croire à des pathologies mentales, mais le corps, lui, ne ment pas.

— Et dans le cas d'Amandine ?

— Elle avait pratiquement tous ces symptômes. Elle tremblait des mains de manière constante et s'affaiblissait de jour en jour. Elle n'arrivait plus à dormir. Ses nerfs étaient prêts à craquer et ses angoisses la réduisaient à néant. Je n'ai aucun doute à son sujet.

— Mais alors pourquoi elle ne s'en est pas sortie à partir du moment où elle est venue vous voir ?

— Il faut du temps à cause des dégâts de l'emprise. Les choses ne peuvent pas se faire en un claquement de doigts parce que la personne n'est plus maîtresse de ses pensées. Le moindre changement la tétanise, la peur d'agir la submerge. Un regard neutre et extérieur permet à la victime de se dégager progressivement, mais le thérapeute doit faire preuve d'une grande patience. À trop vouloir aider l'autre sans respecter son rythme, on peut la mettre en grand danger. Il faut ensuite la déculpabiliser, la revaloriser, lui apprendre à poser des limites. C'est un long processus. J'aurais aimé y parvenir avec elle avant que son corps ne déclare forfait.

— Que peut-on conseiller à une personne qui rencontre un manipulateur ? demande Marc qui semble prendre des notes dans sa tête.

— Il faut en dire le moins possible sur soi et ne rien dévoiler de personnel. Tout ce que vous livrez sera utilisé contre vous à un moment donné. Ensuite, il ne faut pas se justifier. Comme je viens de le dire, le pervers a toujours raison. Et si par malheur vous trouvez de bons arguments à lui opposer, il va réagir avec violence. Pour éviter d'en arriver là, la meilleure des attitudes est de fuir cette personne au plus vite et de ne pas la sous-estimer.

— Comment peut-on en venir à prendre du plaisir à harceler ?

— Le pervers narcissique a une image désastreuse de lui-même, il projette cette image négative sur l'autre pour se délester d'un passé humiliant. Plus il se sent vulnérable, plus il est violent. Il se prétend plus fort que tout le monde, a raison en toutes circonstances et s'interdit la moindre remise en question. J'ai remarqué que l'homme qui harcèle présente en général une importante blessure d'abandon. Cherchez l'enfance. Son attitude psychotique est la seule manière que son inconscient a trouvée pour camoufler sa propre détresse. Au fond, cet homme doit être très malheureux.

— Mais ça n'excuse pas tout ! s'insurge Marc.

— Effectivement. Pourquoi certains vivent des drames et restent des hommes attentionnés alors que d'autres deviennent des monstres ? C'est un mystère.

Il existe des facteurs aggravants, un traumatisme important durant l'enfance, un stress immense. La mort d'un proche, un viol, d'autres abandons…

— Vous êtes en train de nous dire que l'on ne peut rien lui reprocher, simplement parce qu'il a vécu des événements difficiles durant sa jeunesse ? Il est tout de même coupable d'un harcèlement qui a provoqué un problème de santé grave ! Il est à l'origine d'une forme de suicide de l'organisme, s'écrie Marc.

— Il n'a jamais rien fait pour se soigner, ajouté-je pour aller dans le sens d'Honfleur.

— Les pervers ne se soignent pas parce qu'ils n'en comprennent pas l'intérêt.

— Quand on voit ce qu'on devient avec notre conscience supérieure et nos diplômes, j'envie parfois les coquelicots, s'exaspère Marc en soufflant.

— Pourquoi elle ne s'est pas enfuie du jour au lendemain ?

— Ah. C'est LA question que tout le monde se pose, le problème majeur : les personnes sous emprise sont dans l'incapacité de s'en aller. Certains thérapeutes prétendent qu'elles ont peur du changement, d'autres que c'est une forme de masochisme ou qu'elles restent par peur d'une vengeance. Je ne crois à aucune de ces hypothèses. Les effets de l'emprise créent une sorte de léthargie, une impuissance acquise au fil des jours qui les empêche de se révolter ou d'agir. La violence des faits est telle que la victime n'a ni la force ni le courage d'envisager un départ. Elle est convaincue de ne pas en être capable. Elle est tout simplement vulnérable.

— En parlant à son entourage de ce qu'elle vivait, elle aurait pu reprendre confiance en elle…

— Malheureusement, Amandine a très vite compris une grande vérité de ce monde : lorsqu'une personne représente un statut social important, un médecin, un homme politique, un juge, le directeur d'une société ou même un professeur compétent, la violence que ces gens génèrent est mise en doute par l'entourage. Parce qu'ils sont supposés prendre soin des autres. En général, on ne croit pas les victimes. De fait, la perversité fait beaucoup de dégâts auprès des catégories socioprofessionnelles élevées.

— Alors les victimes sont vouées à rester auprès de leurs bourreaux ! s'écrie Marc.

— Non. Il existe une étape cruciale durant laquelle la personne découvre la manipulation. Elle prend conscience de l'emprise, et c'est effroyable car elle n'est toujours pas capable de s'en détacher. Une rupture est un processus compliqué. La victime la vit comme une petite mort. La mort d'une relation, celle de l'espoir d'une vie de couple heureuse, et surtout le deuil d'une partie d'elle-même. Cette partie du corps qui reste attachée à son bourreau. Vous l'avez certainement remarqué à titre personnel, lorsque quelqu'un décide de rompre, la personne impliquée dans la relation le sent, avant même que les mots ne soient prononcés. Il est probable qu'Amandine avait atteint ce cap puisqu'elle voulait divorcer. Je ne m'en suis pas rendu compte mais son mari a dû le percevoir et il s'est préparé. Je recommande toujours que la séparation se fasse accompagnée d'un tiers et dans un lieu public, après avoir mis en place une technique de réappropriation de son estime et de sa pleine conscience, de manière à ce que le corps tienne le choc face à la violence qui va être déversée suite à la rupture. Le problème est qu'Amandine a pris sa décision sans s'être libérée de son emprise. Elle a utilisé ses dernières forces pour l'affronter et lui dire qu'elle partait. Elle a disjoncté physiquement à cause du chantage odieux concernant la perte de la garde de ses enfants.

— Mais alors, cette emprise, comment s'en libérer ?

Elle marque un temps et pèse ses mots.

— Ce que j'essaie de vous dire depuis tout à l'heure, c'est que le pervers vole à l'autre une part de sa lumière, un morceau de son âme. Pour qu'elle puisse partir en toute sérénité, il faut que la personne récupère ce qui lui a été pris.

— Un morceau de son âme ?

— Voilà un sujet très sensible et difficilement compréhensible par ceux qui ne vivent pas cette situation. Pour les victimes, par contre, je vous assure que ce terme fait sens.

— De la part d'un médecin, c'est un discours étrange, ose dire Christian.

— Je savais que ça allait vous faire réagir. Ça paraît incroyable et pourtant c'est ce que j'ai déduit au prix d'importantes remises en question et trente années de pratique. J'ai enfin compris pourquoi les victimes ne partent pas ou reviennent après avoir pourtant réussi à quitter leur compagnon.

La sonnerie de mon portable retentit et interrompt la psychiatre. Il s'agit de Brigitte. Elle a essayé de me joindre mais le réseau a du mal à passer. J'écoute son message. C'est bien sa sœur Amandine ! Elle nous invite à la retrouver parce que les soins sont terminés. Je fais un signe à mes collègues en levant le pouce. Comment se fait-il que personne ne l'ait reconnue avant ? Je réalise que l'enquête n'a fait l'objet que d'une diffusion sur deux ou trois radios au sujet de la fausse mise en examen de Roland Beys. Personne n'a donc jamais vu le visage de la jeune femme. Charlotte Rougaud regarde sa montre et se lève.

— Si vous n'avez plus de questions, je vais vous laisser. Je suppose que vous retournez voir Rosa Dutour…

— Amandine Moulin…

— Oui. J'ai du mal à m'y faire.

— La méthode dont vous parliez… j'aimerais la connaître, dis-je. Ce serait possible de passer, un jour ?

— Moi aussi, ça m'intéresse, ajoute Honfleur.

— Bien entendu. Voici ma carte. Appelez-moi, nous trouverons un créneau.

Brigitte et ses parents sont présents. Le père assis sur un fauteuil se tient la tête en la bougeant de droite à gauche, on voit bien qu'il n'arrive pas à y croire. La mère, qui tenait la main de sa fille, se jette dans mes bras.

— Vous l'avez retrouvée, merci ! chuchote-t-elle. C'est un miracle…

À ce moment-là, précisément, Amandine ouvre les yeux. La jeune femme semble réfléchir. Son père nous présente comme étant de la police judiciaire. Elle nous observe un à un. Son regard se pose finalement sur mon visage et elle me fixe de ses yeux mi-ouverts. J'ai le sentiment que nous nous reconnectons après « nos contacts invisibles ». C'est comme ça que je le vis. Elle continue à m'observer et sourit. Elle ouvre la bouche et un son étrange en sort. Un souffle tout droit sorti de ses entrailles. Puis ces mots exprimés dans l'effort :

— Je… vous… connais, chuchote-t-elle en s'adressant à moi.

Tout le monde sourit et plaisante en entendant cette phrase insignifiante. On sait que le coma amène un peu de confusion. Le soulagement est palpable. Ils sont heureux de ces premiers échanges qui prouvent qu'elle va bien. Tout rentrera dans l'ordre sous peu. Ils ignorent que je ressens la même chose qu'elle et qu'elle est parfaitement claire. À cause de mes rêves, j'aurais pu prononcer les mêmes mots.

*

* *

Le temps s'écoule plus lentement depuis que l'urgence n'est plus. Amandine reprend des forces grâce à l'amour de ses parents et de ses filles. Elle a rejoint une association spécialisée en harcèlement, s'est fait aider par une assistante sociale et n'a pas attendu de sortir de l'hôpital pour demander le divorce.

Je garde en tête la méthode dont nous a parlé la psychiatre, mais je n'arrive pas à me résoudre à l'appeler. Il faut croire que ce n'est pas encore le moment. Et puis, un jour où je me désespère de ne pas avancer dans ma relation avec Alisha, où je comprends que quelque chose en moi m'empêche d'agir normalement, je me décide. Sinon je vais à nouveau la perdre. Alors j'appelle Charlotte Rougaud et nous fixons un rendez-vous.

*

* *

Christian Berckman et Marc Honfleur ont souhaité venir. Le premier par curiosité, le second motivé par un réel intérêt. Nous nous retrouvons dans un restaurant calme d'Issy-les-Moulineaux où elle a ses habitudes. Marc lui demande comment elle en est venue à chercher cette nouvelle méthode.

— La plupart du temps, les professionnels de santé sont démunis face au harcèlement et ils proposent des anxiolytiques. Comme si des médicaments contre l'anxiété pouvaient aider à sortir de l'emprise… Mais bon, que faire d'autre ? Expliquer le processus ? Ça ne suffit pas. Très vite, les résultats que j'ai obtenus auprès de mes patients ne m'ont pas satisfaite. Je tentais des choses, la personne s'en allait puis retournait chez son bourreau quelque temps plus tard. Certaines réussissaient à partir définitivement, mais vivaient avec une sorte de vide à l'intérieur d'elles-mêmes et elles se révélaient incapables de reconstruire une relation normale et équilibrée avec un tiers. Souvent, elles retombaient amoureuses d'un autre manipulateur. Mes confrères partageaient ce constat. Ni le raisonnement logique ni la psychologie ne suffisaient à guérir la personne des dégâts infligés par une première violence psychique. Et pourtant, j'ai toujours été convaincue qu'il existait une méthode permettant à la victime de retrouver ses capacités et sa confiance. J'ai alors mené une étude clinique en regroupant mes travaux et ceux d'autres professionnels. J'ai constaté que tous ceux qui œuvraient sur ce terrain employaient les mêmes mots :

- L'emprise est utilisée pour déposséder l'autre de sa confiance, de sa force et de son estime de soi.
- La victime n'est plus capable de penser normalement.
- Le pervers puise l'énergie de son entourage.
- La victime a le sentiment de perdre sa vitalité.
- Pour ne pas perdre la raison, la victime entre dans une forme de dissociation. Ses pensées sont séparées du reste de sa personnalité et elle devient l'observatrice extérieure du harcèlement qu'elle endure.
- Suite aux traumatismes générés par cette violence physique ou psychique, la fuite mentale se révèle être la seule protection possible face à l'inconcevable, ce qui est souvent considéré comme de la passivité par l'entourage.

« … À force d'entendre ces phrases, toujours les mêmes, j'ai compris que la clef était là, sous mes yeux. À cause de cette violence, les victimes se font voler une partie d'elles-mêmes, une partie de leur âme.

— Qu'est-ce que vous voulez dire par là ?

— Lorsqu'on a une grave blessure, le corps sécrète des endorphines qui atténuent la douleur sur le moment. C'est une forme de protection. Lors de violences ou de harcèlement, la souffrance psychique est terrible. Le corps va également chercher à nous protéger en extrayant une partie de notre mental. On devient alors « observateur » de la situation comme si on n'était plus impliqué. D'où l'absence de réaction et parfois des pertes de mémoire relatives au drame. Cela arrive aussi lors d'une immense peur, un choc, un viol. Un peu de notre âme s'échappe pour éviter de sombrer dans la folie liée à l'inconcevable. Le principe de cette méthode est de récupérer ce qui manque. Amandine…, ce n'est pas son mari qu'elle n'arrivait pas à quitter, c'est sa propre part de lumière. La victime d'emprise ou de harcèlement reste près du pervers parce qu'elle ne peut pas s'abandonner elle-même. L'autre a quelque chose qui lui appartient. C'est comme si on lui demandait de faire le deuil d'un bras ou d'une jambe. Impossible ! Cela permet de comprendre pourquoi certains jeunes adultes continuent de côtoyer leur parent violent même si ce qu'ils ont vécu est horrible tout simplement parce qu'ils ne peuvent pas s'éloigner d'une partie de leur âme qui leur a été confisquée. Je dis « âme » comme je pourrais dire une partie d'eux-mêmes, si vous voulez. J'emploie ce mot parce que la partie manquante ne touche pas seulement le plan psychologique. C'est vraiment une partie essentielle de ce qui constitue l'énergie vitale que ces gens ont perdue.

— On est chez Harry Potter, là ! s'écrie mon binôme.

— Vous avez raison, les mots que j'utilise sont trop abstraits. Mais remplacez ce mot « âme » qui vous choque par tout ce qu'il véhicule : la joie, la vitalité, l'énergie, la confiance, l'estime de soi. L'agresseur s'est emparé de votre joie, de votre vitalité, de votre énergie et de votre confiance. Donc vous êtes plus déprimé, plus fatigué, vous avez moins de ressources et des peurs insurmontables surgissent au point que vous n'arrivez pas à vous projeter dans l'avenir. Pour aller mieux, il faut récupérer la partie manquante de son âme. Ce qui s'appelle un recouvrement d'âme.

— Et si on ne le fait pas ?

— On prend le risque de rester sous emprise ou bien d'attirer à soi ce genre d'individus ou de situations, sans arrêt. Les expériences désastreuses s'enchaînent et on ne comprend pas pourquoi on semble toujours attiré par ces personnes malveillantes. En réalité, c'est l'inverse. Ces individus nous séduisent parce qu'ils perçoivent notre faille et sentent qu'ils pourront aisément nous manipuler. Ce n'est pas conscient. Ils sont attirés par notre âme brisée et perçoivent notre ultrasensibilité. Cette qualité qui nous empêchera de partir. Pour ne plus reproduire ce cycle sans fin, il faut récupérer notre partie d'âme manquante.

Elle prend une grande respiration avant d'ajouter :

— On n'est pas en paix tant qu'on n'est pas entier.

Ce qu'elle vient de dire me parle douloureusement. Et j'ai l'impression que je ne suis pas le seul. Christian se penche vers moi et prononce le prénom de Lise à mon oreille. J'ignore s'il la croit perverse avec ses silences et ces jeux de pouvoir ou si, au contraire, elle a été l'objet d'un ancien harcèlement qui a laissé des traces. Quant à Marc, la question ne se pose pas. Il boit les paroles de la psychiatre tandis que ses yeux restent rivés vers le plafond comme s'il fixait un souvenir. Il est probable qu'il revisite le passé de son frère défunt.

— Comment savoir si on possède toute son âme ou pas ? dis-je.

— L'important est de regarder objectivement sa vie. On a l'impression de n'arriver à rien, on réagit bizarrement. On a constamment des problèmes. On a du mal à ressentir les choses ou à exprimer ce qui ne va pas. Il est probable qu'une partie de nous nous fait défaut. On ne s'en rend pas compte parce que ça dure parfois depuis qu'on est enfant. On a pris l'habitude de faire sans.

— Et pour la retrouver ?

— Il existe un exercice très simple basé sur le pouvoir de l'intention. Tout le monde peut le faire de manière autonome, il n'y a pas de contre-indication. Naturellement, le siège de l'âme se situe au centre de la poitrine, entre les deux seins, dit-elle en posant un doigt au creux de son plexus. La première option est qu'elle se soit extraite à la suite d'un choc violent, un stress énorme ou un accident. Dans ce cas, l'âme flotte quelque part, très souvent en haut à gauche au-dessus de la tête, à l'extérieur du corps. Cette distance entre l'âme et le corps est compensée en permanence, d'où la fatigue, l'état dépressif ou le sentiment de ne pas avancer correctement dans sa vie. Il suffit de se recueillir dans un endroit au calme, de se détendre, on allume une bougie et on respire profondément. J'insiste sur le fait que le processus fonctionne grâce à l'intention qu'on y met. On ferme les yeux et on parle à voix haute. « Mon âme, si un jour tu as souffert et que tu as préféré prendre de la distance, sache qu'aujourd'hui j'ai conscience de ta présence et que je suis capable de t'accueillir à nouveau et de te préserver en moi. Je t'invite à t'installer pleinement et solidement au centre de ma poitrine. Reprends ta place dans la confiance et dans l'amour. » Pour l'aider à intégrer pleinement notre corps, on l'accompagne par la pensée jusqu'au sommet de notre tête et on la laisse descendre au centre de notre poitrine. On l'accueille en se reposant et en pensant à soi. Dans les jours à venir, on trouve un moment, quotidiennement, pour prendre soin d'elle. Plus nous lui donnons de l'amour, plus elle va s'ancrer en nous.

— C'est aussi simple ?

— Oui. Mais en ce qui concerne les situations en lien avec la perversion et le harcèlement conjugal, la méthode est un peu plus complexe.

— Ah…

— La partie d'âme n'a pas été extraite à la suite d'un choc, elle a été prise par un tiers, le plus souvent par des gens de notre famille ou de notre couple.

Pourquoi est-ce que je songe à mon père ? Gregor Clivel m'a-t-il volé une partie de mon âme ?

— Mais si on se sent bien et qu'on a beaucoup d'énergie, c'est que tout va bien de ce côté-là ? demandé-je.

— On peut penser que tout va bien parce qu'on a de l'énergie à revendre mais on ne se rend pas compte que l'on épuise ses réserves…

— Et cette partie d'âme capturée par l'autre, c'est volontaire ou pas ?

— Il existe des situations où ce n'est pas volontaire. Mais dans une perversion, il s'agit d'emprise et de volonté manifeste de dominer l'autre pour survivre à son mal-être. Cette capture de l'âme s'apparente à un vol. En général, c'est parce qu'on a volé l'âme de la personne quand elle était petite que le processus se poursuit dans un mode compensatoire. Un parent va voler son enfant pour combler un manque car il a été lui-même volé. Toutes les générations suivantes sont affectées, et la maltraitance se reproduit jusqu'à ce que quelqu'un interrompe le processus. Dans ce cas, la partie de l'âme n'est pas positionnée à côté de soi, elle est dans le corps de l'autre. C'est ce qui renforce l'emprise. La raison pour laquelle la victime ne part pas.

— C'est totalement flippant…, dit Marc.

— Je sais bien, et pourtant cela se produit plus souvent qu'on n'imagine.

— Et si la personne qui a fait ça est décédée ?

— Peu importe. Ce que je vais vous expliquer fonctionne avec les vivants et les morts. On peut faire la démarche seul ou être assisté par une personne de confiance. D'abord on crée un espace sacré : on allume de l'encens, une bougie, on se met au calme. Il faut prendre conscience que l'on va vivre un moment important et ne pas faire ça à la légère. Ensuite il faut installer deux chaises. C'est concret. On les place l'une face à l'autre. On s'assied sur la première et on demande « par la pensée » que la personne qui a posé problème s'assoie sur la seconde. Compte tenu des circonstances (une violence, une agression), c'est à ce moment-là que l'émotion peut être dérangeante, d'où l'intérêt de faire appel à un accompagnant ou à un thérapeute qui sera à vos côtés pour vous aider à gérer votre émotion. Il est possible que l'autre refuse de s'installer face à vous. Cela se manifeste de la manière suivante : vous n'arrivez pas à « visualiser » qu'il est là. Dans ce cas, on n'hésite pas à imaginer que l'on a des anges gardiens, des guides et des entités de lumière, présents autour de nous et qui, à la suite de notre demande, vont intercéder pour que l'autre accepte de s'asseoir « virtuellement » devant nous.

— Des guides et des anges gardiens ? demande Honfleur.

Je me souviens de Derrone, le père d'Alisha, qui me parlait de la même chose, au sujet de mes rêves.

— Peu importe le nom qu'on leur donne. Envisagez juste que ces forces existent et qu'elles attendent d'être sollicitées. Quel risque prend-on lorsque c'est peut-être le premier pas vers le bien-être ? Certains vont l'appeler Dieu, d'autres Bouddha ou l'univers, personnellement j'aime m'adresser à mes guides, qu'on les connaisse ou pas. Nous ne sommes jamais seuls, nous sommes aidés, et il ne faut pas hésiter à faire preuve d'autorité dans notre requête : « Merci de m'aider pour qu'untel se positionne en face de moi. » Une fois que celui qui nous a pris une partie de notre âme est face à nous, on lui dit ce que l'on a sur le cœur parce qu'on n'a peut-être jamais eu l'opportunité de le faire. On se soulage. Puis on procède à une forme de troc pour que notre partie d'âme nous soit restituée. L'idée est qu'il nous rende ce qu'il nous a volé et qu'ensuite, seulement, il récupère la part qui lui manque (que quelqu'un d'autre lui a volée). Attention ! Ce troc doit se faire dans ce sens uniquement. « Je remercie les êtres de lumière d'ordonner à untel de me rendre la partie d'âme qu'il m'a volée, dans cette vie et dans toutes autres. » On l'imagine sous la forme d'une boule d'énergie. Cette boule se place entre les deux chaises. On ouvre les bras jusqu'à un écartement maximum, puis on ramène les mains l'une vers l'autre avec un mouvement de va-et-vient d'une amplitude de cinq centimètres environ, jusqu'à percevoir une différence de sensation (fraicheur, chaleur, vibration). Les mains sont alors ouvertes devant nous, comme si elles tenaient un gros ballon et quand on a le sentiment que tout ce que l'on doit récupérer est là, on demande aux êtres de lumière de la nettoyer intégralement, on l'imagine d'une blancheur éclatante, avant de la ramener tout doucement vers le creux de notre poitrine. Puis on dit : « Je remercie les êtres de lumière de donner à untel les parties d'âme qui lui ont été volées par d'autres personnes. » Le processus est achevé. Nous n'avons plus qu'à remercier les êtres de lumière et choyer notre âme comme dans l'exercice précédent.

— Une fois suffit ?

— Souvent il faut recommencer pour que notre intention soit forte, surtout si le vécu a été lourd, il faut y aller par étapes successives. Si on a rencontré plusieurs manipulateurs – et cela peut commencer dès l'enfance –, il faut faire ce protocole avec tous ceux qui ont pu nous prendre une partie de nous-même, en commençant par le premier, un père ou une mère. Tous ceux qui sont victimes de cette capture de l'âme suite à une violence quelle qu'elle soit peuvent se libérer de cette manière. En replaçant l'âme, les problèmes disparaissent. Ça paraît abstrait, mais dans les jours qui suivent on sent une vraie différence.

— Mais alors, le manipulateur va lui aussi récupérer la partie manquante de son âme…

— Absolument. On ne le fait pas pour aider notre bourreau, on le fait parce que c'est la seule manière qu'il nous rende ce qui nous appartient. Et puis, il est commun de dire qu'ils sont incurables. Je n'ai pas assez de recul sur la question mais c'est probablement la seule façon de les aider à sortir de leur souffrance et d'interrompre leur besoin de nuire. Agir ainsi, c'est empêcher que d'autres personnes ne subissent cette violence.

— Comment avez-vous mis au point ces protocoles ? demande Marc.

— Je me suis rapprochée de spécialistes de la parapsychologie. Les médiums entrent en contact avec l'âme d'un défunt, je suis partie du principe qu'ils arriveraient à communiquer avec celle d'un vivant. J'ai mis de côté mon cursus universitaire qui me dit que ça n'existe pas et j'ai écouté ma partie intuitive qui me dicte que cette méthode va sauver des milliers de victimes. Nous avons mis au point ce protocole ensemble. Mais le plus important n'est pas que j'aie raison. Ce qui compte, c'est que ça marche.

Je rentre chez moi, troublé. Vais-je tenter l'expérience ? C'est tellement étrange. J'ai un peu de mal à imaginer que ça puisse changer les choses radicalement. Mon enfance me revient. Petit, j'avais des perceptions et des visions que je ne comprenais pas et j'entendais des messages dans ma tête. Un jour je les ai confiés à mon père. J'ai reçu une énorme gifle avec l'interdiction d'en reparler. Je me suis alors coupé de mes intuitions. La violence de sa réaction était telle que je n'ai pas eu le choix. Il a été assassiné quelques mois plus tard. Et si, depuis ce choc, il me manquait un morceau de mon âme ? Cela pourrait expliquer la raison pour laquelle j'ai eu tant de mal à me stabiliser dans une vie de couple et que je n'ai pas d'enfant. Ma décision est prise. Je m'installe sur une chaise de mon salon et, comme l'a dit la psy, je me concentre sur l'intention. Mon père n'a pas volé mon âme volontairement pour se guérir d'un vide en lui-même. Il n'a jamais essayé de me manipuler ou de me rabaisser. Je n'ai donc pas à le convoquer. Je prononce la phrase pour récupérer la partie manquante de mon âme. Je ne peux pas dire que je perçois la boule d'énergie censée être devant moi, mais je l'intègre en la passant par ma tête et jusque dans ma poitrine. Et tout d'un coup, j'éclate en sanglots. Je ne sais pas pourquoi. C'est comme si une sorte de cataplasme couvrait mon corps et se transformait en armure sur moi. Je sens chacune de mes molécules entrer en contact avec la molécule voisine dans un processus de reconnaissance qui est presque extatique. C'est troublant. Instantanément, je me sens différent. Des souvenirs me reviennent en même temps qu'une paix intérieure m'envahit. Je remercie les êtres invisibles de m'avoir aidé à franchir ce cap et je me lève. Un cadre avec une photo repose sur un guéridon. On m'y voit souriant, tenant ma mère contre moi. Je porte mon regard sur elle et j'ai le sentiment de découvrir son visage pour la première fois. Je me remémore certains de nos conflits. Comment ai-je pu douter de son amour pour moi et de sa bonté ? Pourquoi n'ai-je aucune photo de mon père ? Et si je devais cet aveuglement à mon

« état d'âme » ? Puis mes yeux se portent sur mon visage. Sur cette photo, je dégage une infinie tristesse et beaucoup de rancœur. Comment ne me suis-je pas rendu compte auparavant qu'une partie de mon être manquait en moi-même ?

35

Plusieurs mois plus tard

J'ouvre le portail et observe la maison d'Alisha. Elle est bien plus petite que celle de son père. C'est une sorte de dépendance. Le toit est pentu, la cheminée exhale une douce odeur de bois brûlé, les fenêtres, dont les persiennes sont encore ouvertes, éclairent d'un halo orangé la fin de la journée. La bâtisse dégage une sérénité qui donne envie de s'y installer. Je m'adosse au tronc d'un tilleul qui trône dans le jardin et regarde le ballet de ses occupants. Alisha, que je devine devant les fourneaux, son père, assis derrière la grande table en bois massif de la cuisine qui lui raconte sa journée et, au milieu, saute un animal survolté, Nathan, qui m'offre le miroir embelli de mon enfance. Le père et le fils ont pour mission de distraire Alisha pour qu'elle ne sorte pas. Ils sont dans la confidence. L'objectif est de me laisser décorer l'entrée de la maison sans attirer son attention. J'ai commandé cent soixante-cinq roses rouges – le nombre de jours sans elle depuis notre séparation – et je les ai fixées tout autour de la porte. Dans mon idée, chaque jour où je l'ai blessée est désormais effacé par la beauté d'une fleur. Le résultat me plaît. Je sonne. Elle ouvre. Je tends la main vers elle, qu'elle saisit. Abasourdie, elle lève la tête, un sourire aux lèvres, vers les guirlandes végétales. Nathan et Derrone assistent au spectacle en applaudissant.

— Ces roses représentent le cocon que je veux bâtir avec toi pour y accueillir notre amour. Alisha, acceptes-tu de m'épouser ?

Elle se jette dans mes bras.

— Oui…

*

* *

Henry Moulin ouvre sa boîte aux lettres. Il est surpris d'y découvrir une enveloppe avec un cachet bien particulier. Il la saisit fébrilement et tressaille en la lisant. Il s'agit d'une injonction du tribunal. Sa femme vient d'obtenir la garde exclusive de leurs enfants et il devra lui verser une pension. Les motifs retenus ont été son irresponsabilité et la dangerosité de ses actes concernant l'usurpation d'identité et les médicaments administrés à son épouse sans qu'il puisse se revendiquer du corps médical. Le harcèlement et la perversité n'ont pas été retenus officiellement car le droit n'a pas encore fait jurisprudence mais, dans les motivations du juge, cela a beaucoup compté.

*
* *

Je croise Filipo dans la rue, tandis que je sors de la boulangerie avec un mont-blanc pour achever mon dîner. Ses bergers australiens gambadent autour de lui. Xavier, le plus brun des deux chiens, vient me renifler la main et montre sa joie de me revoir en remuant la queue de droite à gauche, énergiquement.

— C'est l'heure de la promenade ? dis-je.

— Oui. Vous ne devez pas être un mauvais bougre puisqu'ils vous apprécient…

— Ne vous y fiez pas, j'ai un gâteau dans la main.

— Sacré Clivel. Marchez un peu avec nous, ça vous fera du bien de vous aérer.

Visiblement le taulier a envie de parler. On dirait qu'il me propose une sorte de bilan. Le soleil disparaît, au loin, derrière les buildings de la Défense et un crachin se met à tomber. Je remonte le col de mon blouson tandis que nous avançons en silence.

— Amandine Moulin… Quelle drôle d'histoire, n'est-ce pas ?

— Mmmh…

J'ignore où il veut en venir et je choisis de le laisser avancer à découvert.

— J'ai beaucoup réfléchi à ce qu'elle a vécu, elle et quantité d'autres individus. J'ai décidé de m'impliquer pour que certaines choses changent. Il est temps que les tribunaux reconnaissent ce fléau invisible de notre société et qu'ils punissent le harcèlement familial, que ce soit auprès d'un conjoint ou des enfants, ainsi que les meurtres psychiques qui en découlent parfois.

— D'après vous, pourquoi la justice est-elle si peu adaptée ?

— Comment voulez-vous prouver l'existence de cette perversion ? Les juges condamnent sur des preuves. Or, les mots ne laissent pas de marques visibles. En général, les plaintes sont classées sans suite pour absence d'éléments caractérisés. Et même lorsqu'on a des expertises psychiatriques qui ne laissent aucun doute sur la manipulation, la justice continue à nier la douleur de la victime en évoquant de simples conflits d'intérêts. Cette absence de prise de position des juges est une non-assistance à personne en danger. D'ailleurs, le gouvernement français qui reconnaît l'ampleur du phénomène n'évoque en général que la violence physique. Le harcèlement conjugal continue d'être nié parce que personne n'en parle. Il est temps que les choses évoluent.

— Ce serait bien, en effet.

— Je n'ai pas encore pris le temps de vous féliciter, Clivel, mais vous avez fait de l'excellent boulot.

— Merci. C'est un travail d'équipe.

— Je tiens à ce que vous soyez dans la confidence. Amandine accepte de me revoir. Pour l'instant il ne s'agit que d'amitié. Il faut donner du temps au temps, mais je suis heureux.

— C'est formidable.

— Rien n'aurait été possible si vous n'aviez pas été au bout de vos convictions. Il y a eu cette histoire de satellites, votre interprétation, le fait qu'il l'ait « suicidée », l'article dans *Le Parisien*... ça a fait toute la différence. Pourquoi avez-vous persévéré à ce point ?

— Certains appellent ça de l'intuition. Mais...

— Mais ?

— Je cherchais la vérité et je ne savais pas comment procéder. Ça va vous paraître fou mais Amandine n'a cessé de chuchoter à mon oreille, la nuit, pour m'empêcher de faiblir.

— Amandine ? Je vais être jaloux, plaisante-t-il.

— Elle est venue à moi malgré elle, avant le drame, pour établir une sorte de contact à travers mes rêves. Et puis elle s'est imposée encore plus facilement quand elle est tombée dans le coma. Dans cette sorte de sommeil profond, ses messages ont gagné en clarté. Communiquer d'âme à âme lui est devenu plus aisé.

— Ce que vous dites est étrange... Elle était victime des silences de son mari et maintenue prisonnière de ses propres silences, mais elle a trouvé le moyen de communiquer avec vous sans parler...

— Oui, c'est faire preuve d'un courage extraordinaire que d'oser sortir des blessures du silence.

36

Amandine

Un matin, j'ai senti que j'étais prête. J'ai mis en place le protocole de recouvrement d'âme et ordonné le transfert pour récupérer ce qui m'avait été enlevé. Une immense émotion m'a submergée. L'impression de retrouvailles avec une toute petite fille que j'avais oubliée. En très peu de temps j'ai eu accès à une sérénité et une joie qui m'étaient auparavant refusées. Ce vide béant qui absorbait mon énergie comme un trou noir a disparu. Je suis entière.

Étrangement les bonnes nouvelles ont suivi très vite. Je suis heureuse de la décision du juge qui me conforte dans mes droits en me confiant la garde de mes enfants. Cela m'aide à reprendre goût et confiance en la vie. J'ai décidé que je ne priverai pas mes filles de leur père et qu'elles le verront chaque fois qu'elles le souhaitent.

J'ai trouvé un nouvel appartement grâce à ma sœur Brigitte. Avec les aides auxquelles j'ai droit, je m'en sors et je me suis même acheté un nouveau canapé.

Je me sens grisée par la liberté, galvanisée par la puissance des décisions que je prends de moi-même. Choisir l'heure du repas, sentir la caresse du soleil sur ma peau, raconter une histoire à mes filles sans craindre de mal faire. Je ne suis plus en mode de survie, je vis. J'ai quitté l'état primitif des bêtes qui cherchent à éviter la mort quatre-vingt-quinze pour cent de leur temps. Je connais l'exaltation de ceux qui ont failli tout perdre. Une petite paralysie de la main gauche persiste, et c'est tant mieux. Ainsi je n'oublie jamais d'être vigilante. J'ai mis du temps à comprendre que le calvaire de cette expérience était nécessaire pour que j'apprenne à dire non. En songeant à toutes celles qui ont perdu la vie à cause de cette violence psychique, je remercie l'univers de me donner une seconde chance.

REMERCIEMENTS

Ce roman est dédié à toutes les femmes et à tous les hommes qui subissent l'emprise ou le harcèlement physique ou moral et qui peuvent s'en sortir. Ce livre est le leur, qu'il aille entre les mains de ceux qui doivent savoir. Je l'ai écrit aussi en hommage à ceux qui n'ont malheureusement pas pu se libérer à temps et qui en ont perdu la vie.

Merci à cette auteure auprès de laquelle j'étais assise lors d'un salon du livre et qui m'a confié le calvaire qu'elle vit auprès de son concubin. Elle se reconnaîtra. Son histoire a éclairé d'une manière centrale ce thème de la violence conjugale que j'avais choisi de traiter à la suite de plusieurs découvertes : une affaire de couple qui a fait grand bruit et dont l'homme a été inculpé une première fois, puis une deuxième fois en appel avant d'être innocenté aux assises. Je me suis inspirée de cette histoire qui a fait l'objet d'une émission, « Faites entrer l'accusé », diffusée sur France 2. Concernant les protagonistes, j'ai emprunté les caractéristiques du mari à une autre enquête qui m'a été révélée sous le sceau du secret par un officier de la police judiciaire de Bordeaux. Ces deux cas ont un terrible point commun : les épouses ont subi le même chantage médical des antidépresseurs pour motiver la perte de la garde de leurs enfants et, prisonnières d'une emprise, elles se sont suicidées parce qu'elles n'entrevoyaient pas de solution à leur calvaire.

Merci à cet homme qui vit dans la perversion de son épouse, laquelle travaille pourtant pour le corps médical. Grâce à ses confidences, j'ai compris que les hommes ne sont pas épargnés par ce fléau et que certains, dont le métier est d'aider les autres, sévissent au quotidien dans l'intimité. J'ai également pris conscience que la force physique de l'un n'empêche pas l'emprise psychologique de l'autre.

Merci à ceux qui, depuis que j'ai entrepris de me documenter sur ce sujet, m'ont confié ce qu'ils vivaient. La récurrence et la fréquence de la violence conjugale – psychologique et morale en particulier – sont telles que l'écriture de ce roman est devenue une évidence. Les nombreux livres, essentiels, remarquables et ultradocumentés, dont *Femmes sous emprise* de Marie-France Hirigoyen, docteur en médecine, spécialisée en psychiatrie, m'ont aidée à décrypter le processus du harcèlement conjugal. *Les Pervers narcissiques* de Jean-Charles Bouchoux, également. Merci à Pascale Vaslin, psychologue, et Robert Corvisier, médecin, pour leur relecture attentive.

À mon ami Laurent Laclau-Lacrouts, major exceptionnel en PJ, il fut l'un des premiers à qui j'ai évoqué mon plan, merci pour son enthousiasme, lui qui dit toujours ce qu'il pense.

Je remercie le gendarme et maître-chien Frédéric Stempin, fidèle lecteur qui a pris contact avec moi dès la publication du

Testament des abeilles pour me proposer de m'éclairer le jour où j'aurais à relater une recherche cynophile à la suite d'une disparition. Nous avons échangé par e-mail et il m'a donné quantité d'informations très utiles. J'ai ensuite pris contact avec le Centre national d'instruction cynophile de la gendarmerie (CNICG) de Gramat qui a joué le jeu plus que je ne pouvais l'espérer en me permettant d'assister à une recherche de personne disparue, créée spécifiquement pour documenter ce roman. Un grand merci pour leur disponibilité et leur professionnalisme au colonel Dalier, commandant du CNICG, au major Dalmont, à l'adjudant Stéphane Bruvry, responsable de la cellule évaluation contrôlant, à l'instructeur Laurent Biesuz, pour tous leurs éclairages, et en particulier au gendarme Bruno Bencteux, maître-chien de Louis, le formidable saint-hubert qui a réussi l'exercice avec brio.

Mille mercis à Roger Rouchaud et Patrick Rouger, tous deux commandants de police fonctionnels honoraires à la police technique et scientifique (PTS), et à Geneviève Bertrand, ingénieur et adjointe au chef de section Stupéfiant au laboratoire de police scientifique de Toulouse, qui, lors d'un mémorable salon du livre de Gujan-Mestras, m'ont donné quantité d'informations concernant leur métier en évoquant notamment l'aide précieuse des algues. Leur soutien ne s'est pas arrêté là. J'avais du mal à trouver le moyen de créer le retournement de situation de mon histoire. Après leur avoir donné les éléments de mon scénario, ils ont évoqué une affaire résolue par le procédé « spatial » que j'ai finalement utilisé dans ce roman. Bravo et encore merci à eux pour ce très beau partage.

Merci à mon cher ami Jean-François Clervoy, ingénieur à la Direction générale de l'armement (DGA), spationaute à l'Agence spatiale européenne (ESA), vétéran de trois missions spatiales avec la NASA, pour toutes les informations qu'il m'a communiquées au sujet des satellites de l'ESA, du CNES et du ministère de la Défense. J'ai appris grâce à lui que l'ESA a adopté depuis le 20 février 2017 une politique de libre accès à ses images, vidéos et données.

Merci à ma grande amie Florence Hubert, médium, de m'avoir permis de contacter celle qui sait, pour validation.

Mille mercis à ma très généreuse et talentueuse amie Loan Miège, qui pratique les soins de l'âme, de m'avoir confié la méthode de recouvrement d'âme. Grâce à elle, ce livre remplit sa mission d'aide. Ainsi, j'espère qu'il sera utile à toutes les personnes qui ont perdu une partie d'elles-mêmes dans la tourmente d'une violence et qu'elles retrouveront leur plein-être.

Merci à Marc de Smedt, mon très cher éditeur, je n'oublierai jamais son soutien et ses commentaires quand il a achevé la lecture de ce manuscrit. Merci à Caroline Ripoll pour sa délicatesse, sa compréhension, ses notes bienveillantes et sa fidélité à défendre mes points de vue ; à Hélène Morin pour son travail de correction remarquable. Un merci tout particulier à Nathalie Collard, responsable des ventes, pour son travail d'anticipation qui a aidé ce roman à exister au moment opportun, ainsi qu'aux représentants des librairies pour leur écoute. Un merci sincère à Mickaël Palvin pour ses idées marketing géniales et son implication, à Richard Ducousset et Guillaume Dervieux pour la finesse de leur vision concernant le positionnement de mon livre.

Merci à Francis Esménard, qui dirige les Éditions Albin Michel, pour sa confiance sans cesse renouvelée et ses intuitions à mon égard. Je suis heureuse d'être éditée par un homme de cette valeur.

Merci à mon merveilleux mari pour sa relecture et ses remarques très justes, mais aussi pour son amour, sa délicatesse et sa bienveillance. Quel bonheur de vivre à ses côtés.

Merci à celle que je chérirai toujours.
Merci à A.L. pour l'éternité.

De la même auteure :

Aux Éditions Albin Michel

Les aventures de Yoann Clivel :

LE TESTAMENT DES ABEILLES, 2011.

LE VOILE DES APPARENCES, 2015.

LES RACINES DU SANG, 2016.

Aux Éditions Robert Laffont

CARNETS AFGHANS, coécrit avec Stéphane Allix, récit, 2002.

LES HÉROS DE LA NATURE, récit, 2005.

Pour suivre l'actualité de l'auteure, rendez-vous sur sa page Facebook, Natacha Calestrémé – Officiel.

Natacha Calestrémé au Livre de Poche

Le Testament des abeilles n° 33865

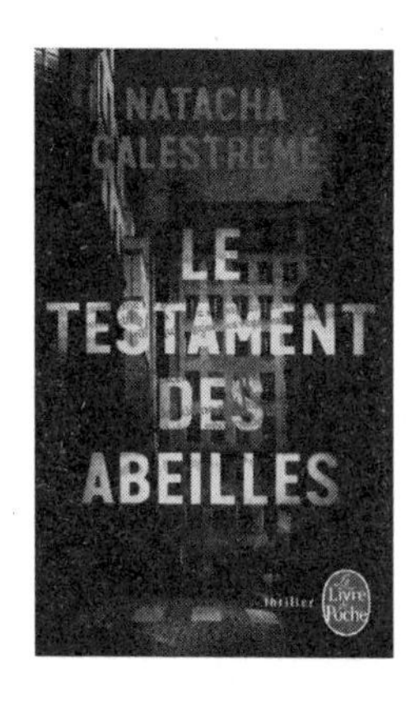

Paris. Des personnes meurent brutalement, comme frappées par un mal invisible. Pourquoi ne trouve-t-on pas de mobile, ni d'ADN suspect, encore moins d'arme de crime ? Aucun lien apparent entre ces drames en dehors d'un étrange symbole retrouvé à proximité des différentes affaires. Secte, bioterrorisme ou œuvre d'un psychopathe ? Toutes les pistes sont étudiées par le major Yoann Clivel jusqu'à la découverte d'un testament. Ce document énigmatique servirait-il de fil conducteur à un assassin ?

Composition réalisée par PCA

Achevé d'imprimer en mars 2020 en Italie par
Grafica Veneta
Dépôt légal 1re publication : novembre 2019
LIBRAIRIE GÉNÉRALE FRANÇAISE
21, rue du Montparnasse – 75298 Paris Cedex 06

85/4277/2